W0359844

RAIMUND A. MADER

Das Kafka-Manuskript

Kriminalroman

GMEINER SPANNUNG

Bisherige Veröffentlichungen im Gmeiner-Verlag:
Der König von Weiden (2016), Roter Herbst (2013),
Schindlerjüdin (2010), Glasberg (2008)

Personen und Handlung sind frei erfunden.
Ähnlichkeiten mit lebenden oder toten Personen
sind rein zufällig und nicht beabsichtigt.

Immer informiert

Spannung pur – mit unserem Newsletter informieren wir Sie
regelmäßig über Wissenswertes aus unserer Bücherwelt.

Gefällt mir!

Facebook: @Gmeiner.Verlag
Instagram: @gmeinerverlag
Twitter: @GmeinerVerlag

Besuchen Sie uns im Internet:
www.gmeiner-verlag.de

© 2018 – Gmeiner-Verlag GmbH
Im Ehnried 5, 88605 Meßkirch
Telefon 07575/2095-0
info@gmeiner-verlag.de
Alle Rechte vorbehalten
1. Auflage 2018

Lektorat: Sven Lang
Herstellung: Julia Franze
Umschlaggestaltung: U.O.R.G. Lutz Eberle, Stuttgart
unter Verwendung eines Fotos von: © Michael Thaler / shutterstock
Druck: GGP Media GmbH, Pößneck
Printed in Germany
ISBN 978-3-8392-2293-5

ERSTES BUCH

1 DIE VERHAFTUNG

Als Gregor aus unruhigen Träumen erwachte, fand er sich von schwärzester Dunkelheit umgeben. Nicht dass es ihn überrascht hätte, war dies doch seit jenem ersten Morgen so. Noch leicht benommen tasteten seine Finger sofort Brust und Bauch ab, als habe er Angst, etwas Seltsames sei während des Schlafes mit ihm und seinem Körper passiert. Er verspürte jedoch nichts Ungewöhnliches, keine panzerartige Versteifung seines Bauches etwa, die ihn in einen ungeheuren Käfer verwandelt hätte, oder etwas vergleichbar Beängstigendes. Selbst seine Beine lagen unverändert schwer auf der harten Matratze, ohne zu dünnen Insektengliedmaßen geschrumpft zu sein.

Er wusste nicht, woher diese Ängste kamen, die ihn in letzter Zeit so häufig heimsuchten, vermutete jedoch, dass sie mit seiner gegenwärtigen Situation zu tun hatten. So war es nur wahrscheinlich, dass der Verlust seiner Freiheit und das damit verbundene Gefühl von Hilflosigkeit Bilder in ihm wachriefen, deren Vorhandensein ihm längst entfallen war. Warum in aller Welt sollte er sonst – wenn auch nur im Traum – auf den Gedanken kommen, in einen Zustand tierhaften Dahinvegetierens zurückgeworfen zu werden?

Er richtete sich auf seiner Pritsche auf, lauschte in die Schwärze hinein, kniff die Augen zu, bis ein Blitzen hinter geschlossenen Lidern die Illusion weckte, von lichter Helligkeit umschlossen zu sein.

In dem Augenblick war ein schepperndes Geräusch zu hören, wurde irgendwo in seinem Rücken eine Tür geöffnet, sodass mit einem Mal graues Licht in den Raum drang. Er wusste, dass es Marek war, der ihm, wie jeden Morgen, das Frühstück brachte. Marek, der kein Wort sprach, der ihm auf seine Fragen keine Antworten gab, Marek, der ihn stets aus blassen slawisch-blauen Augen ansah, als wollte er ihn allein durch die Intensität seines Blicks zu einem Eingeständnis seiner Schuld zwingen.

Marek war es auch, der ihn, manchmal mitten in der Nacht, aus dem Schlaf riss, ihn zu einem der Verhöre am Ende des Ganges brachte und ihn nach den endlos langen Fragen, auf die er keine Antworten wusste, wieder zurück in seine Zelle führte. Irgendwann hatte er begonnen, jede Aussage zu verweigern. Sollten sie ihn doch verhören, er würde nicht mehr auf ihre Fragen antworten. Ohnehin würde nichts dabei herauskommen, zumindest nichts Wahres. Er wusste ja selbst nicht, was passiert war.

Dennoch änderte sich nichts an den Abläufen: Marek, der ihn abholte und nach hinten brachte, die Fragen, auf die er nicht zu antworten wusste, der Weg zurück in seine Zelle. Und Marek, der jegliches Gespräch verweigerte.

»Hier ist es unerträglich dunkel«, sagte Gregor.

Marek stellte das Tablett auf den klobigen Metalltisch neben der Pritsche, ohne die Andeutung einer Reaktion zu zeigen. Gregor beobachtete ihn, verfolgte jede seiner Bewegungen mit großer Anstrengung.

»Eigentlich will ich nur wissen, warum ihr mich hier immer noch festhaltet«, fuhr er fort.

In den letzten Tagen und Wochen hatte er Marek und den Männern, die ihn verhörten, diese Frage wieder und wieder gestellt, doch nie eine Antwort erhalten. Seine Stimme hatte im Lauf der Zeit einen flehenden Ton angenommen, wofür er sich gelegentlich schämte. Warum, so fragte er sich in solchen Momenten, warum sollte er sich wie ein Bittsteller verhalten, der jeglichen Anspruch auf Freiheit verwirkt hatte? War es denn nicht eher so, dass seine Inhaftierung ohne jede Berechtigung erfolgt war?

Das Licht, das durch die geöffnete Tür in die Zelle drang, gewann an Intensität, und die Kargheit des Raumes war nun deutlich zu erkennen. Auch Marek war nicht mehr nur ein Schatten, der schwerfällig und stoisch seine Arbeit verrichtete. Immer, wenn er Gregor besonders nahe kam, nahm dieser das struppige weiße Haar des Mannes wahr, die Pupillen in seinem müden Gesicht, die konzentriert seinen Verrichtungen folgten, den gebeugten Rücken, die abgetragene Uniform. Einen Moment lang glaubte er jetzt gar, dass sich im Gesicht des alten Mannes etwas regte. War da etwa ein Flackern in seinen Augen? Es schien ihm, als habe Marek seine Worte verstanden … Aber vergebens hoffte er und schnell wurde ihm klar, dass nur das hereinfallende Licht die Züge in Mareks Gesicht mit Leben gefüllt hatte.

Auch heute würde er keine Antwort erhalten.

Warum nur war er hier? Er hatte doch nichts Böses getan. Sie hatten ihm zuerst nicht einmal sagen wollen, wo er sich befand. Erst nach Tagen war ihm aufgrund so mancher Andeutung klar geworden, dass er in einem tschechischen Gefängnis gelandet war. Zumindest vermutete er dies. Seine Fragen nach dem Grund seiner Inhaftierung und den gesetzlichen Voraussetzungen dafür hatten sie ignoriert, ihn damit getröstet, dass er demnächst über sämtliche Hintergründe informiert werden würde. Nichts war jedoch bislang geschehen.

Immer wieder hatte er zu Protokoll gegeben, dass er sich an die Zeit vor seiner Inhaftierung nicht erinnern könne. Auch nicht an seine Festnahme. Die verhörenden Beamten – es waren nicht immer dieselben – notierten seine dahin gehenden Aussagen zwar, aber er hatte nicht den Eindruck, als würden sie ihm glauben. Als er ihnen auch auf die Frage nach seinem Namen eine Antwort schuldig blieb – schuldig bleiben musste –, hatten sie angefangen, ihn Gregor zu nennen. Anfangs empfanden sie dies wohl als erheiternd, denn bei jeder Nennung dieses Namens lachten sie herzhaft und ein Anflug von Menschlichkeit spiegelte sich – so erschien es zumindest Gregor – in ihren Zügen. Ihm selbst sagte der Name jedoch nichts.

Auf seine Bitte, ihm ein Gespräch mit dem Botschafter seines Heimatlandes zu ermöglichen, reagierten sie eher ironisch. Welchen Botschafter er denn sprechen wolle, hatten sie gefragt, den deutschen oder österreichischen oder gar den Schweizer Vertreter. Vielleicht sogar den Niederländer ... Da hatte er nicht gewusst, was er antworten sollte.

Was wusste er überhaupt? Es war nicht viel. Als er irgendwann zu sich gekommen war, hatte er, ohne dass er einen Grund dafür nennen konnte, eine Erektion gehabt, und er hatte sich dabei ertappt, dass die Finger seiner rechten Hand sein Glied umschlossen hatten. Es war ein eigenartiges Gefühl gewesen, aber keines, das er als unangenehm empfunden hatte. Gleichzeitig waren Bilder in seinem Kopf gewesen, die wohl etwas mit seiner den flüchtigen Träumen geschuldeten Erregtheit zu tun hatten. Kaum fassbare Bilder, die sich sofort wieder in Nichts aufgelöst hatten. Einen winzigen Moment lang waren sie, zwischen unbeschreiblicher Glückseligkeit und blankem Entsetzen treibend, da gewesen. Erst Sekunden später hatte sein Denken eingesetzt, und es war nicht die Frage, wer er war, die ihn in Panik versetzte, sondern seine Verlorenheit in der Dunkelheit, die ihn umhüllte. Er hatte das Gefühl gehabt zu schweben, nicht mehr in der Lage zu sein, zwischen oben oder unten unterscheiden zu können.

Als er sich von seiner ersten Verwirrtheit befreit hatte, beschloss er, sich mit dem Dunkel, das ihn umfing, vertraut zu machen. Er richtete sich auf, wobei ihn ein Gefühl von Schwindel überkam Erst aber, als er – vorsichtig tastend – einen Fuß auf festen Grund gesetzt hatte, empfand er ein Gefühl von Sicherheit und der Schwindel ließ nach, verschwand schließlich gänzlich. Dennoch dauerte es eine Ewigkeit, bis er mit beiden Beinen auf einem Boden stand, der sich – er hatte sich gebückt und die Fläche vor ihm ertastet – als kalter Betonboden erwies.

Mit nach vorn gestreckten Armen war er dann Schritt für Schritt erst in die eine, dann in die andere Richtung gestolpert, ständig gewärtig in ein dunkles Nichts hinabzustürzen. Er war jedoch nur gegen blanke Wände getaumelt – fand in einer Ecke ein Waschbecken, eine stinkende Kloschüssel, eine hölzerne Tür – feuchte Wände, die ihn von jeder Seite umschlossen. Zumindest eine Vorstellung von den Ausmaßen des Raumes erhielt er dabei:

Ein Kerkerloch von circa drei Metern Länge und drei Metern Breite.

Wie nur war er hierhergekommen? Jegliche Erinnerung fehlte.

Dann ging Marek, nachdem er seine Arbeiten verrichtet hatte, ließ ihn allein zurück. Zumindest hatte dieser, ehe er die Tür schloss, eine vergitterte Luke geöffnet, durch die fahles Licht hereinfiel, sodass er, Gregor, sein Frühstück nicht in absoluter Dunkelheit einnehmen musste.

Von irgendwoher konnte er Geräusche unbekannter Herkunft vernehmen: Das ferne Gepolter von Straßenbahnen, ihr gelegentliches helles Klingeln, das Scheppern der Müllabfuhr, das Gestotter eines Presslufthammers. Stimmen, die der Wind herübertrug.

Ein Gefühl totaler Vereinsamung bemächtigte sich seiner. Was ihn aber am meisten quälte, war die Tatsache, dass er keine Vorstellung von seinem Gesicht, von seinen Gesichtszügen hatte. Ihm war, als habe er die Grenze zwischen sich und seiner Umwelt verloren. Wer war er nur? Hunderte Male hatten seine Finger tastend versucht, ein Bild herbeizurufen, an das er sich hätte erinnern können. Vergeblich. Kurzes, volles Haar, eine hohe Stirn, die Nase kräftig, schmale Lippen – mehr war es nicht, was sie ihm sagen konnten. In seiner Zelle gab es keinen Spiegel, keine reflektierende Scherbe, nichts, das ihm eine Ahnung davon hätte geben können, wie er aussah. Und selbst als er sich vor die Kloschüssel in seiner Zelle hingekniet hatte, um sich im trüben Wasser, das darinstand, zu erkennen, hatte sich ihm nur übel riechende Dunkelheit gezeigt.

Marek kam hin und wieder, rasierte ihn. Aber auch er brachte nie einen Spiegel, der ihm ein Bild von sich hätte verschaffen können. Nicht einmal auf seine Bitten hin. Schließlich hatte er auf dem Weg zu seinen Vernehmungen immer wieder vergeblich nach etwas Ausschau gehalten, was ihm hätte Aufschluss geben können. Etwas, in dem sich sein Bild fing. Doch da war nichts gewesen, sodass er in seiner Verzweiflung während der endlosen langen Befragungen manches Mal ganz nahe an die Beamten gerückt war, in der absurden Hoffnung sich in ihren Augen zu spiegeln.

Letztlich aber war ihm nur die Erkenntnis geblieben, dass er weder wusste, wer er war, noch dass er eine Vorstellung davon hatte, wie er aussah.

»Was wird mir denn vorgeworfen?«, fragte Gregor.

Der Offizier, der hinter einem mächtigen Schreibtisch Platz genommen hatte, lächelte den Gefangenen – und als solcher empfand sich Gregor, unbeschadet der Tatsache, dass ihm sein Status bislang noch nicht offiziell verkündet worden war – mit großer Herzlichkeit an.

»Der Grundsatz, nach dem hier entschieden wird, ist: Die Schuld ist immer zweifellos. Andernfalls wären Sie nicht hier. Außerdem, es wurde gegen Sie Anzeige erstattet.«

Er sprach makelloses Deutsch, dem dennoch ein fremder Klang innewohnte, was Gregor in seiner Empörung jedoch nicht wahrnahm.

»Aber das ist doch absurd. Ich bin noch nie mit dem Gesetz in Konflikt geraten. Da bin ich mir sehr sicher.«

Der Offizier lächelte abermals, doch glaubte Gregor, nunmehr etwas Spöttisches in diesem Lächeln zu erkennen. Er führte dies sofort darauf zurück, dass sein Gegenüber – ein Verhörspezialist, wie er vermutete – die kleine Einschränkung in seiner Antwort registriert hatte.

»Mit letzter Sicherheit kann ich das natürlich nicht behaupten«, fuhr er deshalb bemühter fort, als ihm dies eigentlich recht war. »Hören Sie, ich habe ja schon mehrfach zu Protokoll gegeben, dass ich mich nicht an das erinnern kann, was zu meiner Verhaftung geführt hat. Wie soll ich da Auskunft geben können über mein bisheriges Leben? Ich kann mich an nichts erinnern?«

»Nun, sehen Sie!«

Es klang weder triumphierend, noch war eine Spur von Mitleid in der Antwort des Offiziers zu hören. Höchstens Langeweile. Gerade aber die Tatsache, dass der Mann so ohne Zweifel zu sein schien, ärgerte Gregor über die Maßen.

Er betrachtete ihn daraufhin genauer. Ein kräftiger Kerl, mittleren Alters, der aber, bedingt durch das dünne Haar, das seinen kantigen Schädel zierte, älter aussah. Vielleicht war es aber auch die Selbstsicherheit, die er ausströmte, die ihn gereifter wirken ließ, als ihm aufgrund seiner Jahre eigentlich zustand. Dazu kam, dass die militärische Strenge, die unverkennbar war, ihm eine gewisse Würde verlieh. Gregor konnte sich erinnern, dass er während der bisherigen Verhöre als Einziger der Offiziere immer dabei gewesen war. Dennoch hatte er nie in die Befragungen selbst eingegriffen.

»Wie, wenn ich gar nicht der bin, für den Sie mich halten?«

»Wer sollten Sie denn sonst sein, Gregor?«

»Ich weiß doch nicht einmal, ob ich wirklich Gregor heiße.«

»Wie heißen Sie denn dann?«

»Ich kann mich nicht erinnern. Aber ich bin jedenfalls nicht der Mann, von dem Sie behaupten, dass er Gregor heißt.«

Der Offizier deutete wieder ein überlegenes Lächeln an und zuckte mit den Schultern. »Das ist für diese Abteilung ohne Bedeutung. Finden Sie heraus, wer Sie sind, und dann sollten Sie sich Ihrer Schuld auch stellen. Wir sammeln nur die Beweise, die in der Verhandlung gegen Sie verwendet werden.«

Gregor blickte mit gerunzelter Stirn auf den Schreibtisch, der zwischen ihm und dem Offizier stand. Eine leere Fläche, lediglich ein dünner Aktenordner, der darauf lag. In großer, etwas unsicherer Schrift war der Name »Gregor« vermerkt. Er wollte schon danach greifen, doch hielt ihn eine unbestimmte Furcht davor zurück.

»Wenn ich nun gar nicht wissen will, wessen ich mich schuldig gemacht habe? Was dann?«

»Nun …«

Gregor wollte dem Offizier in einer trotzigen Geste sein Gesicht entziehen und blickte ziellos herum. Doch der ergriff mit einem Mal seine Hände, sodass sich Gregor gezwungen sah, ihm in die Augen zu blicken.

»Tun Sie das nicht. Verstehen Sie? Wenn Sie uns Ihre Mitarbeit verweigern, dann könnten wir gezwungen sein, Ihnen bei der Suche zu helfen.«

»Wie meinen Sie das?«

Der Offizier ließ Gregors Hände los und erhob sich. Breitbeinig, die Hände in den Hüften, stand er still und blickte auf den Gefangenen hinab. Dann nickte er ihm aufmunternd zu. »Wir könnten Sie foltern. Es wäre also wirklich besser, wenn Sie sich Ihrer Verantwortung stellen.«

»Wollen Sie damit andeuten, dass hier in Ihrem Land die Folter noch immer Teil der offiziellen Gerichtsbarkeit ist? Das kann doch nicht sein!« Gregor wollte voll Empörung aufspringen, doch ein Blick aus den strengen Augen des Offiziers ließ ihn in seinen Stuhl zurücksinken.

»Wir haben eine lange Tradition peinlicher Befragungen und sind stolz auf die Erfolge, die wir auf diese Weise erzielen.

Und vergessen Sie nicht, damit bewegen wir uns durchaus im Rahmen des europäischen Humanismus, wenngleich ...«

Er führte den Satz nicht zu Ende. Es schien vielmehr, als würde ein weiterer Gedanke an die Oberfläche drängen.

»Was halten Sie davon, wenn ich Sie mit unserem feinsten, bewährtesten Foltergerät vertraut machen würde? Es ist in der Tat ein Wunderwerk der Technik und den modernen Gerätschaften, wie sie bei den Amerikanern oder Russen, selbst bei den Chinesen, Verwendung finden, in jeder Weise überlegen.«

Gregor zuckte mit den Schultern. Von Wollen konnte natürlich nicht die Rede sein, doch war es angesichts der Situation, in der er sich befand, wohl angebracht, der Aufforderung seines Gegenübers Folge zu leisten.

»Ich bin selbstverständlich ein Gegner der Folter, wie Sie sicher verstehen werden, nicht nur aus persönlicher Betroffenheit heraus. Aber ebenso wenig kann ich mich Ihrem Wunsch entziehen. Meine Lage ist mir ja durchaus bewusst.«

Der Offizier nickte. »Kommen Sie also«, sagte er, wobei ihm die Genugtuung über Gregors Bereitschaft anzusehen war.

»Es ist ein eigentümlicher Apparat«, erklärte er wenig später.

Gregor, der ihm ohne Widerstand in einen der tiefer liegenden Räume gefolgt war, richtete seinen Blick auf einen monströsen und doch fragil wirkenden Apparat, der in der Mitte des Zimmers stand. Der Offizier ließ einen bewundernden Blick auf die ihm wohlbekannte Apparatur fallen, um dann mit Eifer einige ihm wichtig erscheinende Ausführungen folgen zu lassen.

»Ursprünglich wurde dieses Gerät verwendet, um Verurteilte in angemessener Weise zu exekutieren. Erst seit einiger Zeit führen wir damit auch Folterungen durch, um die Angeklagten dazu zu bringen, sich ihrer Schuld zu stellen. Wie gesagt, mit großem Erfolg.«

»Haben Sie dieses Monstrum erfunden?«, unterbrach ihn Gregor, der seine Abscheu nicht verbergen konnte.

»Nein, nein.« Der Offizier hob die Hände, als wollte er den Eindruck, er könnte sich mit fremden Federn schmücken, weit von sich weisen. »Das, was Sie hier sehen, ist nicht das Original. Das ist verschollen. Aber es ist uns gelungen, mittels der Schriften eines unserer wichtigsten Autoren eine exakte Replik herzustellen … ein Meisterwerk.«

Gregor hatte nur wenig Sinn für den Apparat, ließ sich aber dennoch – wenn auch widerstrebend – die Funktionsweise erklären.

»Dieser Apparat besteht, wie Sie sehen können, aus drei Teilen: Der untere wird das ›Bett‹ genannt, der obere heißt der ›Zeichner‹ und der mittlere, schwebende Teil wird als ›Egge‹ bezeichnet … Im Übrigen sind dies die Originalbezeichnungen, wie sie überliefert wurden.«

Gregor trat nun doch näher heran, ließ sogar seine Finger über das glatte Holz und das schimmernde Metall des Folterinstruments gleiten.

»Ich will Sie nicht mit Einzelheiten langweilen, auch wenn das System höchste Bewunderung verdient«, fuhr der Offizier nach einer Weile fort. »Jedenfalls wird der Delinquent auf dem Bett festgeschnallt, sodass nicht die geringste Bewegung möglich ist. Dies ist wichtig, da wir äußerst exakt arbeiten und jede auch nur geringe Positionsänderung die Genauigkeit der Ausführung infrage stellen würde.«

Gregor nickte, als verstünde er die Zusammenhänge des komplexen Mechanismus. »Was passiert, wenn das Opfer auf dem Bett liegt?«

Der Offizier unterbrach ihn sofort. »Ich bitte Sie inständig, im Zusammenhang mit den Folterungen nicht von ›Opfern‹ zu sprechen. Letztlich helfen wir den Delinquenten, die Wahrheit zu erkennen … Aber sehen Sie …« Er deutete nun auf die Egge, die gleichsam über dem Bett zu schweben schien. Zweierlei Nadeln in vielfacher, unterschiedlicher Anordnung ragten daraus hervor. »Die Egge wird anschließend auf den Körper des darunterliegenden Menschen gesenkt und setzt sich in Bewegung, sticht ihre Spitzen in den Rücken. Ein äußerst schmerzhafter Prozess. Die lange Nadel schreibt, während die kurze Wasser ausspritzt, um das Blut von der Haut des Darunterliegenden abzuwaschen. So wird die Schrift immer klar erhalten. Der gesamte Vorgang dauert in der Regel etwa zwölf Stunden. Länger hat noch keiner die Prozedur ertragen …« Der Offizier setzte eine Weile in seinen Erklärungen aus, um Gregor genügend Zeit zur ungestörten Betrachtung zu geben.

»Nun liegt also der Mann«, sagte Gregor. »Was aber wird in seine Haut geritzt?«

»Das, worin seine Schuld besteht. Ein Schriftzug, der die jeweilige Schuld in präziser Form zusammenfasst.« Der Offizier bemerkte Gregors Verwirrung und lachte. Er deutete auf den Zeichner, der über der Egge angebracht war. »Dort im Zeichner ist das Räderwerk, welches die Bewegung der Egge bestimmt, und dieses Räderwerk wird nach uralten, uns überlieferten Zeichnungen gesteuert.«

»Woher kommen diese Zeichnungen?«

Gregors Gegenüber zuckte mit den Schultern, als sei die Frage ohne Bedeutung, doch ihm, Gregor, schien es, als habe er den Schwachpunkt der Maschinerie instinktiv erkannt. Wenn es zutraf, dass die Herkunft des Regelsystems nicht klar zu bestimmen war, lud dies doch zu fehlerhaften Auslegungen gerade im Hinblick auf Fragen der Schuld ein.

Er äußerte diesen Einwand, doch machte er nur wenig Eindruck auf den Offizier.

»Es gibt in der Tat Bestrebungen, die Zeichnungen zu ändern, sie dem Zeitgeist anzupassen …«

Er lachte und zeigte damit, wie wenig er von solchen Tendenzen hielt.

»Aber wir gehen doch davon aus, dass Gesetzmäßigkeiten ihre Berechtigung auch aus der Tatsache ziehen, dass sie auf eine tiefer liegende, der Zeit entzogene Wahrheit zurückzuführen sind.«

Dieser Position konnte Gregor in seiner gegenwärtigen Lage natürlich nur wenig entgegensetzen, und so entschied er sich, die Ausführungen seines Gegenübers nicht weiter zu kommentieren. Ohnehin schien der Offizier mit einem Mal das Interesse an weiteren Erklärungen verloren zu haben. Wohl ging er davon aus, dass seine Präsentation ihr Ziel erreicht hatte und Gregor sich der Unausweichlichkeit seines weiteren Schicksals bewusst geworden war.

Er drückte auf einen verborgenen Knopf neben der Tür und nach wenigen Minuten erschien Marek, um Gregor in seine Zelle zurückzuführen.

»Was passiert nun mit mir?« Gregor schrie die Worte so laut, dass sich ihm der Offizier ganz erstaunt zuwandte.

»Mich fragst du?«, sagte er – vor lauter Erstaunen war er ins persönlichere Du gewechselt. Er fasste sich aber sofort. »Nun, wenn Sie wollen, können Sie gehen. Die Türen stehen Ihnen offen«, fügte er dann noch hinzu. »Aber eines sollten

Sie beachten: Es ist Ihnen nicht gestattet, die Stadt zu verlassen … unter keinen Umständen.« Dann drehte er sich endgültig weg, so als wollte er mit seinem Lachen allein sein.

2 DER AUFTRAG

Sie heißt Alexandra und erinnert mich ein bisschen an die Sängerin mit der rauchigen Stimme, deren Liedern ich vor mindestens hundert Jahren voll Sehnsucht gelauscht habe.

»Alexandra?«, frage ich. »Wie die Sängerin?«

Sie lacht, sagt, sie kenne keine Sängerin mit diesem Namen. Aber egal. Wahrscheinlich hält sie mich für einen alten Sack, der kurz davor steht, ihr seine Lebensgeschichte zu erzählen. Ich gebe mich cool, spiele mit meinem Kugelschreiber. Wie sie auf mich gekommen sei, will ich wissen. Ich blicke dabei an ihr vorbei auf das Bob-Dylan-Poster, welches mich seit meiner Studentenzeit begleitet und nun hinten an der Wand meines Büros hängt. Ob sie wenigstens ihn kennt? Ich wage nicht zu fragen.

»Auf Empfehlung«, meint sie. Es klingt ein bisschen kokett. Ich beschließe, dies für den Moment zu akzeptieren. Die Freundin der Lebensgefährtin eines Freundes würde mich kennen. Sie nennt einen Namen, der mir nichts sagt. Ich nicke dennoch.

»Was also …?«

Sie kramt in ihrer Tasche, die teurer wirkt als ihre gesamte restliche Garderobe. Dann zieht sie ein Foto heraus, legt es vor mich hin.

»Mein Prof«, erklärt sie, als sei damit alles gesagt.

Ich rücke das Foto näher heran und blicke in das Gesicht eines Mannes, den man wohl als gut aussehend bezeichnen kann. Die Haare dicht und dunkel über ebenso dunklen, buschigen Brauen, der Mund voll und doch männlich, ein markantes Kinn, Augen, die, weit von der Nasenwurzel entfernt, an der Kamera vorbeiblicken. Ich schätze ihn auf etwas über 40, wobei ich mir eingestehen muss, dass ich Männer hinsichtlich ihres Alters meistens falsch einschätze. Ein französisches Gesicht mit einem Hang zur Schwermut. Er erinnert mich an den jungen Gilbert Bécaud, und wie es scheint, hat er meiner Besucherin den Kopf verdreht.

Professor Antonin Hruby ist spurlos verschwunden. Ist nachts aus dem Hotel geschlichen und nicht zurückgekommen. Er habe nur noch einen Drink zu sich nehmen wollen, während sie genug von den Anstrengungen des Tages gehabt habe und schon zu Bett gegangen war.

»Er hat sich in Luft aufgelöst. Einfach so.«

»Das kann nicht sein! Niemand löst sich in Luft auf.«

»Dann ist er davongeflattert wie ein Vogel.«

»Auch nicht sehr wahrscheinlich.«

Sie schaut mich böse an. Als würde ich sie nicht ernst nehmen.

»In welchem Verhältnis stehen Sie zu dem Professor?«

»Wir vögeln.«

Ich lasse dies sacken, richte meinen Blick auf Bob, der hinter seiner dunklen Sonnenbrille zu grinsen scheint. Die Saat ist aufgegangen, denke ich. Keine Frage. Da kommt der Nobelpreis nicht ganz unverdient.

»Interessant«, erwidere ich.

Sie zuckt mit den Schultern. »Er ist natürlich schon ein bisschen aus der Übung, aber wir lieben uns, und ich möchte, dass Sie ihn finden.«

Das Telefon schrillt. Ich kenne die Nummer auf dem Display: Charlotte, die Seelenverwandte, mit der ich seit geraumer Zeit Wohnung, Bett und Fernsehprogramm teile.

»Meine Freundin«, sage ich entschuldigend. Alexandra, die wohl so alt ist wie Charlotte, nickt gönnerhaft. »Nur zu.«

Ich komme mir plötzlich albern vor, wenig seriös. Denke daran, wie kritisch sich die junge Frau über ihren Professor und seine erotische Tauglichkeit geäußert hat. In seinem und meinem Alter sollte man eigentlich eine feste Beziehung und keine Freundin haben. Ist das nicht so? Die Frage, was Charlotte von meinen männlichen Qualitäten hält, scheint mir mit einem Mal wichtig. Irgendwann werde ich sie danach fragen. Ich hebe ab.

»Stör ich?«, vernehme ich. Es scheint ihr aber nicht in den Sinn zu kommen, dass diese Möglichkeit tatsächlich bestehen könnte, denn sie sprudelt sofort weiter. »Ich möchte endlich mit dir verreisen«, sagt sie.

Ich kenne ihre spontane Art, bin somit von ihrem Ansinnen nicht überrascht. Dennoch halte ich es für angebracht, sie in ihrer Euphorie etwas zu zügeln. Sie liegt mir schon seit Tagen mit dem Wunsch, die Stadt für ein paar Tage zu verlassen, in den Ohren. Selbst mein Hinweis, dass ich zu arbeiten habe, wie andere Menschen auch, hat sie nicht sonderlich beeindruckt.

»Du weißt, dass mir die Leute hier auf den Geist gehen.«

»Wohin willst du denn überhaupt?«, frage ich. Eine Frage, die selbst für mein Gefühl sehr passiv klingt.

»Ich weiß nicht«, sagt sie, »nur weg von hier.«

Ich lache verhalten. Ihr Wunsch kommt mir bekannt vor. Einen Moment lang lasse ich meinen Blick schweifen. Von Bob zu der jungen Frau, der der Professor abhandengekommen ist, und wieder zurück zu Bob.

»Na ja«, meine ich schließlich. »Vielleicht tut sich da tatsächlich etwas. Aber ich weiß noch nichts Genaues ... Ich komm bald. Also bis nachher.«

Sie hat bereits aufgelegt. Ich spreche mit dem Leerzeichen. Telefonate mit Charlotte laufen nie normal ab.

Alexandra lächelt. »Ihre Freundin möchte verreisen?«

Ich seufze, zucke mit den Schultern. »Regensburg gefällt ihr nicht, zu viel Provinz, und überhaupt ...«

»Dann machen Sie ihr doch die Freude. Wien ist sehr schön.«

»Wieso gerade Wien?«, frage ich verwirrt, ehe es mir dämmert. »Ihr Professor ...«

Sie nickt. »Wir sind im Hotel Schani abgestiegen. Nicht weit von der Donau entfernt, ganz im Zentrum. Gutes Hotel ... Bis er dann verschwunden ist.«

»Was wollte Ihr Professor denn in Wien?«

Alexandra blickt versonnen auf den Kugelschreiber in meiner Hand. Sicher sieht sie ein phallisches Symbol darin, geht es mir durch den Kopf. Vielleicht bilde ich mir das aber auch nur ein. Ich senke jedenfalls die Spitze.

»Wir wollten uns amüsieren. Wir beide wollten das. Es waren gerade Semesterferien und ... außerdem wollte er jemanden treffen, der in Wien oder ganz in der Nähe wohnt.«

»Wissen Sie, wer das war?«

»Nein. Er hat es nur kurz erwähnt. Ich wollte ursprünglich, dass er mit mir nach Venedig fliegt, aber er meinte, Wien sei für ihn besser, da er da die Gelegenheit nutzen könne, jemanden zu sprechen, der ihm etwas mitteilen wolle. Etwas ganz Besonderes. Vielleicht hing das mit seinen Forschungen zusammen. Toni war ja immer auf der Suche nach irgendwelchen ungeheuer wichtigen Dingen.«

Sie verdreht ihre dunklen, intensiven Augen ein bisschen, was ihr recht gut steht. Zumindest nach meinem Gefühl. Ihre Stupsnase mit dem kleinen Aufwärtsdrall wird dadurch betont.

»Hat er erwähnt, ob es sich bei der Person um einen Mann oder eine Frau gehandelt hat?«

»Nein. Ich war damals sauer, dass er nicht nach Venedig wollte. Wien scheint mir ja eher etwas für alte Leute. Da hab ich ihn nicht weiter danach gefragt …«

»Hm.« Ich brumme etwas, ohne in irgendeiner Weise auf ihre Aussage hinsichtlich Wiens einzugehen. Ich persönlich liebe Wien mit seinem dekadenten Flair, ohne mich dabei alt zu fühlen. Mag schon sein, dass es hierbei unterschiedliche Meinungen gibt. Nun ja! Was wohl Bob dazu sagen würde? Ich blicke nach hinten, aber er hält sich bedeckt.

»Werden Sie den Fall also übernehmen?«

Es klingt ein wenig fordernd, was aber – wie ich vermute – nur ihrer Besorgtheit geschuldet ist. Noch ist es kein Fall, denke ich. Viele Männer verschwinden einfach, ohne Spuren zu hinterlassen. Manchmal von einem Tag auf den anderen. Frauen tun das eher selten. Warum das so ist, weiß ich nicht. Letztlich geht es aber immer nur um die Frage, ob das Verschwinden einer Person freiwillig oder unfreiwillig erfolgt. Allerdings gibt es dabei eine Reihe von Zwischentönen.

»Haben Sie denn schon mit der Polizei gesprochen?«

Sie macht eine wegwerfende Handbewegung, die den gesamten Beamtenapparat zu umfassen scheint.

»Natürlich. Es gibt eine offizielle Vermisstenanzeige. Seine Frau hat ihn als vermisst gemeldet. Mehr aber wollten sie mir nicht sagen …«

Ich nicke. Natürlich würde man ihr keine näheren Auskünfte geben. Dennoch wundere ich mich, dass man sie noch nicht vernommen hat. »Hat man Sie über Ihre Reise mit dem Professor nicht ausführlicher befragt?«

»Nur ganz kurz. Der Polizist, der mir die Fragen gestellt hat, hat mich wohl für ein kleines, dummes Flittchen gehalten und kaum hingehört.«

Ich weiß nicht, was ich sagen soll, nicke also lediglich mitfühlend. Daraufhin nimmt sie das Foto, das immer noch vor mir liegt, und steckt es in ihre teure Tasche.

»Nun?«

»Ich melde mich«, sage ich. »Sie können das Foto gern hierlassen.«

Sie holt es wieder hervor, legt es vor mich hin. Dann geht sie und hinterlässt eine Lücke auf dem alten Korbsessel. Als sie an Bob vorbeikommt, lächelt sie ihm leicht zu. Ich kann es genau sehen. Der verzieht jedoch keine Miene.

Kaum hat sie mein Büro verlassen, rufe ich Trotzki an. Trotzki, das ist mein alter Freund und früherer Chef, der im Gegensatz zu mir mit einer Extraportion Sitzfleisch und Beharrlichkeit ausgestattet ist. Trotzki ist natürlich nicht sein bürgerlicher Name, aber so heißt er für mich seit gemeinsamen Studententagen. Inzwischen hat Trotzki die Karriereleiter bei der Regensburger Polizei erklommen und gilt als aussichtsreichster Anwärter auf den Posten des Polizeichefs, sollte der jetzige jemals in Ruhestand treten.

Ich frage ihn nach Antonin Hruby und ob sie etwas über ihn haben.

»Komm doch auf einen Sprung rüber«, keucht er. Er ist Raucher und klingt wie Hildegard Knef zu ihrer besten Zeit. Sein Büro liegt lediglich zwei Minuten entfernt am Minoritenweg.

»Ist gut«, sage ich. Schon legt er auf. Fast so schnell wie Charlotte. Zumindest lässt er mich ausreden, denke ich. Noch Sekunden danach habe ich das Krachen seiner maroden Lungenflügel in meinen Ohren.

»Schön, dass du da bist«, begrüßt er mich wenig später. Er hat eine Zigarette im Mund und der Rauch von Hunderten bereits gerauchter liegt in der Luft seines Büros. »Schließlich habe ich das Mädchen ja zu dir geschickt. Interessanter Fall …«

»So läuft der Hase also.« Ich bin nicht sonderlich überrascht. Gelegentlich schanzt er mir einen Auftrag zu, wenn er und seine Truppe auf offiziellem Weg nicht weiterkommen.

»Offizieller Auftrag?«, frage ich.

»Nein«, sagt er, »aber das Honorar ist in Ordnung.«

»Gut«, sage ich. »Was ist denn mit diesem Hruby?«

»Komische Sache das Ganze.« Er reicht mir ein Schriftstück, eine Art Dossier zum Fall Hruby. Darin eine Reihe von Fakten, alle säuberlich vermerkt. Professor Hruby lebt in Regensburg. 42 Jahre alt. Studium an der Karls-Universität von Prag. Promotion über Franz Kafka. Seit zwei Jahren ordentlicher Professor an der Uni Regensburg. Verheiratet mit einer gleichaltrigen Psychologin mit eigener Praxis. Frauenschwarm und äußerst beliebt bei seinen Studentinnen. Von einer Reihe außerehelicher Beziehungen kann mit einiger Wahrscheinlichkeit ausgegangen werden. Vor circa zwei Wochen spurlos aus einem Wiener Hotel verschwunden.

Ich blicke Trotzki an. Der bleckt die Zähne. Eine Reihe nikotingelber Perlen leuchtet mir entgegen.

»Hier.« Er deutet auf eine mehrfach gefaltete Seite, die vor ihm liegt und ganz offensichtlich aus einer Zeitschrift herausgetrennt worden ist. »Könnte eine Spur sein …«

»Was ist das?«, frage ich nach einem kurzen Blick.

»Lies halt!« Er lacht. Es klingt, als würden mehrere Häuser gleichzeitig zusammenstürzen. »Hat mir Hrubys Frau gegeben. Die hat den Artikel in einer Jackentasche des Professors gefunden.«

Der Text ist in einer mir völlig fremden Sprache verfasst – wohl in einem Wissenschaftsmagazin erschienen. In der Mitte des Textes ein verblichenes Schwarz-Weiß-Foto, das einen Mann mittleren Alters zeigt. Ein mächtiger Schnauzbart gibt ihm das Aussehen eines Walrosses.

»Du bist ein Komiker, Trotzki«, sage ich und stecke den Artikel ein.

Charlotte ist sofort bereit, mit mir nach Wien zu fahren. Sie sagt, sie mag die Österreicher, vor allem die Wiener, mit ihrem Schmäh und ihren Fernsehsendungen, die – wie sie meint – einfach kultig sind. Ich stimme ihr zu. Dann fragt sie mich, warum ich mit einem Mal bereit bin, mit ihr zu verreisen. Ich erzähle ihr von Professor Antonin Hruby und seinem plötzlichen Verschwinden.

»Er hat keine Spuren hinterlassen, ist wie vom Erdboden verschluckt …«

Charlotte ist enttäuscht. Kann ohnehin nicht verstehen, warum ich die Suche nach Menschen, die wie Antonin Hruby plötzlich von der Bildfläche verschwinden, zu meinem Beruf gemacht habe. Sie empfindet es als verstörend, sich mit der dunklen Seite des Lebens zu beschäftigen, um damit seinen Lebensunterhalt zu verdienen.

»Wie eine Kanalratte, die in der menschlichen Scheiße ihr Leben fristet und bald so stinkt wie ihre Umgebung.«

Ich halte ihre Ausdrucksweise für weit überzogen, beinahe für peinlich, muss aber zugeben, dass sie ein bisschen recht hat: Der Beruf färbt zu einem gewissen Grad ab. Macht einen manchmal richtig traurig. Aber meine Bestimmung im Leben ist es nun mal, nach Menschen zu suchen, die verloren gegangen sind.

»Ich habe nichts anderes gelernt«, sage ich. »Ein verkrachter Polizist mit einer viel zu jungen Freundin. Was soll ich machen?«

Sie lacht und wenig später versuche ich turnerisch-erotisch mein Bestes zu geben. Dabei liegt mir die Akrobatik, zu der mich Charlotte meistens nötigt, nicht unbedingt. Ich denke an Alexandra, die junge Frau, nach deren viel zu altem Liebhaber ich nun bald meine Fühler ausstrecken werde.

3 DAS HOTEL SCHANI

Wir nehmen den Zug. Charlotte ist begeisterte Zugreisende. Sie hasst Fliegen, mehr aber noch das Autofahren.

»Was ist so toll am Zugfahren?«, frage ich sie.

Sie lacht. »Einfach alles. Vor allem bist du frei. Du kannst tun, was du willst.«

Ich blicke sie ganz skeptisch an. »Eingesperrt bist du. Nicht mehr und nicht weniger.«

»Aber nein. Ganz und gar nicht. Du schläfst, wenn du müde bist. Du gehst spazieren, wenn du dir die Beine vertreten willst. Wenn es einen Speisewagen gibt, kannst du essen und trinken, mit interessanten Männern flirten. Du öffnest die Abteiltür, wenn du Besuch empfangen willst …«

Da erzähle ich ihr eine Geschichte, die ich einmal gelesen habe. Ein Zug, der durch einen Tunnel rast, der eigentlich sehr kurz ist, an jenem Tag aber nicht mehr zu enden scheint. Ein mitreisender Student, der in den gewohnten Zug eingestiegen ist, wird, da er sich die Länge des Tunnels nicht erklären kann, von Unruhe befallen. Nachdem er sich zur Lokomotive nach vorn gekämpft hat, findet er zu seinem Entsetzen den Führerraum leer vor. Der Zugführer ist abgesprungen. Nichts ist, wie es sein sollte. Die Lokomotive gehorcht nicht mehr, die Notbremse funktioniert nicht und der Zug rast immer schneller und schneller in einen dunklen Abgrund.

Am Ende sieht der Student dem kommenden Tod mutig ins Auge. Es gibt ja, wie er erkennen muss, ohnehin nichts, was er tun könnte.

»Was ist mit seinen Mitreisenden?«

»Die bemerken nicht, was mit ihnen geschieht. Rasen mit auf den Abgrund zu.«

Charlotte findet meine Geschichte schrecklich, ist sich sicher, dass so etwas in der Realität nie passieren kann. Ich stimme ihr zu. Dann blicke ich aus dem Fenster. Kein Tunnel weit und breit.

Das Hotel Schani, im Viertel Belvedere, ganz zentral in der Nähe des Hauptbahnhofs gelegen, ist noch recht neu und versucht, Wiener Gemütlichkeit und Moderne in Einklang zu bringen. In der Lobby sind Tische mit Computern, die auf rastlose Geschäftsleute warten. WLAN ist selbstverständlich kostenfrei und auch auf den Zimmern verfügbar. Für mich ist es das erste Hotel, in dem mein Smartphone gleichzeitig auch als Zimmerschlüssel fungiert. Ein Tatbestand, der bei Charlotte nicht den Hauch von Verwunderung auslöst, mich aber doch etwas irritiert. Gerade in Wien hätte ich schon eher Zimmerschlüssel in Größe und Form barocker Totschläger erwartet. Ich lasse mir aber nichts anmerken, gebe mich weiterhin weltoffen.

Charlotte ist müde von der Zugfahrt, beschließt früh zu Bett zu gehen, was mir ganz recht ist. Ich sehe eine Parallele zu Alexandra und ihrem Professor und horche in mich hinein. Vielleicht lässt sich ja eine Duplizität der Ereignisse herstellen, wenn ich, wie der Abgängige, das Hotel noch einmal verlasse, um mir einen hinter die Binde zu gießen. Ein verlockender Gedanke. Gleichzeitig ist es lächerlich, ein plumper Beschwörungsversuch.

Ich begebe mich hinunter in die Lobby. Sie nennen es »Schanis Wohnzimmer«, einen Ort der Inspiration. An der Bar sitzen einige wenige Geschäftsleute, die traurig in ihre Gläser stieren, wenn ihre Blicke nicht gerade der jungen Angestellten hinter dem Tresen folgen. Keiner, der mit einem der anderen Gäste ein Wort wechseln würde. Ich verstehe sofort, warum Antonin Hruby das Hotel verlassen hat. Inspiration ist hier nicht zu erwarten. Wiener Flair noch weniger.

Die Bedienung ist recht jung, vielleicht eine Studentin, die sich nebenbei ein Taschengeld verdient. Ich zeige ihr das Foto, das mir Alexandra gegeben hat, frage, ob sie sich an Professor Hruby erinnern könne.

»Ja«, sagt sie. »Die Kieberer haben auch schon nach ihm gefragt. Des is aber schon a Zeit lang her.«

Ihr Wienerisch ist angenehm und melodiös. Ich habe keine Probleme damit.

»Ja, und?«

»Na ja. Der Mann war hier an der Bar. Aber nicht lang. Dann is er weiter. Wahrscheinlich hat's ihm nicht gfalln bei uns …«

»Wo ist er denn hin?«

»Er hat gfragt, ob's in der Nähe was gibt, wo's gmütlicher is.«

»Und?«

»Na, ich hab ihm das Orion am Bahnhof empfohlen … Ob er da hin is, weiß ich aber nicht.«

»Das Orion …«

»Jaja, wenn S' was erleben wolln …«

Ich lache und gebe ihr zu viel Trinkgeld. Dann mache ich mich auf den Weg. Ehe ich die Lobby verlasse, drehe ich mich noch einmal um. Sie blickt mir hinterher. Den Ausdruck in ihrem Gesicht kann man getrost als nachdenklich bezeichnen.

Auf dem Weg zum Orion habe ich mit einem Mal das Gefühl, verfolgt zu werden. Ich drehe mich um, aber da ist niemand, der sich auffällig verhalten würde. Ich verlangsame meine Schritte, bleibe gelegentlich stehen, vertiefe mich in die Auslagen der Geschäfte, die noch immer hell erleuchtet sind. Nichts. Ein dünner Strom von Passanten, der an mir vorüberfließt, Männer und Frauen, die meinen Weg kreuzen. Ein dunkel gekleideter Mann kommt mir entgegen, mustert mich im Vorübergehen. Ich blicke hinter ihm her, doch er schreitet voran, ohne sich umzudrehen. Nach einiger Zeit verliere ich ihn aus den Augen.

Das Orion liegt in einer Seitenstraße, nur wenige Schritte vom Bahnhofsplatz entfernt, und ist Teil einer multikulturellen Oase inmitten der Stadt. Es sind vorwiegend Männer jedweder Altersgruppe, die hier herumstreichen, die meisten, wie es scheint, auf der Suche nach irgendetwas. Eine typische Bahnhofsgegend, wie man sie in vielen europäischen Hauptstädten findet.

Der Eingangsbereich zum Lokal ist in rotes Licht getaucht. Der Versuch, gehobene Atmosphäre vorzutäuschen, ist erkennbar, das passable Ergebnis dem sanften Schleier der Nacht geschuldet. Vielleicht hat das Orion irgendwann einmal wirklich Eleganz ausgestrahlt. Jetzt nicht mehr. Ich gehe die drei Stufen vor mir hinunter, wuchte mein Gewicht gegen die Eingangstür und sehe mich einem kräftigen Burschen gegenüber, der mich kritisch mustert. Sein Anzug sitzt etwas knapp, was vor allem an den Muskelpaketen liegt, die das Jackett zu kaschieren versucht. Er kaut auf einem Kaugummi und grinst dabei so schief wie Arnold Schwarzenegger nach einem Work-out mit dem Kindermädchen seiner Sprösslinge. Seine Stimme ist ungewöhnlich hoch, zumindest für jemanden mit seinen Gardemaßen. Dem Dialekt nach zu urteilen, könnte seine Wiege ganz in der Nähe von der gestanden haben, in der Arnie seine ersten Klimmzüge getätigt hat.

»Gestatten, der Herr«, sagt er. Dann filzt er mich nach allen Regeln der Kunst. Selbst im Schritt. Ich protestiere.

»Na, wissen S' doch eh, mein Herr, nix wia Terroristen heitzutage. Des is einfach grauslig.«

Ich nicke.

Das Mädchen hinter der Theke ist strohblond, mit einem langen Hals und müden Augen. Ihre Brüste sind so flach, dass selbst der Push-up wenig ausrichten kann.

»Pils«, sage ich. Ich fühle mich ein bisschen wie Philip Marlowe und vermeide jedwede Form von Herzlichkeit. Sie registriert es, doch scheint sie nicht sonderlich beeindruckt. Wahrscheinlich hat sie schon eine Menge gesehen in ihrem Leben. Da sind Typen wie ich nichts Besonderes.

Das Pils ist nicht ganz frisch und in weniger als drei Minuten gezapft. Kein Grund, überkritisch zu sein, denke ich. Ich blicke mich um. Das Lokal ist etwa zur Hälfte gefüllt. Männer in meinem Alter, aber auch reifere Jahrgänge, die meisten gut gekleidet. Die Mädchen, die mit übergeschlagenen Beinen neben ihnen sitzen und Sekt schlürfen, sind dagegen kaum bekleidet. Hochhackige Schuhe, die nervös wippen, und viel nackte Haut, die in der schummrigen Beleuchtung golden glänzt. Ein Tempel fader Lust.

Ich wende mich wieder der Flachbrüstigen zu. Sie mag mich nicht. Das ist offenkundig. Es steht in ihren Augen geschrieben. Dennoch winke ich sie zu mir heran.

»Wer ist denn der Geschäftsführer in diesem Laden?«, frage ich. Sie sieht mich erstaunt an. Meine Coolness scheint sie nun doch zu beeindrucken.

»Es gibt zwei.« Sie macht eine elegante Bewegung mit ihrer Rechten, streicht sich betont langsam durchs Haar und zeigt dabei – so scheint es zumindest – mehr als eine Handvoll blutroter Fingernägel.

»Herr Flach ist hier von acht bis elf, dann übernimmt Joe, sein Assistent.«

Ein Blick auf die Uhr lässt den Schluss zu, dass Herr Flach mein Ansprechpartner sein müsste.

»Wo finde ich Herrn Flach?«

Sie lehnt sich über die Theke, sodass ich ihr Haar riechen kann, und deutet mit einem ihrer roten Fingernägel auf ein Schild, auf dem »Toiletten« steht. »An den Toiletten vorbei, den Gang nach hinten. Steht ›Büro‹ drauf ... Etwas nicht in Ordnung?«

Ich habe nicht den Eindruck, dass sie sich Sorgen macht, auch wenn sie fragt.

»Alles fresh«, sage ich. »Rein geschäftlich.«

Ich erhebe mich, lege einen größeren Schein vor sie hin, den sie kommentarlos nimmt. Der Gedanke an Wechselgeld scheint ihr fremd. Im Gehen sehe ich, dass sie den Telefonhörer abnimmt.

Die Tür zum Büro ist halb geöffnet. Ich trete ein und schließe sie. Ein Mann hat gerade wieder hinter einem riesigen Schreibtisch Platz genommen, auf dem außer einem Aschenbecher, einem Laptop und einer Staubschicht nicht sehr viel zu sehen ist. Herr Flach ist ausgesprochen klein und vor allem ziemlich dick. Augen, die hinter Fettwülsten unruhig hin und her huschen, mustern mich ohne Enthusiasmus. Ich lege meine Karte auf den Schreibtisch. Er greift nach ihr, liest, was darauf steht, und gibt sie mir wieder.

»Privatermittler?«, fragt er. Eher rhetorisch, denn genau das steht auf meiner Karte.

Ich nicke. »Herr Flach?«, frage ich. Ebenfalls rhetorisch.

»Was kann ich für Sie tun?«

»Ich suche diesen Herrn?« Ich zeige ihm das Foto, das Alexandra mir gegeben hat.

»Was ist mit ihm?«

»Hat sich in Luft aufgelöst … davongeflattert wie ein Vogel.«

Der Dicke lacht. »Kommt des Öfteren vor, nicht wahr?«

»Man hat mir erzählt, dass er hier gewesen ist, kurz vor seinem Abgang.«

»Kann schon sein. Solche wie er sitzen bei uns jeden Abend an der Theke, was also …?«

Die Frage hängt in der Luft. Noch immer wirkt er gelangweilt.

»Mit welcher Ihrer Damen ist er davongeflattert?«

»Keine Ahnung.«

»Sehen Sie, Herr Flach«, sage ich, »ich arbeite mit der Kripo in Regensburg zusammen. Ein kleiner Hinweis würde helfen, würde uns beiden den offiziellen Weg ersparen …«

Er lacht. »Schreiben Sie Krimis fürs Fernsehen?« Er grinst jetzt wie ein netter, alter Onkel.

»Ertappt«, gebe ich zu.

»Na dann! Wann war denn Ihr Flattervogel hier?«

Ich kläre ihn darüber auf. Daraufhin greift er in eine der Schubladen des Rollcontainers neben dem Schreibtisch, zieht einen Stick heraus und schiebt ihn in den Laptop.

Minuten später erscheint Antonin Hruby auf dem Bildschirm.

»Voilà«, meint Herr Flach. »Moderne Technik. Zahlt sich aus. Auf jedem Stick ein Tag. Bei uns Standard.«

Ich nicke ihm anerkennend zu und verfolge Antonin Hruby, wie er sich an die Bar begibt und im Rekordtempo den Annäherungen einer der leicht bekleideten Damen erliegt.

»Der hat sich nicht gewehrt«, grinst Herr Flach ganz süffisant, was ich in keiner Weise in Abrede stelle. Eine Flasche Sekt und diverse Schnäpse später sieht man, wie Alexandras Professor und die recht anschmiegsame Dame das Orion verlassen. Im Hintergrund ist die Flachbrüstige zu sehen, die einige Scheine von veritabler Größe vom Tresen nimmt und in ihrer Kasse verbucht. Die Buchhaltung scheint auf jeden Fall korrekt zu sein.

»Wo finde ich die Dame?«

Ich deute auf Professor Hrubys Begleitung, die man nur mehr von hinten sieht. Mittlerweile trägt sie einen getigerten Mantel, der knapp und vor allem figurbetont geschnitten ist. Die Hand des Professors ruht besitzergreifend auf ihrem Hintern. Herr Flach ziert sich ein bisschen, so als wolle er es mir nicht zu einfach machen. Ich vermute einen Reflex dahinter, der aus den Erfahrungen eines Lebens im Milieu geboren, eine defensive Grundhaltung Ermittlern oder Polizisten gegenüber erkennen lässt. Ich hege durchaus Verständnis dafür, beharre jedoch auf einer Auskunft. Widerwillig klickt sich der kleine, dicke Herr Flach daraufhin auf seinem Laptop zu einer Adressenliste durch, die er umgehend vor meinen neugierigen Blicken zu verbergen versucht. Dann kritzelt er einen Namen nebst Telefonnummer auf einen Zettel und überreicht ihn mir.

Die Dame heißt Chrissy, mit bürgerlichem Namen Christine Schanderl. Ich lache laut heraus, als ich das lese. Herr Flach, der mit Regensburg wohl nur die Donau verbindet, sieht mich daraufhin ganz entgeistert an.

4 MARLOWE

Als ich das Orion verlasse, fällt mir sofort der Mann auf, der im Halbschatten des Gebäudes gegenüber in einem Torbogen kauert und an einer Zigarette zieht. Sein Gesicht ist nicht zu erkennen, da der tief hereingezogene Hut und der aufgestellte Kragen seines Trenchcoats dies unmöglich machen. Lediglich die aufleuchtende Glut seiner Zigarette lässt für kurze Augenblicke erahnen, dass es sich um einen Mann in seinen Dreißigern, vielleicht auch frühen Vierzigern handelt.

Mein Blick streift ihn kurz, ehe ich weitergehe. Ich wundere mich dabei, dass mich das Bild des Fremden in ungewöhnlicher Weise irritiert. Vielleicht hängt diese Verunsicherung ja damit zusammen, dass er aus irgendeinem Grund den Anschein erweckt, aus der Zeit gefallen zu sein. Wie ein Gemälde, das aus seinem Rahmen geschnitten zu Boden sinkt, sich zusammenrollt und seine Dimensionen verliert. Als ich mich nach wenigen Schritten noch einmal umdrehe, steht er noch immer in seiner dunklen Ecke. Ich habe das Gefühl, dass er mir mit seinen Blicken folgt.

Ein wenig erinnert er mich an den jungen Humphrey Bogart. Der breitkrempige Hut und der lange Mantel passen nicht in unsere Zeit. Ich kenne wenige Männer seines Alters, die heute noch solche Hüte tragen, denke ich. Auch der Trenchcoat wirkt, als sei er einem Theaterfundus entliehen. Ich gehe weiter. Als ich nach wenigen Metern die Straße überquere, ist er schließlich verschwunden. Meine Unruhe bleibt.

Als ich das Schani erreiche, ist es kurz vor Mitternacht. Die Lobby ist bereits abgedunkelt und die Nachtschicht hat ihren Dienst angetreten, doch die Bar hat noch geöffnet. Die junge Frau hinter dem Tresen lächelt, als sie mich sieht. Es ist dieselbe, die mir den Tipp mit dem Orion gegeben hat.

»Kein Glück gehabt?«, fragt sie. Fast so, als sei sie erleichtert darüber.

»Nur mit dem Professor«, sage ich. Sie lacht. Wir verstehen uns. Dabei sehe ich, dass ihre Augen ganz müde sind. Fast so müde wie die der Blonden im Orion. Dennoch bestelle ich noch schnell einen Schlummertrunk. Ich habe dabei ein schlechtes Gewissen, da ich vermute, dass sie die Bar gerne schließen würde. Alles wirkt bereits aufgeräumt. Dann sehe ich, dass ich ohnehin nicht der letzte Gast bin.

Am anderen Ende der Theke, an einem Tischchen, sitzt ein Mann mit dem Rücken zu mir. Er hat ein Schachbrett vor sich stehen und scheint vertieft in eine Partie zu sein, die er gegen sich selbst spielt. Ich bin vor allem erstaunt, dass er dabei Pfeife raucht, was in der heutigen Zeit höchst verwunderlich, fast schon ärgerlich, ist. Über den Stuhl zu seiner Linken hat er einen Mantel gelegt, daneben seinen breitkrempigen Hut. Kein Zweifel, es ist der Mann, den ich vor kurzer Zeit noch vor dem Orion gesehen habe.

Ich nehme mein Glas, gehe zu ihm hinüber. Er ist Amerikaner, wie man allein an der Aura von Selbstsicherheit, die ihn umgibt, erkennen kann. Ich frage, ob ich mich zu ihm setzen dürfe, füge hinzu, dass ich gelegentlich auch Schach spiele.

»Amateur level«, sage ich, »not professional.«

Er blickt mich nachsichtig an, stößt Rauch aus Mund und Nase, der sich sanft kräuselnd nach oben verzieht und einen Duft nach Kirsche zurücklässt, und deutet auf den Stuhl neben sich.

»Ich habe Sie vor dem Orion gesehen«, sage ich, während ich mich setze. »Kann es sein, dass Sie mir gefolgt sind?«

Er geht auf meine Frage nicht ein, nimmt lediglich sein Glas, führt es zum Mund, trinkt und belässt die goldgelbe Flüssigkeit eine Weile im Mund, ehe er sie hinunterschluckt.

»Bourbon«, meint er ungerührt. »Nothing's like Bourbon.«

Ich nicke, obwohl ich selbst nur selten Whiskey trinke.

»Haben Sie Antworten auf Ihre Fragen bekommen?«, fragt er dann. Ich weiß nicht, was er meint, bin aber überrascht, dass er Deutsch spricht. Noch dazu fast akzentfrei.

»Im Orion«, lacht er. Offensichtlich treibt er ein Spiel mit mir, amüsiert sich über meine Verlegenheit.

»Ich bin auf der Suche nach jemandem«, erkläre ich, wobei mir klar ist, dass seine Frage damit nicht beantwortet wird. Er scheint jedoch zufrieden, so als würde er die Antwort ohnehin kennen. Er zieht an seiner Pfeife, sieht dem Rauch hinterher.

»Ein einsamer Wolf also … Bearbeiten Sie auch Scheidungsfälle?«

Komische Frage. Ich schüttele den Kopf, frage mich, ob ich es mit einem Kollegen zu tun habe. »Nein, schon aus Prinzip nicht.«

»Gut so.«

Ich will von ihm wissen, ob er im selben Metier tätig ist, woraufhin er nickt.

»I'm a licensed private investigator and have been for quite a while.«

Es klingt wie ein Zitat aus einem Roman, den ich vor langer Zeit gelesen habe. Er lacht und dann reicht er mir die Hand.

»Name's Marlowe. Philip Marlowe. Just call me Marlowe …«

Was für ein Zufall, denke ich. Erstaunlicherweise bin ich aber nicht sonderlich verwundert, ihn vor mir zu sehen. Wir stoßen mit unseren Gläsern an, und ich habe in diesem Moment den Eindruck, als würde ich ihn schon seit Langem kennen. Ich gebe der Bedienung ein Zeichen, bestelle eine Flasche Bourbon und zwei frische Gläser. Sie sieht mich eigenartig an, bringt uns jedoch das Verlangte. Den Mann an meinem Tisch scheint sie nicht wahrzunehmen, was diesen aber in keiner Weise zu stören scheint.

Woher er denn sei, frage ich, und was er hier in Wien treibe.

»Aus L. A.« Die Antwort kommt prompt, wohingegen er auf die Gründe, die ihn nach Wien geführt haben, nicht näher eingeht. Auch er sei auf der Suche, bemerkt er lediglich. Ich frage nicht näher nach. Schließlich erzähle ich ihm von meinem Auftrag und meiner Suche nach Professor Hruby.

»Schon irgendeine Spur?«, will er wissen.

»Eigentlich nicht«, muss ich eingestehen. »Nur dass er hier im Schani abgestiegen und verschwunden ist.«

»Nicht viel, in der Tat …«

Ich nicke, trinke, folge dem Rauch, der aus seiner Pfeife steigt. Plötzlich verspüre auch ich den Wunsch zu rauchen. Warum ich in meiner Jacketttasche nach Zigaretten suche, weiß ich allerdings nicht. Schließlich habe ich vor ewigen Zeiten mit dem Rauchen aufgehört und sicherlich keine Zigaretten bei mir. Dem ist auch so. Lediglich ein Fetzen Papier, ein mehrfach gefaltetes Blatt, fällt mir in die Hände. Ich erinnere mich sofort: der Artikel, den mir Trotzki gegeben hat. Bislang habe ich mir noch nicht die Mühe gemacht, einen Blick darauf zu werfen. Ich entfalte ihn, streiche den Bogen glatt, kann aber auch jetzt mit den Schriftzeichen nichts anfangen. Ich schiebe den Artikel Marlowe zu.

»Kyrillisch«, sagt er sofort. Dann deutet er auf eine Passage ganz am Ende des Textes, die mir damals in Trotzkis Büro nicht aufgefallen ist. Es sind einige wenige, bereits ziemlich verblasste handschriftliche Zeilen, die in deutscher Schrift verfasst sind. »›Jurij Michailovič Tolman, geb. 28. Februar 1922 in Tallinn; gest. 28. März 1993 in Tartu, war estnischer Literaturwissenschaftler und Semiotiker‹.« Bei dem Mann auf dem Foto muss es sich wohl um diesen Tolman handeln, denke ich, während ich mich gleichzeitig frage, was ein Semiotiker ist.

Ich blicke Marlowe an, aber auch der scheint nicht viel mit dieser Information anfangen zu können. Er zuckt die Schultern.

»Wir sollten ihn googeln, diesen Russen«, schlage ich vor. Marlowe schaut mich verwundert an, stimmt aber dann zu.

Das Ergebnis ist ernüchternd. Es gibt eine Reihe von Einträgen, die Professor Tolman als einen innovativen Literaturwissenschaftler zeigen, doch ist, zumindest auf den ersten Blick, keine direkte Verbindung zu Antonin Hruby feststellbar. Lediglich die Tatsache, dass sich beide mit Literatur befasst haben, scheint ein vages Bindeglied zu sein. Was mich am meisten verblüfft, ist jedoch die Tatsache, dass Tolman einem Gewaltverbrechen zum Opfer gefallen und ermordet worden ist. Dabei finde ich kein Wort darüber, ob der Mord je aufgeklärt wurde.

»Was für ein Zufall.«

Marlowe wirkt genauso überrascht wie ich. »Da wird wohl nichts anderes übrig bleiben, als den Artikel ins Deutsche übertragen zu lassen.«

»Gut, gut«, nicke ich.

Marlowe hat recht. Ich grinse vor mich hin, spüre mit einem Mal den Bourbon, meine Müdigkeit. »Vielleicht morgen …« Als ich mich umdrehe, sehe ich, dass niemand mehr im Raum ist. Selbst die Bar ist verwaist, die junge Frau wohl längst gegangen. Hastig verabschiede ich mich darauf von Marlowe und beschließe mit dem Aufzug nach oben zu fahren.

Charlotte wird sicher schon auf mich warten.

5 IM DOM

Der Gedanke, seine Freiheit – wenn auch in eingeschränkter Form – wiederzuerlangen, löste die widersprüchlichsten Gefühle in Gregor aus. In gewisser Weise hatte er sich in den Wochen seiner Haft an einen Zustand gewöhnt, der ihm bei aller Fremdheit doch auch Sicherheit und Ruhe gewährte. So hatte er in dieser Zeit Gedanken an seine Schuld – worin auch immer sie bestehen mochte – trotz der insistierenden Fragen der ihn Verhörenden von sich weisen können. Wie würde er sich aber nunmehr, so fragte er sich, in einem Leben zurechtfinden, das eigene Entscheidungen erforderte, die Auseinandersetzung mit anderen, ja, gelegentlich gar den Kampf mit solchen, die ihm übel gesonnen waren? Dazu stand über allem die Frage, wie er mit den Anschuldigungen, die gegen ihn erhoben wurden, umgehen sollte. Und so empfand er den Gedanken, das Leben unter diesen Umständen in einer ihm fremden Stadt meistern zu müssen, geradezu als belastend.

Einen nicht unerheblichen Anteil an seiner Sorge hatte dabei die Tatsache, dass er sich bewusst war, dass seine Freiheit wenig wert war, war sie doch an die Vorgabe, die Stadt nicht verlassen zu dürfen, gekoppelt.

Dennoch war die Aussicht, der engen Zelle entkommen zu können, angenehm genug, ihn mit verhaltenem Optimismus in die Zukunft blicken zu lassen. Bald würde sich wohl ohnehin alles aufklären …

Über die Maßen erstaunt war er am nächsten Morgen – die Nacht hatte er auf eigenen Wunsch noch im Gefängnis verbracht –, als ihm Marek eine Brieftasche mit einer größeren Geldsumme aushändigte, Geld, das ihm – wie er vermutete – zu Beginn seiner Inhaftierung abgenommen worden war.

Sofort untersuchte er das ihm gänzlich unbekannte Portemonnaie, fand jedoch zu seiner Enttäuschung keine Ausweispapiere darin, die ihm hinsichtlich seiner Identität hätten Aufschluss geben können.

Wo sein Ausweis, sein Pass, denn sei, fragte er Marek, der ihn aber erneut nicht zu verstehen schien. So gab Gregor, der die Unmöglichkeit erkannte, von einem wie Marek nähere Auskünfte über sich und sein Leben zu erhalten, seine Bemühungen schnell auf, begnügte sich mit dem, was man ihm als das Seine überreichte.

Als er schließlich vor dem Tor stand, durch das er in eine vorläufige Freiheit entlassen werden sollte, näherte sich ihm einer der Offiziere, die ihn in den vergangenen Wochen verhört hatten, nahm ihn zur Seite und erklärte ihm, dass bereits am nächsten Sonntag eine weitere Untersuchung stattfinden würde, zu der er sich einzufinden habe.

»Es ist von größter Wichtigkeit, dass Sie an diesem Tag bei uns vorsprechen.«

Gregor nickte, war mit seinen Gedanken aber bereits so weit weg, dass er nur mit halbem Ohr registrierte, was der Mann zu ihm sagte.

»Es liegt im allgemeinen Interesse, dass der Prozess rasch zu Ende geführt werden kann. Das verstehen Sie doch?«

»Aber ja«, antwortete Gregor voll Ungeduld. »Selbstverständlich werde ich zu Ihrer Verfügung stehen. Es wäre doch lächerlich, wenn gerade ich nicht käme.«

Der Offizier nickte zufrieden. »Natürlich müssen vonseiten des Gerichts die Untersuchungen mit größter Gründlichkeit vorgenommen werden. Es geht ja um alles.«

Gregor blieb in seiner Zerstreutheit neben dem Mann stehen, ohne auf dessen Aussage einzugehen. Erst als sich dieser von ihm abwandte, erschrak er und sagte, wie um sich für sein schlechtes Benehmen zu entschuldigen: »Es wird mir ein Vergnügen sein, hierher zurückzukommen, doch weiß ich nicht einmal, wo ich mich befinde. Es ist ja eine gänzlich fremde Stadt, in der Sie mich festhalten.«

Der Offizier lachte, legte ihm für einen kurzen Moment seine Hand auf die Schulter und machte ihm dann mit einer großen Geste klar, warum seine Sorge unbegründet war. »Fragen Sie einfach nach dem Gerichtsgebäude. Es gibt nur ein einziges in dieser Stadt. Jedermann wird Ihnen weiterhelfen können. Das können Sie mir glauben. Und jetzt gehen Sie …«

»Aber wohin? Ich habe keine Vorstellung, wohin ich mich jetzt wenden soll.«

In der Tat fühlte Gregor mit einem Mal seine Verlorenheit und war deshalb umso erleichterter, als ihm der Mann einen Zettel reichte, auf dem eine Adresse vermerkt war.

»Gehen Sie zum Dom. Jemand wird Sie dort etwa um zehn Uhr in Empfang nehmen. Ein sehr vornehmer Herr, der schon seit vielen Jahren für uns arbeitet, und in Fällen wie dem Ihren seine Dienste anbietet. Seien Sie aber pünktlich.«

Gregor vermutete, dass es sich bei diesem Mann um eine Art von Bewährungshelfer handeln musste, den das Gericht für ihn bestellt hatte. Er verwarf den Gedanken allerdings sofort wieder, da er sich ja nicht aus Gründen der Bewährung auf freiem Fuße befand und sich seine Schuld ohnehin noch in keiner Weise bestätigt hatte. Bewährungshilfe konnte es also nicht sein, was ihm da angeboten wurde.

Auf die Frage, was es mit diesem Herrn auf sich habe, zuckte der Offizier allerdings nur mit den Schultern.

»Es tut mir aufrichtig leid«, meinte er nur, »mir ist dieser völlig unbekannt. Er wird Sie aber auf jeden Fall zu finden wissen, vorausgesetzt, Sie erscheinen zur rechten Zeit.«

»Und das Honorar? Ist nicht anzunehmen, dass der feine Herr ein Honorar in beträchtlicher Höhe fordern wird?«

Der Offizier lachte, als er Gregors Bedenken vernahm. »Machen Sie sich keine Sorgen. Wenn sich Ihre Schuld erst einmal erwiesen hat, dann werden die lächerlichen Kosten ohnehin mit Ihrer Strafe verrechnet werden.«

»Was aber, wenn ich freigesprochen werde?«

Da wurde das Lachen des Mannes lauter und ein spöttischer Zug schlich sich in dieses Lachen. Ein solcher Fall sei ihm bislang noch nicht untergekommen, wieherte er mit unverhohlener Freude. Er, Gregor, werde schon sehen.

Gregor empfand die Aussage des Offiziers als eine Demütigung, beinhaltete sie doch eine Vorverurteilung, was er weder akzeptieren konnte noch wollte. Nur um den Offizier nicht gegen sich aufzubringen, verzichtete er auf eine scharfe Antwort, begnügte sich stattdessen damit, sich demonstrativ von ihm abzuwenden.

Schließlich öffnete sich das Tor und Gregor trat in den trüben Tag hinaus. Es regnete ganz leicht. Er war sehr ermüdet, da er aufgrund der Aufregung um seine Entlassung bis spät in die Nacht wach gelegen hatte. Dennoch eilte er nun unverzüglich in die Richtung, die ihm der Offizier unter nicht nachlassendem heftigen Lachen gewiesen hatte.

Nach wenigen Schritten bog die Straße, der Gregor folgte, scharf nach links ab, sodass das Gefängnis schon bald hinter anderen, mächtigen Gebäuden verschwand. Als er sich noch einmal umwandte, war nichts mehr davon zu sehen, blieb ihm nur mehr die Erinnerung an den Ort, an dem er die letzten Wochen verbracht hatte.

Der Weg führte ihn hinab in eine Art Talsenke, doch war es für Gregor unmöglich, einen Blick auf die unter ihm liegende Stadt zu werfen, da die dicht aneinandergereihten Häuser dies verhinderten. Das und die Tatsache, dass der Tag außergewöhnlich trüb war, ließen ihn den Eindruck gewinnen, als habe er sich in einem Labyrinth von Straßen und Wegen verstrickt.

Schon fürchtete er, sein Ziel aus den Augen verloren zu haben, als sich aus einem Hausgang heraus eine junge Frau auf ihn stürzte, seine Hände ergriff und ihm unmissverständlich klarmachte, dass sie bereit sei, ihm ihren Körper – den sie dabei fest an den seinen drückte – für ein Weniges zu verkaufen. Gregor zögerte einen Moment, hatte ihn die erzwungene Enthaltsamkeit der letzten Wochen doch für derlei Ansinnen empfänglich gemacht, doch wies er die Frau grob zurück, als ihm bewusst wurde, dass es schon recht spät war und die Gefahr bestand, sein Ziel nicht rechtzeitig zu erreichen. Als er jedoch das Bedauern in den Augen der Frau wahrnahm, dankte er ihr hastig und bemerkte, dass er sich unmöglich auf ihr Angebot einlassen könne, da er in den Dom müsse.

»In den Dom?«, fragte die Frau in passablem Deutsch. »Warum denn in den Dom?«

Gregor versuchte, es ihr zu erklären, doch kaum hatte er damit angefangen, sagte die Frau: »Sie hetzen dich.«

Gregor riss sich los und halb zu sich und halb zu der Frau, die dies schon nicht mehr hörte, sagte er: »Ja, sie hetzen mich.«

Dann, als er sich mehrere Schritte von ihr entfernt hatte, wandte er sich noch einmal um, um sie nach dem Weg zu fragen.

»Es gibt nur diesen einen Weg«, erwiderte die Frau und wies, wie es ihm schien, in die Richtung, die er ohnehin gewählt hatte.

Als er den Domplatz schließlich erreichte, hatte es aufgehört zu regnen, aber es war nach wie vor feucht, kühl und dunkel, sodass Gregor, nachdem er den Dom einmal umrundet hatte, beschloss, im Innern der Kirche Zuflucht zu suchen. Er war – bei seinem Eintritt hatte es zehn geschlagen – pünktlich gekommen. Von dem Herrn, den er treffen sollte, war jedoch weit und breit nichts zu sehen, der Platz war gänzlich leer. Sollte der Offizier ihm etwa eine falsche Zeitangabe gemacht haben? Es schien ihm nicht ausgeschlossen zu sein.

Im Dom war es dunkel, nur in der Ferne funkelte auf dem Hauptaltar ein großes Dreieck von Kerzenlichtern. Gregor setzte sich in eine der Bänke und beschloss, dort auf den vornehmen Herrn vom Gericht zu warten.

Etwas wie eine vage Erinnerung veranlasste ihn nach einer Weile, sich umzublicken. Überall brannten Kerzen, doch so schön das auch wirkte, so wenig hilfreich war es, die tiefe Dunkelheit des Raumes links und rechts und hinter ihm zu durchdringen. Es schien ihm gar, als vermehrte das Licht der Kerzen die Finsternis, sodass es ihm nicht möglich war, die patinierten Altarbilder zu erkennen, die er in den Seitenschiffen des Doms vermutete, ja, erahnte. Wie gerne hätte er jetzt eine Taschenlampe bei sich gehabt, um wenigstens einige der Gemälde genauer untersuchen zu können. Vielleicht hätten die Heiligen und Märtyrer, von unbekannten Künstlern in kindlichem Glauben gemalt, Lösungen für seine Fragen parat. Andererseits, so sagte er sich, war es nicht vermessen, auf Antworten zu hoffen?

Nachdem er nun schon so lange gewartet hatte und der vornehme Herr, den er sich aus unerfindlichem Grund als Italiener vorstellte, nicht gekommen war, beschloss Gregor, vorläufig im Schutz des Doms zu verweilen. Fast träumerisch suchten seine Blicke nach der Kanzel, die, wie er schon vermutet hatte, an zentraler Stelle im Hauptschiff angebracht war. Da er keinen Kirchendiener in der Nähe erkennen konnte, der ihm Näheres über diese Kanzel erzählt hätte, machte er sich auf, um sie mit eigenen Augen zu inspizieren. Seine Erwartungen wurden nicht enttäuscht: Es war in der Tat ein imposantes, steinernes Werk, Ausdruck menschlicher Gläubigkeit. Filigrane Steinmetzkunst erweckte den Eindruck von Leichtigkeit, ohne jedoch das tiefe Dunkel des Steins dahinter ganz verbergen zu können.

Neben der großen Kanzel gab es eine Reihe kleiner, unscheinbarer Nebenkanzeln, die leicht zu übersehen waren. Gregor durchschritt das Kirchenschiff jedoch ganz gezielt, als würde eine verborgene Erinnerung ihn führen, hielt dabei Ausschau nach diesen Kanzeln, den Blick nach oben gerichtet. Doch da war niemand, der auf ihn wartete. Kein Priester, der am Fuße einer der Treppen stand, bereit, ihm eine Predigt zu halten. Warum auch sollte dem so sein? War der Dom denn nicht für alle da, der Gedanke, ein Geistlicher würde allein ihm zur Verfügung stehen, anmaßend? Außerdem war es wohl unsinnig, anzunehmen, dass an einem Werktag um 11 Uhr gepredigt werden würde.

Das Herumirren im Dom hatte Gregor noch müder werden lassen, als er ohnehin gewesen war. Wie still es jetzt war in dem riesigen Kirchenschiff, dessen Größe er als kaum noch erträglich empfand. Nur der Hall seiner Schritte war zu hören. Er hatte nicht die Absicht, noch länger hierzubleiben. Er dachte an den vornehmen Herrn. Warum war er nicht gekommen? Hatte er sich doch hinsichtlich der Zeit geirrt? Vielleicht würde er ja draußen im Regen auf ihn warten? Als er schon fast den Ausgang erreicht hatte, schien es ihm, als würde jemand mit klarer, fester Stimme seinen Namen rufen.

Er war sich nicht sicher, ob es die Stimme des Mannes war, auf den er wartete, und war drauf und dran, sie zu ignorieren. Doch dann ließ ihn seine Neugier verharren. Er wartete, ob man ihn noch einmal rufen würde. Als alles still blieb, drehte er sich um. In weiter Ferner, dort, wo das Licht der Kerzen zu einem flackernden Dreieck verschmolz, saß ein alter Mann, der ihm zu verstehen gab, er möge zu ihm kommen. Gregor zögerte mit einem Mal. Noch war er frei. Sollte er sich wirklich auf ein Gespräch einlassen? Lag darin nicht die Gefahr, mit Dingen konfrontiert zu werden, um die er sich lieber nicht kümmern wollte? Letztlich aber siegte seine Neugier und er eilte – fast schon lief er – nach vorn.

»Ich dachte, Sie seien Italiener«, sagte er schwer atmend, als er sich schließlich neben dem alten Mann in die Bank fallen ließ. Er deutete dabei auf den verschlissenen Pelzmantel, den der Mann trug. Überhaupt verströmte der Mann nichts Vornehmes, nichts von italienischer Eleganz. Auch die große Spitznase, unter der ein langer, dünner, schwarzer, tatarischer Bart spross, mutete in keiner Weise italienisch an. Als er ihn nun jedoch genauer musterte, erkannte er, dass der Mann weitaus jünger war, als er gedacht hatte. In der Tat fiel es schwer, sein Alter zu schätzen.

»Du bist Gregor?«, sagte der Fremde. Er strich sich dabei mit einer unbestimmten Bewegung über seinen dünnen Bart.

Gregor nickte. »Sie kennen mich?«

»Natürlich kenne ich dich.« Er lachte verhalten.

»Weißt du, dass es schlecht um dich steht?«

»Sie meinen die Anzeige, die gegen mich vorliegt?«

»Nun ja, du bist angeklagt, das Verfahren vorerst nur ausgesetzt, um dir die Möglichkeit zu geben, dir bezüglich deiner Schuld klar zu werden.«

»Aber was habe ich mir denn zuschulden kommen lassen?«

»Das weißt du nicht?«

»Nein«, rief Gregor und seine Stimme schallte durch den Dom. »Ich bin nicht schuldig. Ich weiß nicht, was man mir vorwirft. Wie kann ich da Schuld auf mich geladen haben? Es ist ein Irrtum.«

»Das mag schon sein«, gab der Mann zu. »Aber so wie du reden die wahrhaft Schuldigen. Was willst du also tun?«

»Ich werde auf jeden Fall alles Menschenmögliche unternehmen, um zu beweisen, dass die Anschuldigungen gegen mich falsch sind. Ich bin überzeugt, dass noch nicht alles ausgeschöpft ist.«

»Wo aber willst du diese Hilfe suchen, wenn nicht bei dir selbst?«

Gregor schwieg.

Aus der Dunkelheit hinter dem Altarraum erschien mit einem Mal eine Gestalt, wohl einer der Kirchendiener, und schickte sich an, die Kerzen, eine nach der anderen, zu löschen. Die Finsternis begann Gregor und den Mann zu umschließen.

»Eigentlich hätte ich ja gedacht, dass Sie mir helfen können. Aber das scheint nicht der Fall zu sein. Geben Sie es doch zu, dass Sie mit der Anklagebehörde gemeinsame Sache machen!«

Der Mann neben Gregor schwieg, und da die Dunkelheit nunmehr fast undurchdringlich geworden war, fiel es Gregor schwer, ihn überhaupt noch wahrzunehmen. Dennoch hoffte er auf einen Fingerzeig, den ihm der Mann geben könnte.

»Sie haben mich doch gerufen. Was wollten Sie denn von mir?«

»Du irrst dich«, antwortete der Mann. »Nicht ich habe dich gerufen. Vielmehr bist du es gewesen, der mich gesucht hat.«

»Können Sie mir denn keine Hoffnung machen? Sie verstehen doch, wie schlimm es um mich steht.«

»Du musst zu deiner Schuld stehen. Aber versteh, selbst wenn dir dies gelingt, kannst du nur hoffen …«

»Nein, nein, nein!«, schrie Gregor voll Empörung. »Es muss einen anderen Weg geben.«

Der Mann schien wohl Gregors Verzweiflung zu spüren und auch nicht ohne Mitgefühl zu sein, denn noch einmal wandte er sich ihm zu: »Es gibt vielleicht noch eine Möglichkeit. Wenn es dir gelänge, den zu treffen, der die Anschuldigung gegen dich in die Welt gesetzt hat, dann könntest du deinem Schicksal – zumindest nach menschlichem Ermessen – entrinnen. Aber niemals, niemals wird das geschehen. Und selbst wenn …«

»Wer aber ist es, der mich anklagt? Ich weiß es doch nicht.«

»Dann kann ich dir ohnehin nicht helfen«, sagte der Mann. »Nur du kannst wissen, wer einen Grund hat, dich anzuklagen.«

»Es besteht also keine Hoffnung … oder?«

Nun schwiegen beide lang. Schließlich erhob sich der Mann – Gregor fühlte dies mehr, als dass er es in der Dunkelheit erkennen konnte – und so sah er sich ebenfalls genötigt aufzustehen.

»Leider kann ich mich im Dunkeln allein nicht zurechtfinden«, sagte er.

»Wenn du willst, bringe ich dich zum Ausgang.«

Gregor nickte, was in der Finsternis nicht zu sehen war. Dennoch hielt er sich so nahe es möglich war neben dem Mann, bis sie den Ausgang erreicht hatten.

»Und nun?«, fragte Gregor.

»Du wirst schon sehen. Jetzt mach dich auf den Weg.«

6 CHRISTINE »CHRISSY« SCHANDERL

Sie öffnet die Tür, lässt mich eintreten, ohne zu fragen, wer ich bin. Ich sage, dass ich ihre Adresse von Flach aus dem Orion habe. Sie wüsste schon Bescheid, meint sie. Flach habe sie gestern Abend angerufen. Ich bin überrascht, wie attraktiv sie ist. Lediglich der etwas verdrossene Zug um die Mundwinkel und die schmalen Lippen stören diesen Eindruck ein klein wenig. Auf jeden Fall sieht sie um einiges besser aus als auf dem Überwachungsvideo. Ohne Make-up wirkt sie gar verletzlich, ein Eindruck, der vielleicht auch davon herrührt, dass ein riesiges Veilchen ihr rechtes Auge ziert. Da ist ihr letzter Besucher wohl Linkshänder gewesen, schließe ich messerscharf.

»Was ist passiert?« Ich frage sie voll ehrlicher Anteilnahme.

»Nicht der Rede wert«, winkt sie ab.

Ich folge ihr ins Wohnzimmer, betrachte sie dabei von hinten. Sie wirkt deutlich kleiner als auf dem Video. Das liegt wahrscheinlich daran, dass sie barfuß ist, keine Hacken trägt. Ihr Hintern ist rund und fest, und in Gedanken sehe ich Professor Hrubys Hand, die darauf ruht. Wir setzen uns. Sie blickt mich auffordernd an. Dabei rekelt sie sich in ihrem Sessel, dass mir mit einem Mal ganz heiß wird. Sie hat ausgesprochen hübsche Beine und der Rock, den sie anhat, scheint mit jeder Bewegung höher zu rutschen. Irgendwann legt sie ein Bein auf dem Sofa ab. Dabei sehe ich, dass sie kein Höschen trägt.

»Sie sind also ein Privatdetektiv«, sagt sie. »Ich dachte, die gibt es nur im Fernsehen.« Ihre Augen mustern mich träge. Offensichtlich entgeht ihr meine Verwirrtheit nicht, die ich nicht ganz verbergen kann. Ich versuche, mich zu konzentrieren, hole das Foto von Antonin Hruby heraus, lege es vor sie hin.

Sie wirft einen Blick darauf, nickt und fragt, ob ich Kaffee möchte.

»Kaffee ist okay«, sage ich und gebe mich gelangweilt, bin aber froh, als sie sich erhebt. Zumindest lässt daraufhin die Spannung im Schritt etwas nach. »Keine Milch, kein Zucker!«

»Also schwarz«, meint sie. Es gefällt mir, wie sie dabei lacht, auch wenn ihr Lachen ein bisschen schrill und gekünstelt klingt.

»Ihr Piefkes habt keine Ahnung von Kaffee.«

»Na, na«, sage ich.

Sie geht in die Küche, sodass ich Zeit habe, mich etwas genauer umzusehen. Das Zimmer ist ungewöhnlich groß, hat etwas von einem Krankenhaus. Weiß dominiert. Dazu viel Chrom, Spiegel und Glas. Auch die Regale sind weiß, die Bücher in weißen Umschlägen, sodass keine Titel erkennbar sind. Ich bin überrascht, dass sie so viele Bücher besitzt. Es ist ein feminines, aber kaltes Zimmer. Auf einem Regal entdecke ich das Foto eines kleinen Mädchens. Ihre Tochter, vermute ich. Ich nehme die Fotografie in die Hand, versuche Ähnlichkeiten zwischen Mutter und Tochter festzustellen.

»Sarah, meine Kleine«, sagt sie, als sie mit Kaffee zurückkommt. Ich frage sie, ob ihre Tochter bei ihr lebt, aber sie schüttelt den Kopf. Eine Weile sprechen wir über Kinder.

Dann will sie wissen, ob ich auch welche habe. Ich verneine. Langsam wird mir das Gespräch allerdings zu persönlich, und ich versuche, es in eine andere Richtung zu lenken. Wie das mit dem Professor denn gewesen sei und ob sie sich an etwas Besonderes erinnern könne?

Sie zieht das Foto nochmals zu sich heran, betrachtet es nachdenklich.

»Was ist denn mit ihm? Warum das Interesse?«

»Er ist verschwunden«, sage ich. »Kann gut sein, dass Sie die Letzte waren, die ihn gesehen hat. Vielleicht wissen Sie ja mehr?«

Sie schüttelt den Kopf, trinkt einen Schluck. Ich beobachte sie.

»Dein Professor war ein armes Schwein«, meint sie schließlich. »Hat keinen hochgekriegt. Dabei habe ich mir Mühe gegeben ... Aber da ging nicht viel ... Wenigstens hat er gut gezahlt. Über Tarif und für die ganze Nacht ...«

»Ist er denn die ganze Nacht geblieben?«

Sie zuckt mit den Schultern. »Irgendwann bin ich eingeschlafen und am Morgen war er fort. Wann genau ... Sein Handy hat geklingelt, aber wann das war, kann ich dir nicht sagen. Möglich, dass ihn jemand abgeholt hat ...«

Ich registriere sehr wohl, dass sie mich plötzlich duzt. Vermute, dass sie mich noch immer anzumachen versucht. Wahrscheinlich wittert sie ja trotz allem einen Freier in mir, den es zu schröpfen gilt. Ich beschließe, ihr das nachzusehen, schlürfe von meinem Kaffee, der allmählich kalt wird, und nehme mir vor, sie auch zu duzen. Eiere allerdings – ganz gegen meine sonstige Gewohnheit – ein bisschen herum.

»Irgendwelche Perversionen? Nichts, was ihn besonders angetörnt hätte?«

»Nein, nein … Schließlich bin ich ja nicht zimperlich, aber der wollte dann nur noch quatschen.«

Mir fällt das Gespräch mit Alexandra ein. Von Problemen im Bett hat sie nichts erwähnt. Laut ihrer Aussage ist der Professor zwar kein Feuer speiender Vulkan, aber auch keiner, der bereits gänzlich erloschen wäre … Zumindest merkwürdig, denke ich.

»Und das Veilchen? War er das, der Professor?«

»Natürlich nicht. Das hier ist ja noch ganz frisch.«

»Hm.« Ich gehe nicht näher darauf ein, nehme mir aber vor, sie später nochmals danach zu fragen.

»Worüber wollte er denn quatschen?«

»Hauptsächlich über sich selbst. Viele Kunden tun das. Die erzählen dir die Geschichte ihres Lebens und am Schluss fragen sie dich, ob sie dir den Finger in den Arsch stecken dürfen.«

Was für eine elende Welt, geht es mir durch den Kopf. Dabei weiß ich, dass ich ein richtiger Pharisäer bin. Ich lasse sie weiterreden. Es ist, zusammengefasst, das Übliche, was Antonin Hruby von sich gegeben hat. Da ging es um die Langeweile einer Ehe, die nur noch auf dem Papier besteht, die Abhängigkeit von seiner Frau, die hinsichtlich der Finanzen das Sagen hat, und vor allem um seine Angst, alt zu werden.

»Irgendwann haben wir auch über Literatur geplaudert. War echt abgefahren«, fährt sie fort. »Der wusste eine Menge darüber … vor allem über Kafka.«

Ich blicke sie überrascht an, wundere mich, dass ihr der Name so locker über die Lippen geht. Sie bemerkt es, woraufhin sie mir erzählt, dass sie an der Uni in Wien studiert, später einmal Lehrerin werden möchte.

»Das Anschaffen ist nur ein Nebenjob«, erklärt sie mir. Sie lacht etwas müde, so als glaube sie selbst nicht daran. »Ist ja nicht für immer … aber im Augenblick ganz okay …«

Ich nicke und versuche, sie mir als Lehrerin vorzustellen. Es fällt mir schwer. Zumindest im klassischen Sinn.

»Was hat er denn über Kafka gesagt?«, will ich wissen. Sie stöhnt daraufhin, als würde sie das Thema dann doch langweilen.

»Er hat stundenlang von irgendwelchen Botschaften in den Büchern dieses gruseligen Kerls erzählt, und dann hat er auch einen Kollegen erwähnt, der ein bislang völlig unbekanntes Werk von ihm entdeckt hat. Das muss eine richtige Sensation sein …«

»Inwiefern?«

Sie zuckt mit den Schultern. »Das weiß ich nicht mehr … Soweit ich ihn verstanden habe, muss es die Fortsetzung zu einem Roman sein, der bereits bekannt und auch sehr wichtig ist. Und wenn man die Fortsetzung kennt, dann erscheint alles in einem ganz anderen Licht …«

»Wie … alles?«

»Keine Ahnung. Aber man kann damit die Geheimnisse des Universums entschlüsseln … seine Worte.«

Interessant, denke ich. Aber warum sollte das für Antonin Hruby ein Grund sein, von der Bildfläche zu verschwinden? Ein direkter Zusammenhang erscheint mir nicht wahrscheinlich. Andererseits jedoch … die Geheimnisse des Universums … ein dickes Brett!

Ich beschließe, später mit meinem neuen Freund Marlowe darüber zu sprechen … Wenn ich ihn denn treffe! Mal sehen, wie er die Sache sieht. Chrissy starrt mich über ihre Tasse hinweg aus ihren katzenhaften Augen an.

»Warum ist er denn überhaupt verschwunden, dein Professor? Hat er etwas ausgefressen oder läuft er nur vor etwas davon? So wie die meisten von euch …«

Ich frage sie, wie sie darauf käme. Wovor sollte er denn davonlaufen?

»Er hat so gehetzt gewirkt«, meint sie. Es kommt wie aus der Pistole geschossen. So, als habe sie sich bereits selbst Gedanken darüber gemacht.

»Gehetzt? Hat er Angst gehabt?«

»Kann schon sein … Auf jeden Fall bist du nicht der Einzige, der nach ihm sucht.«

Ich blicke sie erstaunt an, frage, was sie damit meint.

Sie deutet auf ihr Veilchen. »Der Kerl, der gestern Abend hier war, hat auch nach ihm gesucht.«

»Welcher Kerl?«

»Groß, kräftig, krauses Haar, ölige Haut mit geschätzten hundert Pickeln im Gesicht …«

»Südländer? Araber?«

»Vielleicht, vielleicht auch nicht. Sein Deutsch war jedenfalls kaum verständlich. Sein Englisch übrigens auch nicht. Dafür war er aber mit seinen Händen recht überzeugend. Der wusste genau, wohin er schlagen musste.«

»Was hat er gewollt?«

»Wollte wissen, ob dein Professor etwas bei mir in der Wohnung zurückgelassen hat?«

»Was genau?«

Chrissy zuckt mit den Schultern. »Hat er mir nicht gesagt. Auf jeden Fall hat er sämtliche Schränke durchwühlt, alle meine Bücher rausgerissen … Dabei hat er nicht ausgesehen, als hätte ihm seine Mama je aus einem Buch vorgelesen.«

Plötzlich fängt sie an zu schniefen, und dann kullern ihr ein paar Tränen herunter.

»Warum müsst ihr Kerle immer so grob sein?«, schluchzt sie. Auch das eine rhetorische Frage, wie unschwer zu erahnen ist. Bis ich mich dagegen wehren kann, hat sie sich mir in die Arme geworfen. Ich weiß nicht so recht, wie ich mich verhalten soll, spüre aber, dass ich einen Steifen bekomme. Das scheint auch ihr nicht zu entgehen, denn sie beruhigt sich überraschend schnell und schaut mich aus sphinxhaften Augen an.

Wahre Verheißung liegt darin. Warum ich sie schließlich doch von mir wegschiebe, weiß ich nicht. Eine hilflose Geste, bin ich mir doch ohnehin im Klaren darüber, dass Gegenwehr zwecklos ist.

»Wirst du es deiner Frau sagen?«, fragt sie, als ich mich geraume Zeit später von ihr verabschiede. Eine selten dämliche Frage, wie mir scheint.

»Wir sind nicht verheiratet«, erwidere ich mit einem Achselzucken. Es klingt selbst in meinen Ohren falsch und schäbig, scheint mir aber in diesem Augenblick am besten. Ich beschließe, den kleinen Betriebsunfall als Faktum hinzunehmen, das keiner Interpretation oder gar Rechtfertigung bedarf. Als ich Chrissy Geld geben will, weist sie es empört zurück. Ich bin überrascht, verstehe nicht, warum sie das tut.

Charlotte will wissen, wo ich so lange geblieben bin. Ich erkläre ihr, dass ich mit Recherchearbeiten beschäftigt gewesen bin und einiges über den Professor herausgefunden habe. »Nicht viel«, sage ich, »aber es scheint, als gäbe es noch jemanden außer mir, der nach ihm sucht.« Charlotte nickt nur. Ich habe den Eindruck, als würde sie meine Suche nach dem Professor gar nicht interessieren. Ich frage sie, was sie nun unternehmen möchte, und bin gelinde gesagt überrascht, als sie vorschlägt, den Zentralfriedhof zu besuchen. Wie sie gerade darauf kommt?

»Eine Kutschenfahrt ins Totenreich?«, frage ich. Vielleicht ein melancholischer Zug an ihr, der mir noch unbekannt ist und sicher nichts mit mir zu tun hat.

»Ja«, meint sie. »Wir könnten eine Pferdekutsche nehmen. Die frische Luft würde dir guttun. Du bist ja ganz grau im Gesicht.«

Kein Wunder, denke ich und mit dem Anflug eines schlechten Gewissens grinse ich sie an. »Frische Luft hat noch niemandem geschadet. Die Sonne scheint … Also auf zum Zentralfriedhof mit der 71er …«

Sie lacht ein wenig. »Es lebe der Zentralfriedhof und alle seine Toten …«

Ja, der Ambros … Jedenfalls bin ich froh, dass Charlotte meine vagen Angaben so bereitwillig schluckt, auch wenn ich nicht gerade stolz auf mich bin. Das kleine Abenteuer mit Christine Schanderl steckt mir noch in den Knochen und ich sehne mich in der Tat nach frischer Luft, warum also nicht eine Spazierfahrt in einer echten Wiener Pferdedroschke?

Zuvor brauche ich aber dringend eine Dusche. Charlotte verspricht, in der Lobby des Hotels auf mich zu warten.

Als wir geraume Zeit später am Zentralfriedhof ankommen, hat sich die Sonne hinter einen Wolkenschleier verzogen. Trotzdem ist es nach wie vor angenehm warm. Wir warten am Fiakerstand hinter Tor 2. Auf der anderen Seite hört man den Autolärm Richtung Stadt und die einfahrenden Straßenbahnen. Charlotte hat vom Hotel aus angerufen, einen Termin vereinbart. Jetzt sind wir zu früh, sind ungeduldig. Minuten später biegt jedoch eine Kutsche, gezogen von zwei braunen Pferden, um die Ecke. Das gleichmäßige Hufgeklapper beruhigt, bereitet auf die so gänzlich andere Stimmung von Vergänglichkeit und Zeitlosigkeit vor, die über dem Areal liegt.

Charlotte wirkt seltsam in sich gekehrt. Sie hat kaum ein Wort gesprochen, seit wir das Schani verlassen haben. Jetzt sitzt sie wie eine Fremde neben mir. Auch der Fiaker ist nicht redselig, gibt nur hie und da einen kurzen Kommentar zu Gräbern, an denen wir in gemächlichem Tempo vorbeigleiten. Dann dreht er sich auf seinem Kutschbock nach hinten um, erklärt in breitem Wiener Dialekt, welche Berühmtheiten den Weg säumen: »Links liegt der Beethoven, rechts Franz Schubert, dahinter die Strauss-Familie.«

Er deutet dabei mit seiner Peitsche in die jeweilige Richtung. »Maxi Böhm, der Qualtinger … die liegen alle da …«

Wir kommen an den Armengräbern vorbei, die lediglich mit einem Holzkreuz oder einem schlichten Schild markiert werden. Eine kurze Strecke weiter die bunt geschmückten Gräber des Babyfriedhofs für Totgeburten. Ein schriller Kontrast …

Als wir uns dem alten jüdischen Friedhof nähern, verengen sich die Wege, werden so schmal, dass uns an diesen Stellen keine andere Pferdekutsche entgegenkommen dürfte. Wir sind jedoch allein. Keine Touristen, die sich hierher verirren. Ganz in der Nähe der Grabstätte, in der Arthur Schnitzler ruht, lässt uns der Kutscher aussteigen. Natürlich könnten wir die Runde zu Ende fahren, aber Charlotte beharrt darauf, von hier aus zu Fuß zurückzugehen.

»Es ist so schön hier«, sagt sie zu dem Fiaker gewandt, ehe der leicht mit der Zunge schnalzt und losfährt. »Des hot scho wos, des Jüdische«, meint er noch. Kurz darauf verklingt das Geklapper der Hufe, tritt Stille ein.

Wir verlassen den Hauptweg, bewegen uns entlang von morschen, umgestürzten Bäumen, die den Weg säumen, hinein in ein düsteres, träumerisches Reich. Links und rechts lassen moosbesetzte Grabsteine, die seit Langem liegen geblieben und nunmehr von Gras umwuchert sind, barocke Vergänglichkeit erahnen.

Charlotte ist fasziniert, untersucht jeden Stein, jedes Grabmal. Ich schreite voran, stapfe durch wucherndes Gras, ohne auf die Gräber und Sockelplatten neben meinem Weg zu achten. Als ich mich irgendwann umblicke, bemerke ich, dass ich Charlotte aus den Augen verloren habe. Vielleicht hat sie ja eine der Inschriften auf einem der Grabmäler so fasziniert, dass sie stehen geblieben ist und mich dabei vergessen hat. Ich warte, wage es allerdings angesichts der tiefen Stille nicht, nach ihr zu rufen. Das plötzliche Gefühl von Einsamkeit ist so heftig, wie ich es nur aus meiner frühesten Kindheit in Erinnerung habe. Ein Gefühl von Ausgesetztsein, das nur schwer zu ertragen ist. Normalerweise sind mir solche Sentimentalitäten fremd … Ich beschließe, auf Charlotte zu warten, und nehme auf einem der Steinfragmente, die zu Dutzenden herumliegen, Platz, versuche zur Ruhe zu kommen. Dabei lausche ich den Geräuschen, die mich umfangen, und tauche in die hinter allem liegende Stille des Friedhofs ein.

Ich spüre Müdigkeit.

Seltsame Gedanken gehen mir durch den Kopf. Plötzlich sehe ich Christine Schanderl in ihrem getigerten Mantel vor mir. Sie steht vor einer Schulklasse und deutet mit einer Peitsche, wie sie der Fiaker geschwungen hat, auf eine Person, die langsam aus dem Dunkel hervortritt: Professor Antonin

Hruby. Er duckt sich unter Christines Peitsche, doch alsbald löst er sich in Luft auf – wie alles andere –, so als habe er nie existiert.

Zeit vergeht … Ich bin überrascht, als ich plötzlich Stimmen höre. Nicht weit von mir entfernt, von dichten Büschen halb verdeckt, nehme ich eine Gruppe schwarz gekleideter Männer wahr, die sich vor einem mächtigen Grabstein versammelt haben. Bärtige Männer mit Schläfenlocken sind es, in altmodisch schwarzen Mänteln, die bis unter die Knie reichen, und Hüten mit nach oben gebogenen Krempen, einige davon Homburgern gleich. Ich fühle mich in eine andere Zeit versetzt, lausche dem hitzigen Singsang der Männer, ohne auch nur annähernd zu verstehen, worum sich deren Gespräche drehen. Lediglich das Wort »Amschel« ist immer wieder zu verstehen. Ein hebräischer Name vielleicht. Ich weiß es nicht.

Nach einiger Zeit verstummen ihre Gespräche und wie aus dem Nichts heraus tritt ein vergleichsweise junger Mann auf die Gruppe zu. Ein großer, kräftiger Kerl mit krausem kurzem Haar. Selbst aus der Entfernung ist die grobe Unreinheit seiner Gesichtshaut zu erkennen. Sofort fällt mir Chrissys Beschreibung des Mannes ein, der sie verprügelt hat. Ob es sich um diesen handelt? Ich bin mir so gut wie sicher und erhebe mich, um besser sehen zu können, was da wenige Meter von mir entfernt vor sich geht. Ich bücke mich leicht nach vorn. In dem Augenblick höre ich hinter mir ein lautes Knacken von brechenden Zweigen und Charlotte tritt schwer atmend auf die kleine Lichtung.

»Da bist du ja«, ruft sie vorwurfsvoll. Ich wende mich ganz erschrocken um, bedeute ihr zu schweigen, doch es ist zu spät. Die Männer jenseits der Büsche haben uns wahrgenommen und treten fast fluchtartig den Rückzug an. Ich blicke hinter ihnen her, doch bald schon verliere ich sie aus den Augen. Charlotte wirkt seltsam aufgebracht.

Am Abend desselben Tages treffe ich Marlowe. Wieder sitzt er, von mir abgewandt, in Schanis Wohnzimmer und wie bei unserem letzten Zusammentreffen hat er vor einem Schachbrett Platz genommen. Bourbon und seine Pfeife mit den entsprechenden Utensilien befinden sich auf dem Tischchen daneben. Als er mich wahrnimmt, nickt er leicht und deutet einladend auf den freien Platz an seinem Tisch.

Ich folge seiner Einladung, setze mich.

»Wie geht's, Kumpel?«, fragt er. Dann greift er zu seiner Pfeife, stopft sie mit großer Sorgfalt und steckt sie sich schließlich zwischen die Lippen. Die herumliegenden Tabakkrümel wischt er mit einer lässigen Bewegung vom Tischchen und von seinem Jackett. Fasziniert beobachte ich dann, wie er mit einer Hand ein Streichholz aus der Schachtel nimmt, die vor ihm auf dem Tisch liegt, und dieses über den Daumennagel ratscht. Zu meiner Überraschung bekommt er es auf Anhieb an. Gleich darauf pafft er dicke Rauchwolken in die Luft und wartet. Schließlich grinst er mich von der Seite an.

»Ich setze einen Dollar gegen einen kanadischen Nickel, dass du deinen Professor noch immer nicht gefunden hast und dass du nun hoffst, dass ich dir weiterhelfe. Stimmt's?«

Ich nicke. Dann erzähle ich ihm, was ich im Lauf des Tages alles erlebt habe. Auch die Sache mit Chrissy beichte ich. Ich merke sofort, dass ihm dieser Teil meines Berichts nicht gefällt und er mit mir nicht zufrieden ist.

»Ich bin ein Romantiker«, sagt er. »Nachts höre ich manchmal Schreie und dann gehe ich nachsehen, was los ist. Wenn man noch seine fünf Sinne zusammen hat, macht man das

Fenster zu und dreht den Fernseher lauter … Aber ich bin Detektiv und kann nicht anders. Für mich ist das dann Arbeit, kein Zeitvertreib …«

Ich frage ihn, was er damit meint, doch er geht nicht näher darauf ein. Vermutlich will er mir damit sagen, dass ihn bei seinen Fällen Frauen nur beruflich interessieren … Wie die meisten Amerikaner hat er etwas von einem Moralapostel. Ich sehe jedoch keinen Grund, ihm darin zu folgen.

»Ich habe einen Fall übernommen«, sage ich, »der vielleicht komplexer ist, als dies anfangs den Anschein hatte …«

Marlowe nickt, lässt mich weiterreden. Dabei verbirgt er sich hinter den dicken Rauchschwaden aus seiner Pfeife. Was denkt er von meiner Begegnung auf dem jüdischen Friedhof? Stört ihn die Zufälligkeit des Zusammentreffens? Wenn Charlotte nicht vorgeschlagen hätte, den Nachmittag auf dem Zentralfriedhof zu verbringen, wäre mir der Prügler – ich bin mir mittlerweile sicher, dass es sich um diesen handelt – nicht über den Weg gelaufen, der Christine Schanderl vermöbelt hat. Reiner Zufall? Ich blicke Marlowe an.

»Solche Zufälle gibt es«, meint er nach einer Weile. »Manchmal passen sie dann in ein Muster, das von Bedeutung ist. Anfangs erkennen wir die Zusammenhänge noch nicht. Erst wenn wir mehr wissen, lösen sie sich auf, ergeben einen Sinn … oder auch nicht.«

Der Gedanke gefällt mir. Noch ist nicht einmal im Ansatz ein Muster zu erkennen. Jedenfalls frage ich mich, wer der Mann ist, der sich wie ich auf der Suche nach Professor Hruby befindet. Der Mann vom Friedhof? Ob er jener Amschel ist, von dem die alten Männer gesprochen haben? Und … kann ich mir denn überhaupt sicher sein, dass es sich bei ihm um denselben Mann handelt, der Chrissys Wohnung auf den

Kopf gestellt hat? Was habe ich denn mehr als eine vage Beschreibung. Und wenn ja, wonach sucht er dann? Und warum treffe ich gerade auf einem jüdischen Friedhof auf ihn, im Gespräch mit alten Männern, ganz offensichtlich orthodoxen Juden, die aus einem anderen Jahrhundert zu kommen scheinen? Tut sich hier ein Zugang zu einer geheimnisvollen Welt voller Traditionen auf, die mir völlig unbekannt ist?

»Ist nicht auch Kafka Jude gewesen?«, will ich von Marlowe wissen. Ein faszinierender Gedanke. Gibt es Zusammenhänge? Ist vielleicht der Schriftsteller das verbindende Glied? Die Tatsache, dass Professor Hruby sich mit Kafka beschäftigt hat, er über Kafka promoviert hat, lässt diesen Schluss nicht abwegig erscheinen.

Marlowe zuckt mit den Schultern. »Ein Schriftsteller, der in unserer weiten, grünen, schönen USA nicht die Verehrung genießt wie bei euch … Viel zu düster und vorwiegend mit sich selbst beschäftigt. Das lieben wir nicht so sehr … Aber ja, ich denke, er war Jude. Doch was hat das mit deinem Professor zu tun?«

»Nur so ein Gedanke.«

Er hebt das Glas und wir trinken. Der Bourbon sackt in meine Magengrube. Wärmt mich von innen. Langsam komme ich auf den Geschmack.

»Schriftsteller und Künstler sind die Türhüter der Wahrheit«, meint Marlowe nach einem genussvollen Schnalzen der Zunge.

»Wenn es denn eine gibt.«

Er sieht mich von der Seite an. »Natürlich gibt es eine. Wir müssen nur nach ihr suchen.«

7 PROFESSOR JURIJ M. TOLMAN

28. Februar 1972

In seiner aktuellen Ausgabe vom 28. Februar berichtet *Der Spiegel* von der erst kürzlich erfolgten Abschaffung der Todesstrafe im US-Bundesstaat Kalifornien. Das Nachrichtenmagazin zitiert in seinem Artikel den Obersten Richter des kalifornischen Supreme Courts, Donald Wright, der die Todesstrafe für unnötig, vor allem aber als nicht vereinbar mit der Würde des Menschen empfindet.

Der Richterspruch des Obersten Gerichtshofs in Kalifornien, so *Der Spiegel*, bewahre zum gegenwärtigen Zeitpunkt 102 Männer und fünf Frauen vor dem Gang in die Gaskammer: darunter Sirhan Sirhan, den Mörder Robert Kennedys, sowie Charles Manson und drei seiner Hippie-Mädchen, verantwortlich für den grausamen Mord an Sharon Tate … Allerdings sei – so *Der Spiegel* – bereits seit 1967 in den USA nicht mehr hingerichtet worden, sodass es im Juni jenes Jahres letztmalig der Polizistenmörder Aaron Mitchell gewesen sei, der im Blausäuredampf der Exekutionskammer von San Quentin vom Leben zum Tode befördert wurde.

Dessen Abschiedsworte, wie sie der Nachwelt übermittelt wurden, waren: »Ich bin Jesus Christus.«

Professor Jurij Tolman aus dem estischen Tartu, dem früheren Dörpt, war soeben vom Moskauer Flughafen Scheremetjewo kommend in München-Riem gelandet. Es war sein erster Besuch im Westen und urplötzlich empfand er ein Gefühl von Freiheit, so als habe er ein Gefängnis verlassen, in dem ihm jegliche Luft zum Atmen fehlte. Allein die Tatsache, dass ihm hier Zeitungen und Zeitschriften aus den unterschiedlichsten Ländern zur Verfügung standen, faszinierte ihn. Der ungehinderte Zugang zum Wissen der Menschheit, zu unterschiedlichen Mustern des Denkens, war für ihn nicht selbstverständlich. Natürlich wusste er um seine privilegierte Position, war er sich der Tatsache bewusst, dass er es vor allem seiner Stellung als international renommierter Wissenschaftler verdankte, dass er nunmehr zum ersten Mal die engen Grenzen seiner Heimat überschreiten durfte. Ein Westaufenthalt, wenn auch nur für eine begrenzte Zeit. Zu Hause in Tartu empfand er immer eine Schwere in der Brust, als plagte ihn eine Grippe, deren schlimmste Symptome Müdigkeit und eine Trägheit des Geistes waren. Hier dagegen, das ahnte er, hier könnte er leben und forschen …

Vor wenigen Wochen war schließlich das Angebot von Schmidt-Kneidl gekommen. Ein fantastisches Angebot. Lange hatte er mit sich gerungen, dann aber eine Entscheidung getroffen: Er würde alles hinter sich lassen. Auch wenn er dafür mit dem vorübergehenden Verlust von Elena und seinem Sohn würde bezahlen müssen. Er würde die Freiheit wählen. Dabei wusste er, dass er seine Familie lange Zeit nicht mehr sehen würde. Mihhail, sein Junge, würde ohne ihn heranwachsen, Elena ihre neue Situation, die eingeschränkten Möglichkeiten, den gesellschaftlichen Absturz voll Verbitterung auf sich nehmen, dabei vorschnell alt und grau werden.

Sie waren das Pfand, das er zurückließ, zurücklassen musste. Aber ... so schnell würde sich ihm keine zweite Möglichkeit mehr bieten. Vielleicht konnte er die Familie ja irgendwann nachholen. Er versuchte, die tristen Gedanken zu verscheuchen, ließ die Blicke schweifen. Sein neues Leben. Es lag vor ihm. Im Grunde hatte er doch sämtliche Trümpfe in der Hand, und bis jetzt war auch alles gut gegangen.

Dennoch fühlte er sich beobachtet, ahnte er, dass ihn die Partei wegen seiner Westkontakte mit Argwohn betrachtete. Ob ihn ihre Aufpasser aus dem fernen Moskau, aber auch die eigenen Landsleute in diesem Moment überwachten? Es war anzunehmen. Nur noch wenige Menschen, die mit ihm im Ankunftsterminal herumsaßen. Die meisten davon waren mit ihrem Gepäck beschäftigt. Aßen, tranken oder dösten vor sich hin. Einige Familien mit Kindern, die übermüdet in unbequemen Plastiksitzen kauerten oder sich bei Fangspielen Bewegung verschafften. Niemand, der in irgendeiner Weise verdächtig auf ihn wirkte.

Eine junge Frau setzte sich ihm schräg gegenüber hin. Sie kramte eine Weile in ihrer Handtasche, dann begannen ihre Blicke suchend umherzuwandern. Auf wen sie wohl wartete? Sie war sorgfältig geschminkt und strahlte Selbstbewusstsein aus. Ganz anders als die Frauen in seiner Heimat, dachte er. Dort benahmen sich die meisten von ihnen, als wollten sie unbemerkt bleiben, trugen selbst die jungen Frauen schlichte Kleidung, um nicht aus der Masse herauszustechen. Was war es nur, was den Osten vom Westen unterschied? Die unterschiedlichen Ideologien? Wenn er, wie jetzt, die Menschen im Westen und ihr Treiben beobachtete, schien es ihm eher, als stünde vor allem eine graue, farblose Welt einer bunten gegenüber, als würde eine unsägliche Farblosigkeit das Leben im Osten prägen, während sich die Menschen im Westen einem Rausch der Farben hingaben.

Als er den Blick von der jungen Frau nehmen wollte, wandte sie sich plötzlich fragend an ihn. »Professor Tolman?«

Er nickte überrascht, hatte er doch nicht erwartet, dass jemand bereits am Flughafen auf ihn warten würde. Noch dazu eine solche Augenweide.

»Ich bin Mariann Wunderlich vom Deutschen Institut. Herzlich willkommen in München.«

Sie lachte, als sie seine Verwunderung bemerkte.

»Professor Schmidt-Kneidl, mein Doktorvater, hat mich gebeten, Sie abzuholen. Wenn Sie gestatten, bringe ich Sie zu Ihrem Hotel …«

Tolman nickte erfreut. Er hatte ein Faible für junge Frauen. Er erhob sich, reichte ihr die Hand, versuchte dabei galant zu wirken und entschuldigte sich gleichzeitig für sein schlechtes Deutsch.

»Was ist mit Schmidt-Kneidl … Ich hatte eigentlich damit gerechnet, ihn frühestens morgen am Institut zu treffen?«

Erst jetzt, nachdem er einen Handkuss angedeutet hatte, ließ er ihre Hand los. Sie quittierte seine Geste mit einem leicht verlegenen Blick, zeigte sich jedoch durchaus beeindruckt.

»Eine kleine Programmänderung«, meinte sie nur. »Natürlich wird Sie der Dekan heute Abend noch zu einem Essen unter Freunden und Kollegen einladen. Wir sind ja alle ganz gespannt auf Ihren morgigen Vortrag … und Ihren Fund. Eine wahre Sensation … Jetzt werden Sie sicher müde sein. Kommen Sie also …«

Wieder lächelte sie ihn an. Ein bezauberndes Lächeln, wie ihm schien. Einen Moment lang war er überrascht, dass sie von seinem sensationellen Mitbringsel wusste, hatte er doch bislang nur Schmidt-Kneidl davon berichtet. Offiziell sollte sich sein morgiger Vortrag mit der Struktur literarischer Texte befassen, seinem eigentlichen Forschungsgebiet. Nur der Dekan der Münchner Germanisten war informiert, dass sein Referat einen ganz anderen Inhalt haben würde. Aber der Moment ging vorüber, und er fühlte sich sofort wieder leicht und beschwingt. Gehorsam nahm er sein Handgepäck und seinen altmodischen Koffer mit den quietschenden Rollen, um ihr in Richtung Ausgang zu folgen. Niemand außer ihnen beiden ahnte wohl, welcher Schatz sich in einem der beiden unscheinbaren Gepäckstücke verbarg – seine Eintrittskarte in eine neue Welt.

Die Fahrt im Taxi durch die Münchner Randgebiete und vor allem durch das eigentliche Zentrum dauerte länger als gedacht. Überall waren Baustellen und Umleitungen, die ein zügiges Vorankommen unmöglich machten. Trotzdem lag eine heitere Gelassenheit über der Stadt. Nirgends war Aggressivität zu spüren, wie dies in westlichen Großstädten oftmals der Fall war. Selbst der Taxifahrer, ein waschechter Münchner allem Anschein nach, wirkte trotz seines gelegentlichen Grantelns entspannt und frei von berufsbedingter Gereiztheit. Ohne Zweifel war München in diesen Tagen eine Stadt, die sich zusammen mit ihren Bewohnern auf ein besonderes Ereignis vorbereitete, auf ein Fest des Sports mit internationalen Gästen. Und … noch war nichts von den trüben Wolken zu erahnen, die bald die Helligkeit der Erwartungen verdunkeln sollten.

Auch Professor Tolman verspürte eine Leichtigkeit des Seins, doch hatte dies weniger mit dem olympischen Geist zu tun, der München erfasst hatte, als mit der Nähe zu der attraktiven jungen Frau, die seltsam vertraut und doch knisternd fremd neben ihm saß und ihn auf die verschiedenen Sehenswürdigkeiten der Stadt aufmerksam machte. Gelegentlich berührten sich ihre Hände, und wenn sie sich an ihm vorbei zum Fenster beugte, um auf dieses oder jenes zu zeigen, kam sie ihm so nahe, dass er den Duft ihrer Haut wie ein seidenes Tuch verspürte, das sich über sein Gesicht legte und ihm den Atem nahm. Sie war deutlich jünger als er, doch schien dies kein Problem für sie zu sein. Ohne Zweifel fand sie ihn attraktiv und sie gab sich keine Mühe, das zu verbergen. So sah auch er keinen Grund, sich zurückzuhalten, etwa gar an der Aufrichtigkeit ihres Verhaltens zu zweifeln, vielmehr empfand er ihre Direktheit als Teil der westlichen Lebensfreude, einer Freude, die den Menschen im Osten oft so fremd war. Dieses Leben in der Gegenwart – es faszinierte ihn. Als er seine Hand auf ihren Oberschenkel legte, ließ sie es geschehen, bedeckte nur seine Hand mit der ihren, gleichsam als wollte sie ihn hindern, noch forscher zu werden.

»Aber, Herr Professor«, sagte sie leichthin, »was würde denn Ihre Frau dazu sagen?«

Tolman grinste verlegen wie ein Schuljunge, der gerade bei einem dummen Streich erwischt worden war. Er kam sich albern vor und genoss doch die Situation. Da sie ihre Hand, die leicht wie ein kleiner Vogel auf der seinen lag, nicht bewegte, sah auch er keinen Grund, die seine zurückzuziehen. Manchmal war es einfach nur schön, die Bürde des Denkens ablegen zu können, sich lediglich von seinem Körper und seinen Trieben leiten zu lassen. Einen kurzen Moment lang dachte er an Elena, schob jedoch den Gedanken schnell von sich. Seine Frau und sein Sohn – sie gehörten in eine andere

Welt. Hier jedoch war er frei, frei auch von moralischen Einschränkungen …

Als sie am Hotel ankamen, fragte er sie, ob sie noch mit nach oben käme. Sie schien kurz zu zögern.

»Nur wenn Sie mir Ihren Schatz zeigen. Das Manuskript …« Sie lachte dabei. Er war überrascht, hatte im Grunde nicht erwartet, dass sie auf seine plumpe Anmache eingehen würde. Warum sollte er ihr die Papiere nicht zeigen? Morgen würde er sie ohnehin der ganzen Welt präsentieren. Noch lagen sie verborgen zwischen seinen eigenen Aufzeichnungen im Koffer, auf diese Weise den Augen ungebildeter Apparatschiks und Gesinnungsschnüfflern, Grenz- und Zollbeamten auf einfachste Art und Weise entzogen. Jedenfalls hatte der Transport geklappt. Und morgen dann …

Die literarische Welt würde Augen machen. Kein Wunder, dass Mariann Wunderlich, Doktorandin bei Schmidt-Kneidl, begierig war, einen Blick auf die vergilbten Blätter zu werfen, sie in den Händen zu halten.

»Kommen Sie«, sagte er und legte den Arm um ihre Taille. Es schien ihr zu gefallen, auch wenn sie ihn dabei ganz eigenartig anblickte. Im Aufzug sah er, wie sie versonnen auf die beiden Gepäckstücke blickte. Was für eine Frau, dachte er.

Ein bisschen erinnerte sie ihn an Anna. Anna, die er nie vergessen hatte. Obwohl ihnen nur zwei Tage vergönnt gewesen waren. Zwei Tage und zwei unvergessliche Nächte. Wie jung und schön sie damals gewesen war. Seine Anna. Er wusste, dass er sie nicht mit der blonden Frau vergleichen durfte, die jetzt, sieben Jahre später, neben ihm im Aufzug stand. Mit Anna war alles anders gewesen. Mehr als der Wunsch nach Befriedigung seiner körperlichen Bedürfnisse.

Damals, 1965 – es war sein erster Aufenthalt in einem anderen sozialistischen Bruderland als Russland gewesen –, da hatten sie sich kennengelernt. Er, der aufstrebende, damals noch unbekannte Literaturwissenschaftler, dessen Forschungsansätze den Umgang mit Literatur revolutionieren sollten. Und sie, die junge Frau, fast noch ein Mädchen mit ihren 23, die in seine Vorlesung geplatzt war und ihm den Verstand geraubt hatte. Als sie an jenem Abend in den nur halb gefüllten Senatssaal gestürmt war, hatte es wohl keinen der überwiegend männlichen Anwesenden gegeben, der nicht von ihrer Anmut und Jugend beeindruckt gewesen wäre. Selbst die alte Humboldt-Garde in der ersten Reihe hatte die grauen Köpfe gewendet und voll Wohlwollen auf sie geblickt. Einen Moment lang waren da wohl Erinnerungen an längst vergangene Zeiten bei den Herren wach geworden.

Nach der Vorlesung, der anschließenden Diskussion und dem Schulterklopfen durch die Kollegen war sie auf ihn zugekommen. Es war wie selbstverständlich gewesen. Sie hatte ihn auf Russisch angesprochen, ihn nach einer unwesentlichen Kleinigkeit in seinem Vortrag gefragt. Noch heute konnte er sich an die Dunkelheit in ihren Augen erinnern, eine Dunkelheit, die ihm von Anfang an seltsam vertraut gewesen war. Erst später war ihm klar geworden, wen er darin erkannt hatte, lange nachdem sie das altehrwürdige Gemäuer gemeinsam verlassen hatten …

Das Bett, auf dem er lag, war breiter als jedes andere, auf dem er je gelegen hatte. Trotzdem fühlte er sich reichlich unwohl. Das hing vor allem damit zusammen, dass er völlig nackt und seine Bewegungsfreiheit eingeschränkt war. Beide Arme waren an den Pfosten des Bettes festgezurrt, sodass er seinen Körper zwar hin- und herwerfen konnte, dabei aber immer noch wie eine auf den Rücken gedrehte Schildkröte dalag. Er zog und zerrte, aber es half nichts. Dazu steckte in seinem Mund ein eklig schmeckender Knebel, sodass er verzweifelt nach Luft schnappte. Wie war er nur in diese Lage gekommen? Das Letzte, an das er sich erinnern konnte, war das Glas mit Sekt aus der Minibar, das Mariann ihm gereicht hatte.

»Auf Franz Kafka«, hatte sie gesagt und ihn dabei verheißungsvoll angelächelt. »Twojo sdorowje!«, hatte er geantwortet. Sie hatten angestoßen. Dann hatte er das Glas auf das Tischchen neben dem Bett gestellt …

Vor allem irritierte ihn der junge Mann, der sich nur wenige Meter von ihm entfernt mit einer Filmkamera beschäftigte, die auf ihn, Tolman, gerichtet war, ebenso wie das grelle Licht eines starken Scheinwerfers. Als dieser bemerkte, dass der Gefesselte seine Anwesenheit registriert hatte, grinste er ihn an und rief in den Raum hinter dem Bett: »Geht los, unser Russe ist bereit für eine kleine Vorlesung.«

Tolman hasste es, wenn man ihn als Russen bezeichnete, was ihm im Westen schon des Öfteren passiert war, nahm man es dort mit der Nationalität eines Osteuropäers nicht so genau. In dem Augenblick dachte er allerdings nicht daran, wegen dieses vergleichsweise nichtigen Anlasses zu protestieren. Da gab es Schlimmeres und er ahnte, dass er in der Scheiße steckte, als er die Frau sah, die auf ihn zutrat. Beinahe hätte er sie nicht erkannt: Mariann Wunderlich, die ihn, eine dünne Reitgerte in der Hand, streng musterte. Sie trug ein schwarzes Lederkorsett, das die üppigen Formen ihres Körpers auf provozierende Weise zur Schau stellte. Ihr Gesicht wurde zur Hälfte durch eine venezianisch anmutende Maske verdeckt, doch waren ihre Augen dahinter, leise lächelnd, deutlich sichtbar. Sie sprach kein Wort, strich mit der Gerte über jeden Zentimeter seines Körpers. Sie ließ sich dabei unendlich viel Zeit, lächelte, als sie sah, dass es ihn erregte, und noch ehe sie zuschlug und sich der Schmerz in seinem Körper auszubreiten begann, hatte er die Kamera und den Mann dahinter bereits vergessen. Wieder und wieder sausten Hiebe auf ihn nieder, und zum ersten Mal in seinem Leben wurde ihm bewusst, wie erregend Schmerzen sein konnten. Er wollte hinter seinem Knebel um Gnade winseln und konnte doch sein Verlangen nicht unterdrücken. Mariann schien kein Pardon zu kennen. Erst als er glaubte, zu vergehen, legte sie die Gerte zur Seite. Dann setzte sie sich auf ihn und ritt ihn, bis er mit einem erstickten Grunzen zerbarst.

Erst geraume Zeit nachdem der junge Mann seine Kamera und den Scheinwerfer verstaut und das Hotelzimmer mit seinen Utensilien und einem breiten Grinsen im Gesicht verlassen hatte, befreite Mariann ihr Opfer aus seiner misslichen Lage. Sie küsste ihn dabei ganz leicht auf den Mund, als wollte sie ihn wegen der Qualen, die sie ihm zugefügt hatte, um Verzeihung bitten. Ob es ihm wenigstens ein bisschen gefallen habe, fragte sie ihn, ehe sie ihm erklärte, was sie von ihm erwartete.

8 WIEN – INSTITUT FÜR SLAWISTIK

Das Institut für Slawistik befindet sich in der Spitalgasse und ist mit der Straßenbahn einigermaßen bequem zu erreichen. Wir nehmen die 58er und steigen anschließend in die 33er um. Charlotte ist noch immer schweigsam, spricht kaum mit mir. Irgendetwas beschäftigt sie. Wahrscheinlich wartet sie darauf, dass ich sie danach frage … Später, denke ich. Nicht jetzt. Als ich gestern nach oben kam und ihr von Marlowe erzählen wollte, war sie schon eingeschlafen – hatte zumindest so getan. Vielleicht hätte ich sie wecken sollen. Als ich sie heute Morgen dann gefragt habe, wie sie geschlafen hat, hat sie behauptet, kein Auge zugetan zu haben. Warum sind Frauen nur so kompliziert?

Der Himmel zeigt sich, anders als gestern, grau in grau, und Regen tropft gegen die Scheiben der Tram. Selbst das Rattern der Räder klingt gedämpft und monoton und lädt zum Träumen ein. Dabei bin ich nicht der Typ, der sich von seinen Gedanken einlullen lässt.

Ich betrachte die Menschen draußen, die die Köpfe eingezogen haben und nur verschwommen wahrzunehmen sind. An solchen Tagen ist Wien hässlich, verliert seinen Charme. Ich wäre jetzt gerne im Süden, am Meer …

Ob sich Antonin Hruby noch in Wien befindet? Noch bin ich mit meiner Suche nicht weit gekommen. Vielleicht hat er sich ja doch mit einem Unbekannten getroffen, geht es mir durch den Kopf, mit jemandem, der ihn abgeholt hat, wie Chrissy vermutet hat. Was aber ist dann passiert? Haben er und der Unbekannte Wien verlassen? Mit welchem Ziel? Ob Hruby überhaupt noch lebt?

»Denkst du, er ist noch am Leben?«

Charlotte schreckt aus ihren Gedanken hoch. »Wen meinst du denn?«

Die Irritation in ihrem Gesicht bringt mich zum Lachen und einen Moment lang denke ich daran, sie in die Arme zu nehmen. Wahrscheinlich ist es ja das, was sie will. Ich bin mir aber nicht sicher, bin außerdem kein spontaner Mensch, widerstehe dem Impuls.

»Den Professor natürlich«, sage ich.

Sie schüttelt den Kopf, sieht mich aber fragend an. »Warum sollte er denn tot sein?«

Wahrscheinlich hat sie recht. Ich wende den Blick zum Fenster, zucke mit der Schulter. »Nur so ein Gefühl.«

Von der Haltestelle bis zum Institut sind es nur wenige Meter. Wir kämpfen gegen einen böigen Wind an und sind froh, als wir den Eingang halbwegs trocken erreichen. Der Pförtner, der einen mächtigen Schnauzbart wie Josef Stalin trägt und auch sonst dem ehemaligen Generalsekretär ziemlich ähnlich sieht, schickt uns in die oberste Etage. Er spricht gebrochen Deutsch und scheint nicht sonderlich erfreut, da wir ihn offensichtlich bei der Lektüre seiner Kronen Zeitung gestört haben.

»Sekretariat 4«, knurrt er mit tiefer Tatarenstimme. »Russische Literaturwissenschaften. Sie haben Termin?«

Ich nicke wider besseres Wissen, und er deutet vage in Richtung eines Aufzugs. »Vierter Stock«, sagt er und es klingt wie eine Drohung.

Sekretariat 4 ist in einen winzigen Raum gepfercht, der für zwei Hilfesuchende gleichzeitig, wie Charlotte und mich, kaum Platz bietet, was uns aber nicht stört, da wir sehr freundlich empfangen werden. Auf jeden Fall lassen wir die Tür offen. Der junge Mann, der hinter einem Berg von Aktenordnern zum Vorschein kommt, scheint sich über unseren Besuch über die Maßen zu freuen. Was er für uns tun könne, fragt er. Ich zeige ihm den Artikel, den mir Trotzki vor einigen Tagen in die Hand gedrückt hat. Ob es hier jemanden gebe, der das Ganze übersetzen würde.

»Natürlich«, lacht er. »Kommen Sie. Ich bringe Sie zu Dr. Kowalewskaja. Sie übersetzt gerade einen Roman von Wladimir Makanin ins Deutsche …«

Ich kann mir vorstellen, was er damit ausdrücken will, auch wenn ich von Wladimir Makanin noch nie etwas gehört habe. Auf jeden Fall nicke ich bewundernd.

Dr. Kowalewskaja ist alt und klapperdürr und scheint unter hochgradiger Kurzsichtigkeit zu leiden. Zumindest deutet ihre Brille mit den zentimeterdicken Gläsern darauf hin. Wohl eine Berufskrankheit. Der hilfsbereite Sekretär behandelt sie mit großem Respekt und lässt uns in das mit Büchern vollgestopfte Büro erst eintreten, nachdem er unser Anliegen vorgebracht hat. Mit einer leichten Verbeugung, die wohl weniger Charlotte oder gar mir gilt, zieht er sich schließlich zurück.

Dr. Kowalewskaja lächelt uns freundlich an, bittet uns mit einer Handbewegung, Platz zu nehmen. Ihr Blick wandert dabei an uns vorbei, setzt sich irgendwo an einem Punkt nahe der Tür fest.

»Was kann ich für Sie tun?«, fragt sie. Ihre Stimme ist tief und melodiös und passt überhaupt nicht zu ihrem wenig attraktiven Äußeren. Das wirft mich etwas aus der Bahn, sodass ich ihr das Blatt mit dem unbekannten Text erst einmal wortlos hinstrecke. Sie nimmt es, ohne einen Blick darauf zu werfen. Ihre riesigen Augen hinter der dicken Brille lachen zwischen Charlotte und mir hindurch.

»Erzählen Sie mir davon.«

Ich räuspere mich, komme mir unbeholfen vor. Frau Kowalewskaja erinnert mich ganz fatal an meine Lehrerin aus der Grundschule. Komisch, dass solche Erinnerungen gelegentlich hochkommen. Ich versuche mich zu konzentrieren.

»Ein Mann ist verschwunden«, sage ich. »Hier in Wien. Seine Frau hat dieses Blatt in einer seiner Jacken gefunden …«

»Ich verstehe«, meint Dr. Kowalewskaja. Dann kramt sie in einem der Fächer ihres Schreibtisches und holt drei zahnputzbechergroße Gläser hervor, die sie wortlos vor uns hinstellt. Ich ahne, was kommt. Und in der Tat, aus einem weiteren Fach zaubert sie eine halb volle Flasche mit einer klaren Flüssigkeit hervor, aus der sie großzügig einschenkt.

»Wir trinken«, sagt sie feierlich.

Ich sehe keinen Grund, warum ich mich zieren sollte, und auch Charlotte nimmt ihr Glas, ohne zu protestieren. Wir stoßen an, stürzen des Wodkas reine Seele in uns hinein, um dann wie Ertrinkende nach Luft zu schnappen.

»Brr«, meint Frau Doktor. Sie schüttelt sich. Dann greift sie nach dem Blatt mit dem ominösen Text. Sie liest vornübergebeugt, die Schriftzeichen nur wenige Zentimeter vor den Augen. Ab und an gibt sie ein schmatzendes Geräusch von sich, als wollte sie ihr Missfallen über das Gelesene auf diese Weise ausdrücken.

»Interessant«, meint sie schließlich. »Ein Artikel über meinen längst verblichenen Kollegen und Lehrer Tolman … einer unserer besten Leute. Wissen Sie, dass er ermordet wurde? Ein tragischer Fall … Sein Sohn unterrichtet noch immer in Tartu …«

»Sie kannten ihn?«

»Oh ja, Professor Jurij Michailovič Tolman … Ein eitler Pfau, aber ein Star unter den russischen Literaturwissenschaftlern … damals in den späten 60ern und 70ern. Er selbst war ja Este, kein Russe, aber …«

»Woher kannten Sie ihn denn?«

»Jeder, der sich mit russischer Literatur beschäftigt hat, kennt Tolman … Außerdem habe ich einige Seminare bei ihm besucht.«

»Wann war das?«

Sie nimmt noch einmal den Artikel zur Hand, und ich bin mir nicht sicher, ob sie meine Frage überhaupt verstanden hat. Dann greift sie zu der Flasche, die noch immer auf ihrem Schreibtisch steht, und schenkt mehr als großzügig nach. Ohne auf uns zu warten, kippt sie den Wodka in sich hinein. Charlotte und ich folgen dem zögerlich. Ich sehe, dass Charlotte etwas blass um die Nase wird. Dr. Kowalewskaja schüttelt sich wiederum und fährt dann fort: »Ja, sehen Sie, gerade das ist doch das Interessante. Der Artikel, den Sie mir mitgebracht haben, befasst sich mit einem Ereignis aus der Zeit, als ich in Tartu studierte. Das war zu Beginn der 70er …«

Ich blicke zu Charlotte, die noch immer nach Luft schnappt. Dr. Kowalewskaja scheint die Situation zu genießen, verliert sich offensichtlich in Erinnerungen, und ich werde langsam ungeduldig.

»Hm. Was steht denn nun drin, in diesem Artikel?«

»Im Grunde nur, dass Tolman zu einem seit Langem geplanten Vortrag in den Westen gereist ist, um seine Forschungsergebnisse über den Strukturalismus in der Literatur auch im Westen vorzustellen, dann aber seinen Aufenthalt ziemlich überstürzt abgebrochen hat. Der Bericht zitiert dazu den Gastgeber, der Tolman nach München eingeladen hat. Der scheint recht enttäuscht von dem Vortrag gewesen zu sein, obwohl die Fachkollegen ansonsten durchaus beeindruckt gewesen sind …«

»Warum denn das?«

Dr. Kowalewskaja vertieft sich noch einmal in den Artikel. Wieder lässt sie sich Zeit. Wenigstens hat sich Charlotte zwischenzeitlich etwas erholt. Sie blickt mich ein bisschen ratlos an, und auch ich weiß gerade nichts zu sagen. Schließlich räuspert sich die alte Dame.

»Wie es den Anschein hat, hat Schmidt-Kneidl von Tolmans Vortrag etwas völlig anderes erwartet und …«

»Wer ist Schmidt-Kneidl?«

Dr. Kowalewskaja wirft mir einen mitleidigen Blick zu, der ihre Augen noch größer erscheinen lässt. »Schmidt-Kneidl war zur damaligen Zeit Dekan am Institut für Germanistik in München … Er fungierte als Gastgeber, hatte Tolman eingeladen. Auf jeden Fall erwähnt der Autor, dass Schmidt-Kneidl davon ausgegangen ist, dass Tolman einen literarischen Fund präsentieren würde, eine Art Sensation …«

»Was wohl nicht der Fall war?«

»Nicht, wenn es stimmt, was hier steht.« Sie deutet auf den Artikel in ihren Händen, schielt dabei gleichzeitig auf die mittlerweile fast leere Flasche, die vor ihr steht. Ich habe sofort den Eindruck, dass Charlotte den Atem anhält, bin mir aber nicht sicher.

»Wird denn etwas über die Art der Sensation gesagt, die Schmidt-Kneidl erwartet hat?«

Kowalewskaja schüttelt den Kopf. »Nein. Eigentlich nur, dass er enttäuscht war ... Das war's.«

»Eigentlich?«

»Nun ja, wie es scheint, hat Tolman Schmidt-Kneidl gegenüber ein Sanatorium in Riva erwähnt, das in seinem Vortrag eine Rolle spielen würde, doch ist er dann nicht weiter darauf eingegangen.«

Ein Rätsel. Warum um alles in der Welt hat Antonin Hruby diesen Artikel für so wichtig erachtet, dass er ihn aus einer uralten Zeitschrift gerissen und zumindest eine Weile lang bei sich getragen hat? Und dann der Verweis auf Riva ...?

»Sie sagten, Sie können sich an damals erinnern?« Charlotte mischt sich zum ersten Mal in unser Gespräch ein. Wie es scheint, hat sie mittlerweile Feuer gefangen und lässt sich von den undurchsichtigen Zusammenhängen aus der Reserve locken.

Dr. Kowalewskaja nickt ihr freudig zu. »Das ist richtig, mein Fräulein, völlig richtig. Sehen Sie, es war in jenen Tagen etwas Ungewöhnliches, dass jemand, auch ein Professor, ein Wissenschaftler, die Erlaubnis erhält, in den Westen zu reisen ... und die meisten von uns – aus den höheren Semestern zumindest – waren sich sicher, dass er die Gelegenheit nutzen würde, um dort zu bleiben. Tolman war bekannt, fast schon eine Berühmtheit ... Er hätte in der Bundesrepublik mit Sicherheit einen Lehrstuhl erhalten, Karriere machen können.«

»Aber er kam zurück?«

»Ja, sehr bald schon.«

»Was haben Sie und die anderen Studenten gedacht?«

»Wir waren überrascht, aber auch stolz, dass er seine Arbeit in Tartu als wichtiger ansah als ein Leben im goldenen Westen ... Viele haben wohl auch gedacht, dass er vor allem wegen seiner Familie zurückkam … Hätte er keine Familie gehabt, hätte er ohnehin niemals reisen dürfen. So aber …«

»Haben Sie mit ihm über seinen Westaufenthalt gesprochen … irgendwann nach seiner Rückkehr?«

»Nein, natürlich nicht. Wir waren seine Studenten und es stand uns nicht zu, solche Fragen zu stellen. Aber ich kann mich erinnern, dass er irgendwie verändert war …«

»Inwiefern?«

»Schwer zu sagen. Er war einfach nicht mehr der Alte … Aber mehr fällt mir dazu nicht mehr ein. Immerhin ist das Ganze ja schon über vier Jahrzehnte her.«

»Und sein Tod? Wissen Sie etwas darüber?«

»Nein, nein. Da gelangte nichts an die Öffentlichkeit … Es war die Zeit kurz nach der Wende, da herrschte Chaos im Osten …«

Ich nicke verständnisvoll. Wie es scheint, gibt es nichts mehr zu sagen. Dr. Kowalewskaja reicht mir den Artikel.

»Tut mir leid. Ich hoffe …«

Charlotte und ich erheben uns gleichzeitig, um nicht in Gefahr zu geraten, Dr. Kowalewskaja noch ein weiteres Mal zuprosten zu müssen. Ihr Blick scheint doch bereits wieder die ominöse Flasche auf ihrem Schreibtisch zu umschmeicheln. Genug ist genug. Ich bedanke mich überschwänglich für ihre Hilfe, frage, was ich schuldig bin, doch sie winkt nur ab. Chrissy erscheint vor meinem geistigen Auge. Auch sie wollte nichts von mir. Geben ist wohl seliger als nehmen. – Was für eine komische Welt, denke ich.

Wir haben das Büro schon fast verlassen, als mir einfällt, dass ich mich noch nicht nach dem Urheber des Artikels erkundigt habe. Noch einmal lasse ich Dr. Kowalewskaja einen Blick auf das Dokument werfen.

»Hier …« Sie deutet auf einige unleserliche Zeichen am Ende des Textes. »Anton Netschepurenko aus München … Wahrscheinlich ein Exilrusse und längst verblichen.« Sie lacht melodiös und dunkel, sodass ihre Augen hinter ihrer Brille funkeln.

Ich fühle mich wie in einer Sackgasse.

Charlotte benimmt sich immer noch eigenartig. Zwar sprechen wir über das soeben Erlebte, lachen über Dr. Kowalewskajas fast schon klischeehafte Affinität zum Alkohol, doch spüre ich nach wie vor eine eigenartige Fremdheit Charlottes mir gegenüber. Ich vermute, dass sie ihre Tage hat, und beschließe, nicht näher auf ihre Stimmungen einzugehen.

Im Hotel angekommen, begibt sie sich augenblicklich aufs Zimmer, angeblich, um sich auszuruhen. Das gibt mir die Gelegenheit, über Professor Hrubys Verschwinden und die recht verwirrenden Fakten nachzudenken, die sich in den bisherigen 48 Stunden unseres Wien-Aufenthalts herauskristallisiert haben. Es ist nach wie vor nicht viel, was sich bei meinen Recherchen ergeben hat, und doch drängt sich mir immer mehr der Verdacht auf, dass Antonin Hrubys Verschwinden vor allem mit seinen akademischen Forschungen zu tun haben könnte. Noch immer ist dabei aber unklar, warum er überhaupt nach Wien gereist ist. Ich erinnere mich, dass Alexandra, meine Auftraggeberin, behauptet hat, er habe jemanden treffen wollen. Bislang hat sich allerdings noch kein Hinweis ergeben, wer der Unbekannte gewesen sein könnte und ob eine Begegnung überhaupt stattgefunden hat.

Ich lasse meinen Blick durch die Lobby des Hotels schweifen, suche nach meinem neuen Freund Marlowe, doch Schanis Wohnzimmer ist im Moment gänzlich verwaist. Schade – wie gerne würde ich mich jetzt mit ihm austauschen!

Einen kurzen Moment lang erwäge ich, Trotzki in Regensburg anzurufen, um ihn über meine bisherigen Erkenntnisse ins Bild zu setzen, doch habe ich das Gefühl, kaum Handfestes anbieten zu können. Ich lasse es also bleiben und setze mich stattdessen an einen der Computer in der Lobby, die auf Menschen wie mich zu warten scheinen.

Zuerst rufe ich noch einmal Einträge auf, die im Zusammenhang mit Professor Tolman stehen. Es gibt, wie ich ja bereits feststellen konnte, eine Unmenge davon, die sich vor allem mit seinen Arbeiten zum Strukturalismus in der Literatur befassen. Wie mir scheint, eine eher trockene Angelegenheit. Dieses Mal mache ich mir aber auch die Mühe, nachzulesen, was ein Semiotiker ist. Demnach ist Tolman ein Wissenschaftler, der sich mit Zeichen und deren Bedeutung beschäftigt ... Nichts allerdings, was mir im Augenblick so richtig weiterhelfen könnte! Über den Mord, dem er zum Opfer gefallen ist, findet sich so gut wie nichts.

Als ich die Begriffe »Riva« und »Sanatorium« bei Google eingebe, bin ich überrascht, als im Zusammenhang mit dem in der Literaturszene anscheinend sehr berühmten »Sanatorium Hartungen« in Riva del Garda sofort der Name »Franz Kafka« auftaucht. Der hat sich – ein wahrer Unglücksmensch, wie ich lese, und psychisch aus der Bahn geworfen – von September bis Oktober 1913 in diese Heilanstalt am Gardasee zurückgezogen, bis die schöne Leichtigkeit des Seins auch in sein Leben wieder einkehrte ... Bingo, denke ich, da mir natürlich sofort klar ist, dass sich jetzt eine noch deutlichere Verbindung zwischen Antonin Hruby und Professor Tolman herstellen lässt. Allem Anschein nach ist es Franz

Kafka, der die beiden Herren in gleicher Weise fasziniert hat. Meine vage Vermutung, dass Antonin Hrubys Verschwinden mit beruflichen Dingen zu tun haben könnte, scheint sich zu bewahrheiten. Und je länger ich darüber nachdenke, umso plausibler wird auch die Vorstellung, die ich seit einiger Zeit mit mir herumtrage.

Ich haste hinauf ins Zimmer, wo Charlotte, die Decke bis ans Kinn gezogen, im Bett liegt. Euphorisiert von meiner Entdeckung werfe ich mich neben sie, sodass die Federn ganz erbärmlich quietschen, und erzähle ihr von meinen Vermutungen. Sie hört mir zu, ohne mich auch nur einmal zu unterbrechen. Schließlich flüchte ich zu ihr unter die Bettdecke. Dort ist es warm, und ich fühle mich geborgen. Wie eine verlorene Seele krieche ich in Charlotte hinein, lasse mich von ihr trösten, tröste auch sie, bis sämtliche Gespenster vertrieben sind.

Später sagt sie: »Mir gefällt Wien nicht. Der viele Regen und auch sonst … Lass uns heimfahren.«

Ich nicke.

9 LITERATURKUNDE

Am nächsten Tag, gegen Abend, melde ich mich telefonisch bei Trotzki. Sofort dringt das vertraute Keuchen an mein Ohr. Ich warte. Nachdem sich sein erster Hustenanfall gelegt hat, beginne ich, ihm von den spärlichen Ergebnissen meiner jüngsten Nachforschungen zu berichten. Er unterbricht mich jedoch und schlägt vor, uns bei seinem Lieblingsgriechen im Herzogshof zu treffen. »Gerne«, sage ich, bin aber überrascht, als er mich zusätzlich zum Essen einlädt. Das kommt selten vor, nicht weil er übermäßig geizig ist, sondern weil er solch persönliche Gesten vermeidet.

Ich mache mich sofort auf den Weg. Die Fahrt von Wien zurück nach Regensburg ist anstrengend gewesen. Jetzt bin ich froh, ein paar Schritte gehen zu können. Als ich wenig später das Lokal erreiche, erwartet mich Trotzki bereits, gierig an einer Zigarette ziehend. Ich gönne ihm noch ein paar Züge, ehe wir schließlich in die Wirtsstube hineingehen.

Wir bestellen Bier und trinken unseren Begrüßungs-Ouzo. Trotzki sieht fertig aus. Seine Augen sind gerötet. Wahrscheinlich arbeitet er zu viel. Ich versuche, Mitleid zu empfinden, was mir aber nicht so recht gelingen will. Schließlich sind auch für mich die beiden letzten Tage anstrengend gewesen. Dann erzähle ich ihm von meinen Recherchen und meinem Verdacht, dass Antonin Hrubys Verschwinden mit irgendwelchen wissenschaftlichen Fragen zu tun haben könnte.

»Fragen zum Thema Franz Kafka«, sage ich. Trotzki nickt nachdrücklich, schweigt aber. Es ist kein entspanntes Schweigen. Die Bedienung kommt, nimmt unsere Bestellung auf, fragt, da wir bereits ausgetrunken haben, ob wir noch ein weiteres Bier wünschen. Wir nicken beide. Mittlerweile vermute ich, dass Trotzki mir etwas Unangenehmes mitteilen will. Ich warte.

Am Nebentisch sitzt eine Familie mit Kindern. Sie sind laut und quengeln. Die Eltern greifen nicht ein, sind sich anscheinend selbst nicht grün, was daran liegen könnte, dass der Vater der jungen Bedienung ständig auf den Hintern glotzt. Die Frau wirkt im Vergleich zu ihrem Ehemann unattraktiver und überfordert. Schließlich zahlen sie und gehen. Ich bin erleichtert, hebe mein Glas und stoße mit Trotzki an.

»Was ist los, Trotzki?«, frage ich. Ich möchte, dass er endlich zur Sache kommt.

»Ich hasse Politik, wie du weißt«, fängt er etwas umständlich an und wirft mir dabei einen Blick aus rot geränderten Augen zu. Ich nicke ihm aufmunternd zu, auch wenn ich seine Fähigkeiten, sich im Gewirr kommunalpolitischer Interessen zu behaupten, durchaus kenne. Trotzki ist ein Schlitzohr, ein Dschungelkämpfer – im Grunde der geborene Politiker. Was also soll diese Floskel?

»Wie es scheint, ist dein Professor da in etwas hineingeraten, das über einen der üblichen Vermisstenfälle hinausgeht …«

»Du willst sagen, es gibt einen politischen Hintergrund für sein Verschwinden?«

»Ja und nein. Nichts Politisches, aber es gibt politische Gruppierungen, die ein Interesse an dem haben, wonach Antonin Hruby wohl gesucht hat. Und jetzt fragt man sich, ob er fündig geworden ist.«

»Doch der gute Professor hat sich in Luft aufgelöst …«

Alexandra, meine eigentliche Auftraggeberin, fällt mir ein, die den Sachverhalt mit eben diesen Worten beschrieben hat. Ob sie von politischen Verwicklungen weiß? Zumindest hat sie nichts davon berichtet.

»Wonach hat er denn gesucht?«

»Na ja«, sagt er. »Die Sache ist folgende. Du hast ja schon erwähnt, dass Antonin Hruby sich mit Franz Kafka beschäftigt hat. Der scheint nun ein etwas absonderlicher Kerl gewesen zu sein, der am Ende seines Lebens verfügt hat, dass sämtliche seiner Schriften, seiner Zeichnungen und Briefe vernichtet werden sollen …«

»Vielleicht kein schlechter Gedanke«, werfe ich ein. Düstere, meist unverständliche Erzählungen wabern hoch aus dem Dunkel der Erinnerung, nicht gerade die Highlights meines gymnasialen Deutschunterrichts. Trotzki geht auf meinen Einwand nicht näher ein, wirft mir nur einen genervten Blick zu, der mich zum Schweigen bringt.

»Alle Welt weiß nun«, fährt er fort, »dass Kafkas Freund, ein Schriftsteller namens Max Brod, gegen den Wunsch Kafkas beschlossen hat, dessen unveröffentlichte Werke nicht zu verbrennen, um sie so für die Nachwelt zu retten …«

Ich kann mich dunkel erinnern, davon gehört zu haben, und nicke Trotzki zu. Gymnasiale Bildung zahlt sich eben aus, denke ich dabei, und dass in den meisten von uns schließlich ein Kafka-Kenner steckt. Nationales Gedankengut, wenn man so will …

»Was hat dieser Brod dann mit dem Nachlass gemacht?«

»Der ist 1939, als es in Deutschland eng wurde, in letzter Sekunde noch nach Palästina geflohen. Schließlich war er, wie Kafka, Jude.«

»Und die Manuskripte und Briefe …?«

»Hat er im Nachtzug aus Prag nach Rumänien und schließlich nach Israel geschafft.«

»Gute Entscheidung! Bei dem, was die braunen Dumpfbacken später so alles verbrannt haben.«

Trotzki nickt, nimmt einen gewaltigen Schluck von seinem Bier und fängt an zu husten. Ich warte geduldig, lehne mich zurück und muss plötzlich an die finsteren Gestalten denken, denen Charlotte und ich auf dem Wiener Zentralfriedhof begegnet sind. Mit einem Mal scheint es nicht abwegig, Verbindungen herzustellen. Wüste Verschwörungstheorien beginnen sich in meinem Kopf zu bilden. Zum Glück kommt in diesem Augenblick die Bedienung mit den griechischen Platten und Terrinen, und auch Trotzki beruhigt sich allmählich wieder.

»Was also ist mit dem ganzen Material passiert?«

Während ich die Zwiebelringe von meinem Gyros zur Seite schiebe und eine Zitrone über dem Fleisch auspresse, stabilisiert sich Trotzkis Atmung zusehends.

»Max Brod hat das meiste seiner damaligen Sekretärin vererbt, die wohl mehr als nur seine Bürokraft gewesen ist …«

Holla, denke ich sofort. Da hat es wohl auch in diesen Kreisen gemenschelt … Warum aber auch nicht!

»Und die hat die wertvollsten Stücke für eine Menge Geld verscherbelt. Den Rest hat sie ihren beiden Töchtern bereits zu Lebzeiten geschenkt. Die wiederum haben sämtliche Papiere, die ihnen ihre Mutter übergeben hat, in einem

Züricher Banksafe deponiert, können aber aus juristischen Gründen momentan nicht an diese Papiere heran, da ihnen der Zugang verwehrt wird.«

Was das für Gründe sind, will ich wissen. Trotzki sieht mich fast triumphierend an, so, als genieße er es, mich mit einem der großen, verwirrenden Rätsel der Literaturgeschichte beeindrucken zu können.

»Vor einem Jahr etwa«, fängt er ganz lehrerhaft an, »wollten sich die beiden Töchter von einem Familiengericht in Tel Aviv bestätigen lassen, dass ihnen das Erbe auch wirklich zusteht. Plötzlich aber behauptete Israel – der Staat, aber auch die Israelische Nationalbibliothek –, dass sämtliche Kafka-Papiere nationales Kulturgut sind und den beiden Schwestern nicht gehören. Und seitdem … Dumm gelaufen, könnte man sagen.«

»Verstehe«, sage ich und denke, dass nun so manches tatsächlich einen Sinn ergibt: Die alten Juden auf dem Friedhof, der picklige Schläger, der Chrissy vermöbelt hat – sie alle passen plötzlich in ein Bild, das durchaus politische Züge anzunehmen scheint.

Auch wenn meine Gedanken wild zu kreisen beginnen, gebe ich mich Trotzki gegenüber unbeeindruckt, beschließe aber, später mit Marlowe über die Sache zu sprechen. – Dabei weiß ich nicht einmal, ob wir beide uns je wiedersehen werden.

Ich frage Trotzki, was dies alles soll. Was diese Nachlassgeschichte mit Antonin Hruby zu tun hat? Der schlingt in dem Moment gerade gierig eine Gabel voll dampfend heißem Lamm in sich hinein und verbrennt sich dabei die Zunge. Er stöhnt auf und erst nach einer Weile ist er in der Lage zu antworten. Ehe er sich mir zuwendet, schiebt er den Teller missmutig zur Seite.

»Dieser ganze Kafka-Krempel rottet in einem Schweizer Banksafe dahin«, knurrt er, »und niemand kommt an die Sachen ran. Aber anscheinend hat es schon immer Gerüchte gegeben, dass trotz allem etwas davon außer Landes geschmuggelt wurde … Die Manuskripte sind schließlich Millionen wert …«

»Du willst also sagen, dass Antonin Hruby nach Teilen dieses Schatzes sucht?«

»Nun ja«, meint Trotzki. »Zumindest hat er danach gesucht … und nicht nur er …«

Es dauert eine Weile, bis mir dämmert, was er damit sagen will. »Du meinst …«

Er nickt. »Man hat mittlerweile seine Leiche gefunden. Es besteht kein Zweifel hinsichtlich der Identität, auch wenn die Überreste nicht gerade appetitlich aussehen sollen – wenn man den Kollegen glauben darf.«

»Verdammt, Trotzki, das erzählst du mir erst jetzt!«

Er zuckt mit den Schultern. Ich weiß, dass er es genießt, mich aus der Reserve gelockt zu haben.

»Und wo …?«

»Wirst du nie erraten.« Er macht eine künstliche Pause, schaut mich mit seinen traurigen Augen an.

»Riva del Garda«, sage ich wie beiläufig und sehe, wie ihm nun seinerseits die Kinnlade herunterfällt.

Alexandra weiß bereits Bescheid, als ich sie gegen Mittag des folgenden Tages treffe. Wir sitzen in der Brasserie Dombrowski mit Blick auf den Dom. Sie wirkt gefasst, so als würde sie der Tod ihres Liebhabers nicht über die Maßen beeindrucken. Ich vermute, dass der doch sehr große Altersunterschied, der zwischen ihr und dem Professor bestanden hat, für das Fehlen tieferer Gefühle verantwortlich ist. Manchmal muss man sich solchen Wahrheiten einfach stellen.

»Mein Beileid«, sage ich trotz allem, was sie mit einem leichten Schulterzucken zur Kenntnis nimmt.

»Er hat nach etwas gesucht«, meint sie nur und blickt mich aus ihren dunklen, etwas stechenden Augen an. »Ich möchte, dass Sie es finden – was immer es ist.«

Ich nicke. Schließlich hat Trotzki vor wenigen Stunden genau denselben Wunsch geäußert.

10 DER JÄGER GRACCHUS

»Wer bin ich denn nun?«

Der Herr, der ihn aus Gründen, die Gregor nicht kannte, auf ein Bier in den dunkel verräucherten Saal einer altmodischen Kneipe, einer richtigen Schwemme, eingeladen hatte, lächelte nachsichtig. Dabei deutete er auf die Flucht von fleckigen Spiegeln, die sich in beträchtlicher Höhe an der gegenüberliegenden Wand dahinzogen und im Unendlichen verliefen.

»Sieh doch«, sagte er. »Sieh doch.«

Er neigte sein Gesicht, bis er Gregor ganz nahe war, der ihn im Lärm des voll besetzten Biersaales nicht zu verstehen schien. Als Gregor hochblickte, erkannte er die Tische und Stühle wieder, die sich zu seiner Linken und zu seiner Rechten, aufgereiht wie Perlen an einer Schnur, im trüben Licht spiegelten. Klobige Tische mit rot und weiß karierten Tischdecken. Auch sie schienen sich im Unendlichen zu verlieren, sodass er plötzlich nicht mehr wusste, welcher davon der seine war. Er sah die Menschen, die gestikulierten und lachten und tranken – aber es war ihm unmöglich zu sagen, ob er sich darunter befand.

Einen Moment lang erwog er sogar, aufzustehen und sich dabei mit eindeutigen Gesten als der erkennen zu geben, der er war. Allerdings verwarf er diesen Gedanken sofort wieder, war er sich doch seiner prekären Situation bewusst. Gerade als einer, dessen Schuld sich noch nicht erwiesen hatte, sollte es ihm doch am Herzen liegen – dies zumindest dachte er –, in der schützenden Menschenflut unterzutauchen, ohne durch übertriebenes Verhalten aufzufallen. So nickte er dem Mann an seiner Seite nur zu, tat so, als habe ihm dessen Fingerzeig weitergeholfen.

Zum ersten Mal betrachtete er ihn nun näher und zu seinem Entsetzen kam es ihm vor, als habe er den anderen schon vor langer Zeit kennengelernt, was ja, wie er wusste, unmöglich der Fall sein konnte. Vor allem irritierte ihn das Äußere des Mannes, der in einer Weise altmodisch gekleidet war, wie es seinem Empfinden nach völlig unangemessen erschien. Dabei war das Erscheinungsbild des Fremden durchaus gepflegt und edel. Der Körper jugendschlank, passte zu den scharfen Gesichtszügen, die Gregor an einen alten Geier erinnerten, Züge, in denen sich Zucht, Askese und Versenkung spiegelten. Dazu kamen Augen von tiefer, abgründiger Dunkelheit.

»Ich habe niemandem etwas Böses getan«, rief Gregor gegen den Lärm, aber seine Stimme war ohne Klang und schien den fremden Herrn nicht zu erreichen. Denn der lachte nur und hob seinen Krug, um Gregor zuzuprosten. Niemand, der ihn verstand. Gregor blickte auf die Menschen an den anderen Tischen, meist Männer einfacher Herkunft. Auch hier war niemand, der ihm helfen konnte. Wie es schien, befand er sich in der Gesellschaft von lauter Niemanden.

Auch er hob nun sein Gefäß und stellte es, nachdem er getrunken hatte, mit großer Wucht auf den Tisch zurück. Dabei fiel sein Blick auf ein nicht sehr großes, gerahmtes Bild, das er bislang noch nicht bemerkt hatte, ein Landschaftsbild, das an der Wand gegenüber hing. Er erhob sich, um es näher in Augenschein zu nehmen, da ihn die dargestellte Szenerie in seltsamer Weise berührte. Es war fast, als habe er den Ort, der darauf abgebildet war, schon einmal gesehen. Das Bild zeigte zwei Knaben, die auf einer Kaimauer saßen und ein Würfelspiel spielten. Daneben ein Denkmal, wie man es in südlichen Ländern Europas des Öfteren findet. Ein Mädchen, das an einem Brunnen stand und Wasser in ein Gefäß füllte. Ein Obstverkäufer, der auf die See hinausblickte. Eine Kneipe … Ein winziges Ruderboot schwebte in den kleinen Hafen. Wie Gregor nach längerem Hinsehen erkannte, befand sich an Deck des Kahns eine Bahre, auf der unter einem gefransten, bunten Tuch ein Leib auszumachen war. Niemand auf dem Kai schien sich jedoch um die Ankömmlinge zu kümmern.

Gregor stand wie erstarrt. Er vergaß die Zecher um sich, den Lärm, den sie verbreiteten, und langsam tauchte er in das Bild hinein, das ihn mit gewaltigem Sog erfasste.

Und bald schon begannen sich die Menschen vor seinen Augen zu regen, erwachten zum Leben, und Gregor wurde Teil davon. Er sah, wie die Träger die Last der Bahre aufnahmen, sie an Land brachten, dort abstellten, um auf ihren Führer zu warten, der durch eine Frau mit einem Kind an der Brust ein wenig aufgehalten wurde, ihnen aber dann den Weg zu einem gelblichen, zweistöckigen Haus wies. Dorthin trugen sie die Bahre, schleppten sie in das Haus hinein – die Fenster und das Tor wurden daraufhin eilig geschlossen.

Aus einer der engen Gassen näherte sich wenig später ein Mann im Zylinderhut mit Trauerband. Er bat um Einlass, und sogleich wurde ihm geöffnet. Er verschwand im Inneren des Hauses und Gregor wusste, was nun geschehen würde.

Langsam würde der dunkel Gekleidete die Stufen hinaufsteigen, die zu der Kammer führten, in die die Träger die Bahre mit dem darauf ruhenden Toten gebracht hatten. Dann würde er sämtliche Anwesenden – auch den Bootsführer – des Zimmers verweisen und sich erst dann, ganz allein, zu dem Toten hinabbeugen, um für ihn zu beten. Sofort würde der Daliegende die Augen aufschlagen und sich dem Betenden zuwenden.

»Wer bist du?«, würde er ihn fragen und ohne erstaunt zu sein, würde der Herr antworten. »Der Bürgermeister von Riva.«

Gregor kam es nicht in den Sinn zu rätseln, woher er all dies wusste – es war wohl Teil seiner selbst.

Geraume Zeit noch lauschte er dem darauffolgenden Gespräch des Bürgermeisters mit dem Toten, der sich diesem als Jäger Gracchus vorstellte, lauschte dem Bericht des Jägers, der von seinem Tod und den Umständen, die dazu geführt hatten, berichtete.

»Vor vielen Jahren, es müssen aber ungemein viele Jahre sein«, so der Jäger, »stürzte ich im Schwarzwald von einem Felsen, als ich eine Gämse verfolgte. Seitdem bin ich tot.«

Genau diese Worte des Untoten hatten sich vor Ewigkeiten in Gregors Gedächtnis eingebrannt – mithin kannte er sie auswendig – und er wusste in diesem Augenblick nicht, ob er es war, der sie nun äußerte, oder der Mann auf der Bahre.

Auf den Vorwurf des Bürgermeisters, dass er ja noch lebe, entgegnete der Jäger, dass dies die Schuld des Steuermanns sei. »Ich verfolgte, stürzte ab, verblutete in einer Schlucht, war tot und diese Barke sollte mich ins Jenseits tragen …« Dann aber habe sein Todeskahn die Fahrt verfehlt – eine falsche Drehung des Steuers das Unglück letztlich ausgelöst.

»Und Sie haben keinen Teil am Jenseits?«

Der Jäger verneinte, meinte, dass er sich lediglich auf der großen Treppe herumtreibe, die zum Jenseits hinaufführe. Aus dem Jäger sei somit ein Schmetterling geworden. Er sagte es mit leiser Verzweiflung.

»Ein schlimmes Schicksal«, stimmte der Bürgermeister zu und wollte schließlich noch wissen, ob der Tote nun vorhabe, in Riva zu bleiben, doch der entgegnete nur vage: »Mein Kahn ist ohne Steuer, er fährt mit dem Wind, der in den untersten Regionen des Todes bläst.«

Dann herrschte Stille, und als sich Gregor nun näher und näher an den Toten heranschob, schrie er mit einem Mal auf, glaubte er doch in diesem Moment zu erkennen, wen er vor sich hatte – nicht die Augen eines unbekannten Jägers waren es, die vorwurfsvoll auf ihn gerichtet waren, sondern der Blick eines Menschen, der sich in seine Seele gebrannt hatte – und die Ahnung einer Schuld überkam ihn mit einem Mal, dass er jegliche Hoffnung verlor.

Mag sein, dass sein Schrei ein stummer gewesen war, denn als er von dem Bild zurücktrat, hatte sich in dem Bierpalast nichts verändert. Noch immer schwappte der bierselige Lärm durch den riesigen Gastraum, klangen die Krüge, klapperten die Teller, waren die Rufe der Kellner und Kellnerinnen zu vernehmen. Zutiefst beunruhigt setzte er sich wieder.

»Gefällt dir das Bild denn nicht?«

Gregor schüttelte den Kopf in stummer Verzweiflung. Er wusste nicht, was er zu seinem Begleiter sagen sollte, fühlte nur das Grauen, das ihn überkommen hatte, als er den Toten auf seiner Bahre zu erkennen geglaubt hatte.

»Ich habe dieses Bild vor geraumer Zeit hierhergebracht. Gleichsam als ein Geschenk für die Gäste – denn ich liebe diesen Ort. Den meisten gefällt es ja, auch wenn sie nicht wissen, wo es entstanden ist, geschweige denn, was es darstellt … Der Künstler ist ohnehin unbekannt.« Er lachte, als habe er einen Witz gemacht, den Gregor nicht verstand. »Ich war vor vielen Jahren in Riva«, fuhr er fort. »Wie du gesehen hast, wurde das Bild ja dort gemalt. Der kleine Hafen am See …«

Gregor nickte. Ja, er kannte den Ort.

»Damals ging es mir nicht gut. Die Ärzte nannten die Krankheit, die mich befallen hatte, ›Neurasthenie‹, eine nervöse Beschwerde, eine Art Verzweiflung am Leben, die viele von uns durchlitten.«

Wie es denn zu dieser Erkrankung gekommen sei, fragte Gregor, mehr aus Höflichkeit, denn aus wirklichem Interesse. Die Augen seines Gegenübers funkelten und lachten.

»Ein rechter Verdruss am Leben … und Frauengeschichten, was denn sonst! Nichts Ungewöhnliches. Aber ich habe damals Zeit gebraucht, um über mich und das Leben nachzudenken, und dort am See fand ich, was einem Unglücksmenschen – der ich ja bin – zu ein bisschen Frieden verholfen hat. Damals fühlte ich mich unglücklicher als alle anderen Menschen …«

Was denn dann zu seiner Heilung geführt habe?

»Ganz einfach, das Gift, das meine Seele angegriffen hatte, konnte nur mit einem Gegengift aus derselben Quelle geheilt werden – das ewig Weibliche, dem wir uns nur so schwer entziehen können, war letztlich meine Rettung …«

Gregor wunderte sich ein wenig über die Worte des Mannes, der ihm in keiner Weise wie ein Frauenheld vorkam, eher als ein in sich gekehrter Melancholiker, dem die Freuden der Erotik nur am Rande wichtig waren.

Der andere sah wohl die Zweifel in Gregors Augen, denn er beeilte sich hinzuzufügen, dass die Stimmung, die in der asketischen Atmosphäre des damaligen Kurhauses geherrscht hatte, dazu geführt habe, dass sich Männer wie Frauen ihrer Sinnlichkeit in nahezu obszöner Weise bewusst geworden seien.

»Man denkt ja gelegentlich, dass das Wesen eines Schriftstellers ausschließlich auf die Literatur ausgerichtet ist, doch ist das – selbst in meinem Fall – ein gewaltiger Irrtum. Auch wenn unsere Gedanken meist in der eisigen Leere des Kosmos verharren, so zieht uns doch das Körperliche gelegentlich in tiefste, lächerliche Tiefen hinab …«

Dann sei er also Schriftsteller, unterbrach ihn Gregor, dem die blumige Ausdrucksweise seines Gegenübers nicht sonderlich gefiel.

»In der Tat«, nickte dieser. »Mit Leib und Seele, auch wenn …« Noch einmal beugte er sich ganz nahe zu Gregor hin. »Auch wenn mir dies in der damaligen Situation völlig gleichgültig gewesen ist. Da zweifelte ich am Sinn des Lebens, trieb ich mich irgendwo in einer Vorhölle herum – um dann den Reizen zweier ganz unterschiedlicher Frauen zu erliegen.«

Gregor, dem solches eher fremd war, lachte. »Vielleicht besteht ja darin unsere Rettung«, meinte er. »Frauen, die uns zu sich hinabziehen …«

»Nun ja, für kurze Zeit mag das wohl gelten, doch wenn wir aus dem Taumel erwachen, erkennen wir, dass die Dunkelheit, die uns dann umgibt, noch tiefer ist als zuvor.«

Eine Weile sprach keiner ein Wort, sie hingen ihren Gedanken nach, tranken gelegentlich aus ihren Krügen, bis das Bier zur Neige ging und sie auf dem Trockenen saßen. Der fremde Herr, der gar nicht so verzagt schien, wie es seine Worte nahelegten, rief den Kellner, um eine weitere Lage zu bestellen.

Gregor spürte bereits einen angenehmen Schwindel, war er doch, wie es den Anschein hatte, nicht mehr daran gewöhnt, Alkohol in größeren Mengen zu sich zu nehmen. Vielleicht gründete der Schwindel aber auch nur in den Gedanken, die durch seinen Kopf jagten, Gedanken, die das Bild mit dem toten Jäger in Gang gesetzt hatte.

»Was ist denn damals in Riva passiert?«

Gregor zuckte mit den Schultern, konnte er sich doch nur schemenhaft, wenn überhaupt, an das Erlebte erinnern. »Ich weiß es nicht, aber es muss etwas Schreckliches gewesen sein.«

»Du wirst schon noch dahinterkommen«, lachte der andere. In einem Zug leerte er daraufhin seinen Krug. Dann erhob er sich, um sich mit einem merkwürdigen Blinzeln seiner dunklen Augen von Gregor zu verabschieden.

Als dieser sich nach einer Weile umblickte, erkannte er, wie ihn Finsternis zu umfangen begann.

11 FRAU HRUBY

Als der Anruf kam, saß sie in der Uni-Pizzeria und teilte sich mit Matthias Hebel, Antonin Hrubys wissenschaftlicher Assistent und Fußabstreifer, eine Pizza. Sie mochte Matthias – vielleicht, weil Antonin ihn verachtete. Möglicherweise tat er ihr auch nur leid. Im Grunde wusste sie es aber selbst nicht.

Sie blickte aus einem der Fenster des Lokals, während sie telefonierte. Der Mann, der ihr die Nachricht überbrachte, sprach einen eigenartigen Dialekt und sie hatte Mühe, ihn zu verstehen. Es war nur ein kurzer Anruf. Als alles gesagt war, drehte sie sich wieder um und legte das Handy auf den Tisch. Dort standen Plastikblumen, die ganz scheußlich aussahen. Matthias' Finger spielten mit ihnen. Sie vermutete, dass er seine Finger gern woanders wandern lassen würde. So, wie er sie anstarrte. Der Gedanke erheiterte sie. Ob sie ihn zu sich in die Praxis einladen sollte? Wahrscheinlich würde es ihn ganz verlegen machen.

»Er ist ermordet worden«, sagte sie.

Matthias schaute sie erschrocken an. »Antonin ist ermordet worden … Man hat seine Leiche in Riva, am Gardasee, gefunden.«

»Das ist ja schrecklich … Wieso gerade in Riva?«

Sie zuckte mit den Schultern. »Wer sich in Gefahr begibt,

kommt darin um … Da macht es dann keinen Unterschied, wo es passiert.«

»Wie meinst du das?«

Sie ging nicht darauf ein. »Ich werde nach Riva fahren«, meinte sie bloß. »Jemand muss den Toten identifizieren.«

»Soll ich dich begleiten?«

Sie lächelte. »Würdest du denn?«

Er nickte, starrte dabei auf ihre Brüste. »Natürlich, wenn du mich brauchst.«

»Das ist lieb von dir.« Sie legte eine Hand auf seine. Eine mütterliche Geste ihrerseits. Schließlich war er deutlich jünger als sie. Dabei dachte sie an Antonin.

Warum hatte sie ihn damals nur geheiratet? Es fiel ihr schwer, darauf eine einigermaßen passende Antwort zu finden. Dabei war es noch nicht einmal so lange her. Gerade mal sechs Jahre. Er war das gewesen, was man einen attraktiven Mann nannte. Gut aussehend und dazu weltmännisch, mit geschliffenen Formen – zumindest in der Öffentlichkeit. Bald schon hatte sie aber gemerkt, dass er nichts weiter war als ein Prolet, der mit aller Macht danach strebte, gesellschaftliche Anerkennung zu erlangen. Ja, im Grunde war er nichts weiter gewesen als ein Emporkömmling, der, getrieben von ungeheurem Ehrgeiz, einzig und allein darauf bedacht war, seine tiefen Selbstzweifel zu überspielen. Und ihr war das in den Schoß gefallen, wonach er gesucht hatte: gesellschaftlicher Glanz, der Hintergrund einer alteingesessenen Regensburger Familie, die wie selbstverständlich auf der Gästeliste stand, wenn sich die Reichen und die Schönen im Haus der Fürstin ein Stelldichein gaben.

Sie hatte in den sechs Jahren gelernt, ihn zu verachten, aber auch, ihn zu hassen. Bald schon nach ihrer Hochzeit, die –

seinen Wünschen entsprechend – mit großem Pomp gefeiert worden war, hatte er angefangen, sie zu betrügen. Keine der Studentinnen, die seine Seminare und Vorlesungen besuchten, war vor ihm sicher gewesen – vorausgesetzt sie hatte zu bieten, was sie selbst nicht unbedingt vorzuweisen hatte: permanente Lust und die Bereitschaft, sich auf die unterschiedlichsten, teilweise extremen Variationen körperlicher Liebe einzulassen. Dabei war er selbst im Bett keine Rakete gewesen … Versaut mussten die Damen sein, dachte sie, nichts weiter.

Und jetzt war er also tot.

Zumindest hatte das der Kommissar mit dem eigenartigen Namen am Telefon gesagt.

Sie hatte ihren grauen Jaguar in den tristen Betonbunkern der nahen Tiefgarage geparkt. Ehe sie einstieg, blickte sie sich mehrmals um, doch da war niemand, der sich auffällig verhielt, niemand, der ihr folgte. Es waren vorwiegend Studenten, die zu ihren meist billigen Kleinwägen eilten. In den letzten Tagen hatte sie mehrmals das Gefühl gehabt, beobachtet zu werden. Allerdings hatte sie nie etwas Konkretes bemerkt. Das ungute Gefühl jedoch verschwand nicht.

Sie blieb eine Weile sitzen und zündete sich, bevor sie schließlich losfuhr, eine Zigarette an. Fast eine ganze Schachtel hatte sie in den letzten zwei Tagen geraucht. Für sie eine Unmenge. Sie betrachtete im Rückspiegel ihr Gesicht. Im dämmrigen Licht der Tiefgarage sah es müde und trotz des Make-ups blass und grau aus.

Was war nur mit Antonin geschehen? Vor einer knappen Woche hatte er sie von unterwegs angerufen. Da war er auf dem Weg nach Wien gewesen. Mit diesem Flittchen, das seine Tochter hätte sein können.

»Ich bin auf der richtigen Spur«, hatte er gelacht, als sie ihn gefragt hatte, warum gerade Wien.

»Eine Sensation, wenn alles eintrifft, was ich erwarte …«

»Und deine Begleiterin?«, hatte sie gefragt.

»Die hilft mir bei den Recherchen«, hatte er gelacht. Da hatte sie aufgelegt.

In der Nacht desselben Tages hatte er zum letzten Mal angerufen. Sie war drauf und dran gewesen, ihn wegzudrücken, doch ihre Neugier war größer gewesen als ihre Verärgerung.

»Ich bin jetzt ganz nah dran«, hatte er gesagt. Er hatte seine Stimme unterdrückt, als wäre noch jemand in der Nähe, der nicht mitkriegen sollte, dass er telefonierte. Wahrscheinlich seine Schlampe, hatte sie gedacht. Sie hatte ihn gefragt, ob er vom Hotel aus anrufe, aber er hatte nur gelacht.

»Jemand wird mich in Kürze abholen. Alles ist sehr geheimnisvoll, aber es wird alles gut gehen. Und dann …«

Sie hatte ihn unterbrochen, war sich sicher gewesen, dass er aus seinem billigen, kleinen Abenteuer nur etwas Besonderes machen wollte. Wer ihn denn abholen würde und wohin die Reise denn gehe, hatte sie ihn gefragt, und da hatte er ihr einen Namen genannt und auch gesagt, dass er in wenigen Minuten nach Riva del Garda aufbrechen werde. Daraufhin hatte sie ihm eine gute Reise gewünscht.

»Viel Erfolg«, hatte sie ganz verächtlich gesagt. Dabei hatte sie jedoch den Eindruck gehabt, als würde jeglicher Sarkasmus an ihm abprallen.

Als sie jetzt die Auffahrt zu ihrer Villa hochfuhr, vermutete sie, dass Polizisten sie erwarteten, aber nichts dergleichen war der Fall. Sie hatte sogar Zeit, ihren Koffer zu packen und einen Anruf zu tätigen. Als sie ihren Namen nannte, legte der

Teilnehmer am anderen Ende, ohne ein Wort zu sagen, auf. Nun, sie würde es noch einmal versuchen, wenn sie in Riva angekommen war. Kurz überlegte sie, ob sie ein Hotelzimmer in Riva reservieren sollte, unterließ es jedoch. Das sollte auch vor Ort kein Problem sein. Ihre diamantene Bankkarte würde dafür sorgen.

12 RIVA DEL GARDA

Ich versuche, mit Professor Hrubys Frau in Verbindung zu treten, erfahre aber nur, dass sie sich bereits nach Riva aufgemacht hat, um den Verstorbenen zu identifizieren und bei der Überführung der sterblichen Überreste ihres Mannes zugegen zu sein.

Auch am Lehrstuhl für Neuere Deutsche Literatur an der Uni Regensburg kann man mir nicht weiterhelfen. Dass Professor Hruby vor einigen Wochen nach Wien gefahren und seitdem als verschollen galt, sei allgemein bekannt, doch über die näheren Hintergründe seiner Reise, die wohl eher privater Natur gewesen seien, und die Umstände seines Verschwindens wisse man nichts. Ich spreche mit einem Dr. Hebel, dem wissenschaftlichen Assistenten am Lehrstuhl von Antonin Hruby, doch auch er hüllt sich in Schweigen, was die wissenschaftlichen Nachforschungen seines Chefs betreffen.

»Kafka?«, fragt er etwas nasal und, wie ich finde, reichlich überheblich. Natürlich sei das der wissenschaftliche Schwerpunkt in der Arbeit des Professors gewesen. Ob der aber aktuell mit neuem Material in Berührung gekommen sei, wisse er nicht. Da sei er nicht eingeweiht, seine Position doch nicht wichtig genug … Er äußert dies mit sichtlichem Bedauern.

Diesmal beschließe ich, nicht mit der Bahn zu fahren, sondern schwinge mich lieber in mein klappriges Saab-Cabriolet, das ich vor einiger Zeit einem ehemaligen Kollegen aus dem Team von Trotzki abgekauft habe. Der verlor kurz nach seiner durch einen Burn-out bedingten Frühpensionierung die Lust am Autofahren und wohl auch am Leben und gab den Wagen billig ab. Ich habe mir damals kaum Gedanken über die Hintergründe seiner Erkrankung gemacht, war lediglich wegen der ungewöhnlich günstigen Konditionen, auf die wir uns schnell einigten, erfreut.

Aus mir nicht nachvollziehbaren Gründen ist Charlotte von Anfang an gegen den Kauf dieses Wagens gewesen und hat sich bislang standhaft geweigert, auch nur kleine Strecken darin zurückzulegen. So bleibt mir dieses Mal nichts anderes übrig, als die Fahrt ohne Charlotte anzutreten – was mich nicht allzu sehr stört. Manchmal genießt man das Alleinsein, und in meinem altmodischen Gefährt, dessen Technik bei Weitem nicht mehr den modernsten Ansprüchen genügt, fühle ich mich geborgen. Ich liebe den Geruch von Benzin und Leder, das Schnurren des Motors und die zugige Luft, wenn ich das Verdeck öffne.

Eingekeilt zwischen Lastwägen aus den unterschiedlichsten Ländern und Holländern, die mit ihren überladenen Caravans einen Hauch von Abenteuer verbreiten, lasse ich mich gen Süden treiben. Die Stunden vergehen …

Irgendwann erreiche ich den Brenner, und bald schon habe ich die Schnittstelle zwischen Nord und Süd, zwischen deutscher Schwermut und mediterraner Helligkeit, hinter mir gelassen. Ich fühle mich ausgesprochen gut.

Kurz vor Bozen unterbreche ich meine Fahrt und setze mich in eine kleine Bar, schlürfe italienischen Espresso und atme milde Luft, der selbst die kruden Autoabgase nichts anhaben können. Ich lasse mir Zeit. Schließlich versuche ich, Charlotte am Handy zu erreichen, aber es meldet sich nur die Mailbox. Was sie nur treibt? Ob sie mich vermisst? – Ich wundere mich über mich selbst. Warum stelle ich solch dämliche Fragen?

Von der kleinen Pause trotz allem erfrischt, steige ich schließlich wieder in meinen Saab und bin nicht im Geringsten überrascht, als ich – zu meiner großen Freude – Marlowe neben mir auf dem Beifahrersitz entdecke.

Wo er denn so plötzlich herkomme?, will ich wissen. Er grinst sein schiefes Westcoast-Grinsen, aber geht nicht weiter darauf ein, fragt mich lediglich, ob er im Auto rauchen dürfe. Ich habe nichts dagegen.

»Läuft richtig gut, die alte Karre«, meint er nach geschätzten tausend Kilometern gemeinsamen Schweigens. Wir fahren in der Zwischenzeit offen. Lauschen den Geräuschen des Windes, der uns schier den Atem nimmt. »Ein Schwede?«

Ich nicke. »Etwas für Nostalgiker.« Welche Automarke er denn bevorzuge, frage ich.

»38er Plymouth Coupé«, schreit er gegen den Wind. »Schluckt Benzin wie ein durstiges Kamel, das sich den Bauch mit Wasser vollschlägt, ehe es die Sahara durchquert, aber …«

Ich lache, weiß, dass die Amis damit kein Problem haben und auch in der Vergangenheit niemals hatten. Dann erzähle ich ihm, dass Professor Hruby tot ist und wir auf dem Weg nach Riva am Gardasee sind. Er nickt, weiß anscheinend Bescheid.

»Warum gerade Riva?«, fragt er dennoch.

Da berichte ich ihm von dem Sanatorium, das vor mehr als 100 Jahren Autoren, Dichter und Denker aus halb Europa –

vor allem aber aus Deutschland – angezogen hat, um dort ihre Wehwehchen auszukurieren.

»Auch Franz Kafka hat einige Zeit dort verbracht …«

Marlowe sieht mich fragend an. »Und?«

»Ich denke, dass Hruby nach Riva unterwegs war … vermutlich nicht allein. Wie es scheint, war er schon seit geraumer Zeit auf der Suche nach verschollenen Schriften Kafkas … Warum er deswegen aber nach Riva gefahren ist, weiß ich leider auch nicht. Noch nicht. Vielleicht ein Hinweis, den er bekommen hat …«

Marlowe zupft sich einen Tabakkrümel von der Unterlippe. »Es ist die Gier, die die Menschen treibt. Selbst die, von denen man es nie und nimmer erwartet, unterliegen ihr oftmals … Dabei muss es nicht immer Geld sein, das sie treibt.«

»Es gibt Ausnahmen«, sage ich. Ich denke an Dr. Kowalewskaja aus Wien, und auch an Chrissy Schanderl, weiß aber, dass Marlowe recht hat.

»Manchmal ist es auch nur die Befriedigung des eigenen Ehrgeizes, die uns schreckliche Dinge tun lässt. Manchmal müssen Menschen deswegen sterben …«

Seine Worte verhallen, werden vom Fahrtwind davongetragen.

»Was hast du also vor?«

»Als Erstes werde ich dieses Sanatorium aufsuchen. Vielleicht findet sich ja dort ein Hinweis.«

»Nach all den Jahren?« Er wirkt skeptisch. Dann sieht er mich von der Seite her an, fragt, ob ich noch etwas von den dunklen Gestalten gehört habe, die mir in Wien über den Weg gelaufen sind.

»Der eigenartige Schläger mit den öligen Haaren und der kranken Gesichtshaut … die orthodoxen Juden …?«

Ich erzähle ihm daraufhin von den Hintergründen, die mir Trotzki vor Kurzem offenbart hat.

»Durchaus denkbar, dass Israelis in die Sache verwickelt sind. Für die ist Kafka einer der ihren.«

»Inwiefern?«

»Es wird behauptet, dass er der jüdischste aller jüdischen Dichter sei und irgendwann auch davon geträumt habe, nach Palästina zu emigrieren. Somit …«

»Aber verwickelt in einen Mordfall? Nur deswegen?«

Marlowe mustert mich zweifelnd. Ich zucke mit den Schultern. »Wer weiß! Nicht ausgeschlossen, dass mir die Typen in Riva wieder begegnen, oder?«

Auf diese Bemerkung geht mein Beifahrer nicht weiter ein. Er schweigt, und nach einiger Zeit habe ich den Verdacht, dass er eingenickt ist. Auch gut, denke ich.

Gegen Mitternacht erreichen wir schließlich Riva. Ich habe ein Zimmer in einer kleinen Pension reserviert, Pension Gertrud, unweit des Torre Apponale. Ich frage mich dabei aber die ganze Zeit, wo Marlowe unterzukommen gedenkt. Als ich dann an der Rezeption stehe, um meine Zimmerschlüssel in Empfang zu nehmen, ist er verschwunden.

Der Nachtportier ist freundlich, wünscht mir eine gute Nacht. Ich bin schon im Gehen, als er mir hinterherruft, ob ich an einer Tour interessiert wäre. »Morgen 11 Uhr.«

»Was für eine Tour?«

Er zeigt mir einen Flyer des Tourismus Centers. Eine ganze Reihe von Touren und Stadtführungen werden darauf angeboten. Eine davon ist gelb markiert, erregt sofort meine Aufmerksamkeit: »Mit Kafka durch Riva – Literarischer Spaziergang auf den Spuren Kafkas mit Professor M. Farina.«

Ich nicke, sehe wie der Portier lächelt.

»Morgen 11 Uhr. Treffpunkt am Torre Apponale.«
Ich werde da sein.

In dieser Nacht schlafe ich unruhig. Bilder gehen mir durch den Kopf, ohne dass ich sie greifen kann. Sie platzen wie Seifenblasen in dem Augenblick, in dem ich meine Hand nach ihnen ausstrecke. Als ich am Morgen erwache, fühle ich mich wie gerädert. Ich öffne die Fensterläden. Sofort blendet mich das grelle Licht des Südens. Es ist bereits neun Uhr und auf der Piazza zu meinen Füßen herrscht reges Leben, voll mit bunten Farben. Der Blick auf den kleinen Hafen und den See ist atemberaubend. Ein Ort, der zum Verweilen einlädt.

Noch ehe ich mich in den Frühstücksraum begebe, telefoniere ich mit der örtlichen Polizeistation, werde mit einem Commissario Gruslburger verbunden, der die Ermittlungen im Fall des toten Professors leitet. Ein kerniger Südtiroler allem Anschein nach, der ein schwer verständliches Deutsch spricht. Wir vereinbaren ein Treffen am frühen Nachmittag. Gruslburger vermittelt schon beim ersten Gespräch den Eindruck großer Ruhe.

Nach dem Frühstück breche ich auf, gehe die wenigen Schritte zum Ausgangspunkt der morgendlichen Führung. Ganz Teutone, bin ich viel zu früh vor Ort. Niemand, der, wie ich, im Schatten des Turmes warten würde. So vertrete ich mir noch etwas die Beine, schlendere über die Piazza 3 Novembre hin zur Kaimauer. Der faulige Geruch des Wassers schlägt mir entgegen – ein intensiver Geruch nach totem Fisch, Tang und Verwesung. Niemand, der sich daran zu stören scheint. Es ist Teil des Lebens hier.

Der Blick aufs Wasser ist beruhigend, entschädigt für die Enge, die durch die massiven Bergketten rings um den Ort erzeugt wird. Dennoch, ein unangenehmes Gefühl, eingeschlossen zu sein, bemächtigt sich meiner. Ich denke an Professor Hruby. Ob er Ähnliches empfunden hat – zu dem Zeitpunkt, als er noch unter den Lebenden weilte?

»Am Morgen ist der Gestank am schlimmsten …«

Die alte Dame, die ich plötzlich neben mir wahrnehme, lacht und deutet auf den See hinaus.

»Erst gegen Mittag ändert sich das. Dann verjagen die Fallwinde von den Bergen alles Faulige.«

Sie steht wohl schon eine ganze Weile neben mir, ohne dass ich, verloren in Gedanken, auf sie geachtet hätte. Offensichtlich eine deutsche Touristin, die den Kontakt zu einem Landsmann sucht. Ich wende mich ihr zu, betrachte sie genauer. Auf den zweiten Blick wirkt sie auf verwirrende Weise attraktiv. Ich schätze sie auf etwa 70, vielleicht sogar jünger.

»Die Surfer lieben diese Winde. Sie kommen von überallher, nur wegen der außergewöhnlichen Verhältnisse … Aber Sie sind keiner von diesen Leuten, nicht wahr?«

»Nein«, sage ich. »Ich meide Sport.«

Wieder lacht sie. »Sie interessieren sich aber für Franz Kafka.«

Es ist keine Frage, vielmehr eine Aussage, die keinen Zweifel beinhaltet, und ich blicke sie etwas überrascht an. Daraufhin reicht sie mir die Hand.

»Ich bin Professor Farina, willkommen in Riva.«

Auf meine Frage, woher sie wusste, dass ich einer derjenigen bin, die die Tour mit ihr gebucht haben, erklärt sie mir, dass mich der Nachtportier meiner Pension beschrieben hat.

»Ein gut aussehender, relativ junger Mann, typisch deutsch … Das genügt. Im Übrigen sind Sie heute der Einzige, der sich für meine Geschichten interessiert, der Einzige, der hier herumsteht und auf etwas wartet.«

Ob das Interesse immer so gering sei, will ich von ihr wissen. Sie zögert. »Mal so, mal so«, meint sie dann.

Wieder deutet sie auf den See hinaus. »Sehen Sie die kleine Barke, die gerade in den Hafen schwebt, so als würde sie über dem Wasser getragen?«

Ich strenge mich an, kann aber – vielleicht wegen des Dunsts, der über dem Wasser liegt – nichts dergleichen erkennen. »Nein.«

Sie lacht. »So hat Kafka die Ankunft des Jägers Gracchus in einer seiner kleinen Geschichten beschrieben. Dieser Jäger ist zum ewigen Leben verurteilt, immer auf der Suche nach Erlösung.«

Was er denn angestellt hat, um so grausam bestraft zu werden, frage ich.

»Das wird in der Erzählung nicht gesagt. Viele sehen aber eine Parallele zu alten Legenden von Ahasver, dem ewigen Juden, der durch die Welt wandern muss, weil er Jesus auf dem Weg nach Golgotha zu ungebührlicher Eile angetrieben und ihm eine kurze Rast an seiner Haustür verweigert hat ...«

»Und dieser Jäger?«

»Behauptet, keinerlei Schuld an seinem Unglück zu haben. Er sei als Jäger im Schwarzwald angestellt gewesen, habe dort lediglich seine Arbeit erledigt – was ja wohl nicht als Schuld in irgendeiner Form bezeichnet werden könne.«

Ich nicke, frage, was zu der misslichen Lage des Jägers geführt habe.

»Ein kleiner, eher menschlicher Fehler, durch den sein Todeskahn von seinem eigentlichen Ziel abgekommen ist. Nichts, das er zu verantworten hat.«

Im Grunde kann ich mit solchen Geschichten nur wenig anfangen. Mein Eindruck aber, dass Kafka ein äußerst schwieriger Mensch gewesen sein muss, vertieft sich durch diese Erzählung nur noch.

»Ich bin Privatermittler«, sage ich an Professor Farina gewandt, »eine Art Polizist. Ich beschäftige mich ebenfalls mit Menschen, die Schuld auf sich geladen haben – wenn auch in ganz anderer Weise …«

Die Dame wirkt mit einem Mal beunruhigt, als sei es ihr unangenehm, mit einem wie mir zu sprechen. Dabei fühle ich mich gar nicht als strenger Gesetzeshüter, als Vertreter von Recht und Ordnung. Ihre Verwirrung dauert nur einen Moment, dann lächelt sie wieder, schaut mich nachdenklich an.

»Natürlich«, sagt sie. »Aber denken Sie nicht auch, dass die Grenzen hier manchmal fließend sein können? Der Begriff Schuld – ist er denn so eindeutig?«

Ich zucke mit den Achseln. Aus einer Eingebung heraus zeige ich ihr das Foto mit Antonin Hrubys Konterfei, frage, ob ihr der Mann bekannt sei. Wieder habe ich den Eindruck, dass sie erschrickt, als sie sich die Aufnahme ansieht.

»Natürlich. Professor Hruby. Ein Kollege. Sein Bild war in den Zeitungen«, sagt sie. »Vorgestern oder so. Ich kann mich aber nicht mehr genau erinnern. Jemand hat ihn getötet, nicht wahr? … Es hat geheißen, dass man ihn schrecklich zugerichtet hat.«

»Man hat ihn gefoltert, ehe er getötet wurde. Wie mir angedeutet wurde, muss der Tod eine Erlösung für ihn gewesen sein.«

»Wie schrecklich! Suchen Sie denn seinen Mörder?«

»Eigentlich nicht. Ich habe nach Antonin Hruby gefahndet. Das war mein Auftrag. Dabei bin ich natürlich davon ausgegangen, dass er noch lebt. Jetzt aber hat sich alles verändert ...«

»Und Ihr Auftrag?«

»Hat sich selbstverständlich auch verändert.«

Sie sieht mich fragend an.

»Antonin Hruby hat nach etwas gesucht, das über die Maßen wertvoll sein muss. Niemand weiß so recht, worum es sich handelt. Allem Anschein nach aber muss es etwas aus dem Nachlass von Franz Kafka sein.«

»Unmöglich. Das kann nicht sein.«

Ich bin überrascht, wie heftig sie reagiert. »Warum denn nicht?«

»Ach wissen Sie, sämtliche Schriften und Zeichnungen und Briefe Kafkas aus der Brod-Sammlung sind entweder als Originale öffentlich zugänglich oder liegen gut geschützt in einem Schweizer Schließfach. Es kann also nicht sein, dass unbekannte Exponate auf dem Literaturmarkt herumgeistern.«

Ich frage mich, ob dem tatsächlich so ist, widerspreche aber nicht. Kann man beispielsweise, so geht es mir durch den Kopf, wirklich davon ausgehen, dass Kafka seinem Freund sämtliche Schriften zur Vernichtung übergeben hat, dass es da nichts gab, was er zurückgehalten hat? Aus welchen Gründen auch immer ... Ich bezweifle es zumindest, wenngleich ich natürlich eingestehen muss, dass von uns beiden sie die Expertin ist.

»Natürlich hat es«, fährt sie fast widerstrebend fort, »natürlich sind hin und wieder Gerüchte aufgekommen, dass irgendwo noch ein Manuskript des Autors existiert, welches an Bedeutung alles übertrifft, das gleichsam als eine Spur des Göttlichen verstanden werden kann, und denen, die darin zu lesen verstehen, das Geheimnis des Universums in all seinen Facetten offenbart ...«

Was das heißen soll, frage ich.

»Das Ganze hat mit einer Hoffnung zu tun, dass es so etwas wie Unsterblichkeit gibt, eine kurze Ewigkeit, die sich in Worten ausdrücken lässt … Gerüchte, wohlgemerkt, nichts anderes …«

»Dann weiß man natürlich auch nicht, ob irgendjemand dieses Manuskript schon einmal zu Gesicht bekommen hat …?«

Professor Farin lacht und sieht mich ganz eigenartig an. Und während ich noch darüber nachdenke, hat sie sich schon vom See abgewandt und in Richtung Stadt in Bewegung gesetzt. Ich folge ihr.

»Wo wurde die Leiche denn gefunden? Über den Fundort stand nichts in den Zeitungen …«

Ich zucke mit den Schultern. Schließlich hat auch mir der Commissario bei unserem kurzen Gespräch keine Details verraten, sodass ich nicht in der Lage bin, ihre Frage zu beantworten.

»Die Polizei hält sich aus ermittlungstechnischen Erwägungen bedeckt. Ich kann leider auch nicht mehr dazu sagen …«

Sie nickt, will das Thema augenscheinlich nicht weiter vertiefen, was mir ganz recht ist. Dennoch bin ich nach wie vor über die Art und Weise erstaunt, wie sie auf die Vermutung, dass ein unbekanntes Manuskript des Meisters existieren könnte, reagiert hat. Befindet sie sich womöglich ebenfalls auf der Suche nach einem solchen Unikat? Alter schützt ja bekanntlich vor Torheit nicht, denke ich bei mir.

»Wohin führt uns denn nun unser literarischer Spaziergang?«, gebe mich unternehmungslustig, ohne auf ihr Verhalten weiter einzugehen.

»Wenn Sie wollen, führe ich Sie zum Sanatorium Hartungen. Dorthin, wo so viele Dinge in Bewegung geraten sind, wo alles seinen Ausgang genommen hat …«

Ich weiß nicht, was sie damit meint. Dennoch frage ich nicht nach. Aber ich bin bereit.

Vom See aus gelangen wir nach einem kurzen Marsch in ein ausgedehntes Areal mit altem Baumbestand, den Miralago Park, wie meine Führerin erklärt. Die starken Winde, die vom See heraufkommen, lassen die Äste und Zweige der Bäume erzittern, so als sollte jeden Moment ein gewaltiges Gewitter über das Parkgelände hinwegfegen. Ein bedrohliches Rauschen ist zu hören. Dabei ist der Himmel von makellosem Blau, und eine flirrende morgendliche Sonne sticht unbeweglich auf uns herab.

Verdeckt durch die Bäume tauchen vor uns alsbald die beiden Villen des ehemaligen Sanatoriums Hartungen auf, die in warmes gelbes Licht getaucht, den Eindruck vermitteln, als sei die Zeit stillgestanden. Als ich näher trete, sehe ich, dass ein dünner Drahtzaun die Gebäude sichert, was jedoch die örtlichen Graffitikünstler nicht davon hat abhalten können, dem maroden Mauerwerk ihren ganz persönlichen Stempel aufzudrücken. »K. was here«, steht an einer Stelle. So vermitteln die Gebäude, aus der Nähe betrachtet, einen eher trostlosen Eindruck, lassen kaum etwas von der glorreichen Vergangenheit des Komplexes erahnen.

Professor Farina führt mich entlang des Zauns zu einem kleinen Tor, welches sie ohne Weiteres öffnet.

»Wenn Sie wollen, zeige ich Ihnen das Innere der beiden Häuser. Leider ist nur noch wenig vom alten Glanz übrig.«

Sie wirkt bekümmert, als sei sie persönlich davon betroffen.

»Das Sanatorium war lediglich bis zum Ersten Weltkrieg eine Heilanstalt … Später dann wurde es als Sommerkolonie für Schulkinder benutzt. Was kann man da schon erwarten …«

Ich nicke, bin trotzdem erstaunt, als wir eintreten und uns überaus angenehme Kühle empfängt. Hohe Wände und Stuckdecken lassen die Räume größer erscheinen, als dies von außen zu erwarten gewesen wäre.

»Tauchen Sie ein in eine vergangene Welt, Herr Polizist …«, sagt meine Begleiterin, »und lauschen Sie den Stimmen einer verlorenen Zeit.«

Dann lässt sie mich allein.

Ich wandere durch Zimmerfluchten und Stockwerke, bis ich ganz oben in einen kleineren Raum trete. Ein einsamer Stuhl steht in der Mitte des Zimmers, in einer Ecke ein altes Bettgestell mit einer vergammelten Matratze. Der Stuhl scheint auf mich zu warten. Ich lasse mich nieder, versuche zur Ruhe zu kommen. Minutenlang konzentriere ich mich auf die Geräusche um mich herum und schließe die Augen. Die Zeit vergeht. Nichts passiert. Schließlich öffne ich die Augen wieder und erhebe mich. Ich bin enttäuscht. Die Geister der Vergangenheit haben sich nicht blicken lassen. – Was habe ich erwartet?

Dann trete ich ans Fenster und genieße die Aussicht auf den Park, blicke über die mächtigen Baumkronen, die im Wind hin- und herschwanken. In einiger Entfernung liegt der See – bewegungslos und schwarz. Umso erstaunter bin ich, als ich plötzlich ganz in der Nähe des Eingangs einen Schatten wahrnehme, der sich aus der Dunkelheit unter mir löst. Einen Moment lang glaube ich, einen Mann zu erkennen, der mir den Rücken zuwendet, mir dabei aber seltsam bekannt vorkommt. Dunkles, krauses Haar, das ölig glänzt, kräftige Figur … Ich renne aus dem Zimmer, haste die Treppen hinunter und stürze mit einem Satz nach draußen.

Die Hitze, die mir entgegenschlägt, ist brutal und treibt mir den Schweiß aus sämtlichen Poren. Eine Sekunde lang wird mir schwarz vor Augen, sodass ich stehen bleibe, die Hände in die Seiten gestützt. Von dem Mann ist nichts mehr zu sehen. Ob ich mich getäuscht habe? Ich warte, bis sich meine Atmung etwas beruhigt hat, dann gehe ich die wenigen Schritte bis zum Ende des Zauns. Als ich um die Ecke blicke, nehme ich nur wenige Meter entfernt einen kräftigen jungen Mann wahr, der mit sparsamen Bewegungen ein Gartengerät auf einem Schubkarren verstaut. Sein dunkles Haar glänzt in der Sonne. Er winkt mir zu, lacht und sagt etwas auf Italienisch, das ich nicht verstehe.

13 COMMISSARIO GRUSLBURGER

Der Commissario ist nicht sehr groß – mindestens einen Kopf kleiner als ich –, aber mit einem massigen Brustkorb ausgestattet, Resonanzboden für eine ungewöhnlich tiefe Bassstimme. Als ich das Büro betrete, schneidet er gerade ein Stück Käse von einem Käselaib und steckt es sich – wobei er mich nachdenklich mustert – ungerührt in den Mund.

»Du bist der Deutsche«, sagt er. Er kaut mit offenem Mund, sodass man sein kräftiges Gebiss erkennt. »Wenn du willst, kannst du ihn dir ansehen.«

Ich nicke, lasse ihm Zeit, den verbliebenen Käsebrocken in Butterbrotpapier zu wickeln und in seiner Schreibtischschublade verschwinden zu lassen. Als er sich erhebt, ertönt unter seinem Tisch ein Schnaufen. Ich senke den Blick und sehe in die Augen eines Hundes, der die Lefzen hochzieht, ein Stück Käserinde zwischen den Zähnen.

»Brav, Toni, brav«, knurrt Gruslburger und streckt den Arm aus. Toni mustert mich, scheint aber keinen gleichwertigen Gegner in mir zu wittern, niemanden, der ihm sein Käsestück streitig machen würde. Er wedelt mit dem Schwanz, was sowohl den Commissario als auch mich zufriedenstellt.

»Er mag dich«, lacht Gruslburger, ehe er mir die Hand reicht. Ich empfinde das als eine Art Ritterschlag.

Das Telefon klingelt. Der Commissario wartet regungslos, bohrt dabei aber intensiv mit der Zunge in den Zähnen. Nach dem zehnten oder elften Läuten hebt er ab.

»Pronto.«

Eine Frauenstimme dringt gedämpft aus dem Hörer. Er lauscht eine Weile, dann legt er auf. »Wir können.«

Die Rechtsmedizin befindet sich ganz in der Nähe, in einer Art Ärztehaus, in dem neben einer Reihe praktischer Ärzte auch die Abteilung für die Toten ihren Platz gefunden hat. Aus Gründen der Pietät ist, wie ich annehme, der separate Zugang allerdings auf der rückwärtigen Seite des Gebäudes. Nachdem Gruslburger Toni an einem Haken am Gebäude angeleint hat, steigen wir in die Kühle der Kellerräume hinab.

Die Gerichtsmedizinerin ist ebenfalls Südtirolerin und spricht wie Gruslburger den schweren Dialekt der Region. Die beiden unterhalten sich, ohne dass ich auch nur im Ansatz verstehe, worum sich das Gespräch dreht. Schließlich wirft sie mir einen einigermaßen skeptischen Blick zu und nickt etwas herablassend in meine Richtung. Dann führt sie uns in einen der hinteren Räume ihres Totenreiches. Als wir eintreten, sehe ich sofort den stählernen Tisch mit dem nackten, wächsernen Leichnam eines Mannes und verspüre den starken Drang, umzukehren und zu fliehen. Eine Schwäche, die mich schon immer begleitet hat: der Ekel, ja die Angst vor allem Kreatürlichen, dem Leben in seiner ursprünglichen Form, vor Tod und Verwesung. Dann denke ich an Marlowe und stelle mir vor, mit welcher Lässigkeit er eine solche Aufgabe meistern würde. Die Vorstellung beflügelt mich, dennoch kostet es mich Überwindung, an den Tisch mit dem Leichnam heranzutreten. Dabei sieht der Tote seltsam friedlich aus, so als habe er die Schmerzen, die ihm in seinen letzten Lebensminuten, vielleicht auch -stunden, zugefügt wurden, mit ins Jenseits genommen, ohne dass sie sich in seinen Gesichtszügen eingebrannt hätten. Es ist ohne Zweifel Antonin Hruby, auch wenn er nur entfernt dem Bild des lebenden Professors gleicht.

Die Gerichtsmedizinerin steht neben mir, gibt mir etwas Zeit, um den Anblick zu verkraften. Sie beobachtet mich. Ich komme mir dabei vor wie ein Insekt unter dem Mikroskop.

»Der Mann ist mit größter Brutalität gefoltert worden«, sagt sie dann. »Blutergüsse am ganzen Körper, dazu bewusst herbeigeführte Verbrennungen an den empfindlichsten Stellen. Hier, sehen Sie, die Brustwarzen … wahrscheinlich mit einem Feuerzeug. Kaum vorstellbar, dass ein Mensch solche Qualen lange aushalten kann, ohne preiszugeben, was man von ihm hören will.«

Vielleicht wollte da jemand auch nur seine Lust am Quälen ausleben, denke ich. Einfach so. Dann deutet die Gerichtsmedizinerin auf die Augen des Toten und schiebt die beiden Lider hoch.

»Der Mörder hat ihn mit langen Nadeln geblendet. Als der Leichnam gefunden wurde, steckten diese noch …«

Sie deutet auf zwei längliche Gegenstände, dünne chirurgische Werkzeuge, die blutverschmiert in einer Metallschale neben dem Kopf des Toten liegen. Gelblicher Schleim umhüllt die Spitzen.

»Kein ungewöhnliches Verfahren im Übrigen, eine gängige Foltermethode seit dem Altertum … Aber auch in der frühen Neuzeit wurde das Ausstechen der Augen als Form der Bestrafung angewandt …«

Ich nicke, froh darüber, in einer Zeit zu leben, in der solche Methoden nicht mehr gang und gäbe sind, und hoffe inständig, dass sich Frau Doktor nicht in weitere Details verliert. Die fährt jedoch ungerührt in ihrem Vortrag fort, scheint mein Unbehagen nicht wahrzunehmen.

»Die Schmerzen müssen unbeschreiblich gewesen sein. Schließlich hat das Opfer noch eine Weile damit gelebt.«

»Woran ist er denn gestorben?«, unterbreche ich sie.

»Am Erbrochenen erstickt. Sein Mörder hat ihn geknebelt … Die Atmungsorgane waren voll mit saurem Mageninhalt …«

Ich merke, wie es in mir zu rumoren beginnt. Langsam wende ich mich ab und taste mich vorsichtig in Richtung Ausgang. Dabei höre ich, wie die Ärztin weiter doziert, als würde sie nicht bemerken, dass ich ihr schon längst nicht mehr zuhöre.

»Und hier, sein Geschlecht, sehen Sie nur … Aber warten Sie doch«, ruft sie mir schließlich hinterher, »da ist noch mehr … sein Rücken. Das Beste kommt doch noch …«

Ich will aber nichts sehen. Weder sein Geschlecht noch sonst etwas. Eine Weile noch vernehme ich ihre Stimme, das dumpfe Grollen ihres alpenländischen Akzents, dann habe ich den Ausgang erreicht. Gierig atme ich die laue Luft des Nachmittags ein. Toni bellt, als er mich sieht, und ich kraule sein Fell, was ihm zu gefallen scheint.

Die größte Hitze des Tages scheint zum Glück vorüber zu sein.

Schräg gegenüber des Ärztehauses befindet sich eine kleine Bar mit einigen wenigen Stühlen davor. Ich gehe hinüber, setze mich in den Schatten und versuche, das gerade Erlebte zu verdauen, kämpfe dabei gegen das Bild in meinem Kopf an. Doch noch immer habe ich den Anblick des Toten vor

Augen und meine Fantasie erzeugt die schrecklichsten Bilder. Warum nur hat man ihn auf diese grausame Art und Weise ermordet, ihn geblendet? Ein symbolischer Akt? Eine Bestrafung? Aber wofür?

Ich bestelle einen caffe lungo und warte auf Gruslburger. Wie es scheint, ist er härter im Nehmen, als ich es bin. Es dauert jedenfalls eine Ewigkeit, bis er auftaucht und nach mir Ausschau hält. Ich winke ihm zu. Er bindet Toni los, der sofort auf mich zuschießt und sich neben mir niederlässt. Dann lade ich den Commissario auf einen Kaffee ein. Wie mir scheint, nimmt er die Einladung gerne an.

»Wo hat man die Leiche denn gefunden?«, frage ich. Dabei denke ich an Dr. Farina, die sich ebenfalls nach dem Tatort erkundigt hat.

»Sie werden es nicht glauben: im Sanatorium. Ganz oben in einem der Zimmer. Da saß er auf einen Stuhl gefesselt mit Blick auf den See … wie eine Inszenierung. Ein Geblendeter, der die Aussicht genießt.«

Trotz der Wärme des Tages verspüre ich ein starkes Frösteln. Auch ich habe bis vor Kurzem von dort oben auf den See herabgeblickt. Vielleicht aus demselben Fenster. Ein makabrer Gedanke. Derselbe Stuhl … Ich wage nicht, danach zu fragen.

»Wie seid ihr darauf gekommen, gerade an diesem Ort nach ihm zu suchen?«

Gruslburger trinkt den letzten Schluck seines Kaffees, fährt mit dem Zeigefinger das Innere der Tasse aus und schleckt dann den restlichen Schaum genüsslich vom Finger.

»Ein anonymer Anruf von einem Prepaidhandy … Es gab ja keinen Anlass, nach Professor Hruby zu suchen. Erst als jemand den Fund einer schrecklich entstellten Leiche gemeldet hat, sind wir aktiv geworden. Wir haben versucht, den Anrufer zu ermitteln, aber bislang ohne Erfolg … auf jeden Fall eine weibliche Stimme, die Italienisch mit deutschem Akzent gesprochen hat. Hier im Norden gibt es ja viele, die beide Sprachen sprechen.«

Wieder kommt mir sofort Dr. Farina in den Sinn, aber ich verwerfe den Gedanken, als ich zurückdenke, wie sie mich nach dem Fundort der Leiche gefragt hat. Absurd anzunehmen, dass sie die anonyme Informantin gewesen sein könnte. Vielleicht bin ich aber auch nur zu leichtgläubig.

Ich frage Gruslburger, ob er und die Kollegen schon Näheres über die Hintergründe des Falles wissen. Er schüttelt den Kopf.

»Wie wir herausgefunden haben, hat Professor Hruby die Nacht vor seinem Tod auf einem Campingplatz vor den Toren Rivas verbracht. Er ist dort gegen 21 Uhr angekommen, hat sich ordnungsgemäß angemeldet und um Zuweisung eines Zeltplatzes gebeten. Nach Angaben des Betreibers des Campingplatzes ist er dabei allein gewesen … Etwa gegen Mitternacht scheint er dann weggefahren zu sein.«

»Und sein Auto?«

»Davon fehlt bislang jede Spur. Allerdings haben wir das Zelt gefunden, in dem er übernachten wollte. Ein kleines Zweimannzelt, wie man es in der Outdoor-Abteilung eines jeden größeren Sport-Geschäftes kaufen kann.«

»Und?«

»Nichts. Wir können nicht einmal mit Sicherheit sagen, ob er die kurze Zeit zwischen Ankunft und möglicher Abfahrt darin verbracht hat. Natürlich gibt es eine Unmenge an Spuren, aber nichts, das uns weitergebracht hat.«

Eine Weile sitzen wir schweigend da, beobachten die Menschen, die an uns vorbeischlendern. Die meisten sehen aus wie Touristen. Die Einheimischen, so vermute ich, ziehen die Ruhe ihrer Häuser und Wohnungen einem Bummel durch die überfüllten Gassen der Altstadt vor. Erst gegen Abend werden auch sie sich unter die Fremden aus dem Norden mischen. Ich frage Gruslburger, ob er aus Riva stammt, aber er winkt ab, sagt, er käme aus einem Tal weiter nördlich, dort, wo vor allem der Skitourismus boomt.

»Überall Deutsche, auch dort«, meint er. Er lacht. »Ihr Deutschen seid ein Volk von Urlaubern, nicht wahr?«

Ich stimme zu.

»Wonach sucht ihr denn bei uns? Kannst du mir das sagen?«

Ich muss nachdenken, weiß keine rechte Antwort. »Vielleicht die Leichtigkeit des Lebens, die Sonne, den Wein, das Lachen der Frauen und Mädchen – vielleicht wollen wir einfach nur leben, ohne zu fragen … wer weiß das schon?«

»Du bist ja ein richtiger Philosoph«, spöttelt er. »Aber was treibt dich in den Süden? Wonach suchst du?«

»Ich bin beruflich hier … Auch wenn ich in diesem Fall wohl zu spät komme.«

Er lacht schallend, dann bestellt er Wein. Ich lasse mich nur zu gerne dazu überreden, mit ihm zu trinken, und bald schon fühle ich mich seltsam beschwingt.

Irgendwann berichte ich ihm von meinem Abenteuer in Wien, der Begegnung mit Chrissys vermutlichem Peiniger auf dem Zentralfriedhof und erwähne die Tatsache, dass Professor Hruby ganz offensichtlich wenig zimperlichen Typen in die Quere gekommen sein muss. Dass er auf der Suche nach einem verschollenen Manuskript aus der Feder von Franz Kafka gewesen sein könnte. Gruslburger hört mir aufmerksam zu, vermeidet aber jedweden Kommentar dazu. Lediglich die Frage, was das für ein Manuskript sein könnte, nach dem Hruby gesucht hat, scheint ihn zu interessieren. Ich berichte, was Professor Farina dazu bemerkt hat, dass es sich nämlich um etwas Außergewöhnliches, extrem Wertvolles handeln könnte.

Dann frage ich ihn, ob er sich vorstellen könne, dass der israelische Geheimdienst in den Mord an Hruby verwickelt sein könnte, aber er wischt diese Möglichkeit mit einer Handbewegung beiseite.

»Das sind kindliche Räuberpistolen«, meint er nur. »Nichts weiter.«

»Aber er ist doch gefoltert worden …«

»Durchaus.« Er zuckt mit den Schultern, was wegen seines mächtigen Brustkorbs ganz eigenartig aussieht. Der hebt und senkt sich dabei wie ein überdimensionierter Blasebalg. »Und du meinst, dass gewöhnliche Menschen dazu nicht in der Lage sind? Ich glaube, da täuschst du dich gewaltig. Was mit dem Professor geschehen ist, hat nichts mit Geheimdiensten zu tun. Deren Foltermethoden sind nicht mit dem vergleichbar, was man dem Professor angetan hat. Da steckt etwas ganz anderes dahinter. Sieh nur …« Er greift zu seinem Handy und hält es mir, nachdem er mit seinen klobigen Fingern wenig geschickt darauf herumgetippt hat, vor die Nase. Ein Foto. Zuerst erkenne ich nicht, was darauf zu sehen ist. Erst nachdem ich das Handy selbst in die Hand genommen habe, gelingt mir dies. Ganz offensichtlich hat Gruslburger den Leichnam des Professors nach meinem wenig heldenhaften Abgang aus der Gerichtsmedizin von mehreren Positionen aus fotografiert. Auf den Fotos ist der Rücken der Leiche zu erkennen. Als ich genauer hinsehe, nehme ich einen eigenartigen Schriftzug wahr, der sich quer darüber erstreckt, von den Schultern bis fast zur Taille. Die Schriftzeichen sind eckig und nur schwer lesbar. Ich ziehe mich weiter in den Schatten zurück, um das Geschriebene besser lesen zu können, aber erst als ich näher heranzoome, kann ich erkennen, was dem Toten blutig in die Haut geritzt wurde:

»Schuldig«, steht da, und etwas abgesetzt davon ist dann noch »auf ewig« zu lesen.

»Eine Tätowierung?«

»Etwas Ähnliches, und doch nicht vergleichbar. Der Täter hat kein professionelles Besteck verwendet, sondern eine Nadel, vielleicht auch eine scharfe Glasscherbe, mit der er die Haut des Opfers aufgeritzt hat … Die Nadel- oder Glasspitze ist dabei unterschiedlich tief ins Gewebe eingedrungen … muss höllisch geblutet haben.«

Ich betrachte die Bilder, ohne vergleichbaren Ekel zu empfinden wie vor Kurzem noch in der Gerichtsmedizin. Die Reproduktion von menschlichem Leid ist nun mal nicht mit der realen Erfahrung zu vergleichen. Da sind die Bilder in meinem Kopf schlimmer.

Was Hrubys Mörder mit seinem Satz wohl gemeint hat? Als ich Gruslburger frage, ob er sich einen Reim darauf machen könne, zuckt er nur mit den Schultern.

»Keine Ahnung«, meint er lapidar. »Die Aussage könnte auf jeden Fall von deinem Dichter sein, nicht wahr?«

Ich lache. »In der Tat.«

»Weißt du«, fährt Gruslburger dann fort, »dass der in einer seiner Geschichten beschreibt, wie ein Mensch, der Schuld auf sich geladen hat, zu Tode gequält wird, indem ein Schriftzug in sein Fleisch geritzt wird, der exakt seine Verfehlung ausdrückt?«

Ich schüttle angewidert den Kopf. »Was für eine abgefahrene Art zu denken …«

Ich frage ihn verwundert, woher er das weiß. Aber Gruslburger lacht nur, woraufhin Toni einen Moment lang den Kopf hebt und in Richtung Hafen blickt. Ich folge seinem Blick. In der Ferne glaube ich im Gewühl der Touristen einen Mann und eine Frau wahrzunehmen, die mich an Professor Farina und den Gärtner aus dem Miralago Park erinnern. Wahrscheinlich täusche ich mich aber … Dennoch nehme ich mir vor, Professor Farina baldmöglichst einen Besuch abzustatten, um sie nach der Erzählung zu fragen, die Gruslburger erwähnt hat. Sicher weiß sie mehr darüber.

Auch das Gespräch mit Hrubys Frau steht noch aus. Wie man mir gesagt hat, ist sie bereits geraume Zeit vor mir nach Riva aufgebrochen, um ihren Ehemann zu identifizieren und um die Überführung der Leiche nach Regensburg in die Wege zu leiten. Als ich Gruslburger frage, ob die Dame etwas zur Aufklärung des Falles habe beitragen können, blickt er mich erstaunt an. Wovon ich spreche?, fragt er mich. Bei ihm habe sich bislang keine Frau Hruby gemeldet.

Wir bleiben noch eine Weile sitzen, aber meine euphorische Stimmung ist mit einem Mal verflogen. Warum auch immer. Schließlich trennen wir uns und vereinbaren, uns am nächsten Tag noch einmal zu treffen. Toni wedelt zum Abschied mit dem Schwanz, und als ich mich erhebe, ist mir ganz schwindlig von dem Wein, den ich konsumiert habe.

14 SANATORIUM HARTUNGEN

An diesem Abend kann ich trotz großer Müdigkeit nicht einschlafen, sodass ich, schon bald nachdem ich mich niedergelegt habe, wieder aus dem Bett steige und unruhig hin und her zu wandern beginne. Wahrscheinlich ist es der Alkohol, der das Blut in meinen Adern nicht zur Ruhe kommen lässt, vielleicht auch die schwüle Hitze im Zimmer. Ich habe Durst und einen unangenehm trockenen Mund. In der Minibar steht lediglich eine kleine Flasche Rotwein, die ich in einem Zug austrinke. Das unangenehme Gefühl, verdursten zu müssen, bleibt.

Obwohl es schon spät ist, schreibe ich Charlotte eine WhatsApp, die sie jedoch nicht erreicht. Vielleicht schläft sie schon. Ich bin trotzdem enttäuscht, starre eine ganze Weile auf mein Handy, was natürlich wenig hilft, und beschließe dann, mich noch einmal in die schon merklich ruhiger gewordenen Straßen der Stadt zu begeben.

Kaum habe ich den aufgeheizten Raum der Pension verlassen, spüre ich einen angenehmen Lufthauch, der vom See herüberstreicht. Das Atmen fällt nun leichter und ich fühle mich deutlich besser. Nach wenigen Schritten komme ich an einer Bar vorbei, die noch geöffnet hat, obwohl kein einziger Gast darin zu sehen ist. Ich trete ein, bestelle ein Bier, das fast gefroren serviert wird. Wie ein Verdurstender stürze ich es hinunter, was sofort zu einem Schweißausbruch führt. Die Kellnerin beobachtet mich, und ohne dass ich danach fragen muss, stellt sie mir ein weiteres Glas hin. Sie trägt ihre Haare zu einem Pferdeschwanz gebunden, der hin und her wippt, wenn sie geht. Sie lächelt mich aus dunklen Augen an und ich stelle mir vor, wie es wäre, mit ihr zu schlafen.

In dem Augenblick drängt eine Horde junger Deutscher herein, die sofort auf derbe Art mit der jungen Frau zu flirten beginnen. Ich bezahle und gebe ein viel zu großes Trinkgeld. Die dunklen Augen blitzen ein bisschen spöttisch, und – wie ich mir einbilde – auch ein klein wenig enttäuscht. Ich nehme mir vor, am nächsten Abend wieder vorbeizuschauen.

Obwohl ich nur kurze Zeit in der Bar verbracht habe, ist das Leben in den Straßen mittlerweile fast gänzlich erstorben. Mir begegnen nur noch wenige Touristen, die sich auf dem Nachhauseweg befinden und die Suche nach einem Abenteuer für dieses Mal aufgegeben haben.

Das Bild der Kellnerin vor Augen, fühle ich mich seltsam beschwingt und lasse mich treiben, ohne groß darauf zu achten, wohin mich meine Schritte führen. Bald schon habe ich die beleuchteten Straßen von Riva hinter mir gelassen und tauche in das Halbdunkel des Miralago Parks ein. Anders als heute Morgen stehen die knorrigen Bäume unbewegt und zeigen sich vom lauen Luftzug unbeeindruckt. Die Stimmen der Stadt sind längst verstummt und lediglich das Zirpen der Zikaden ist zu hören. Ich verharre einen Moment und konzentriere mich auf die Geräusche der Nacht, bemerke, wie sie dabei an Intensität gewinnen und eine fast bedrohliche Stimmung um mich herum erzeugen. Der Weg zum Sanatorium erscheint mir mithin weitaus länger, als ich ihn im Gespräch mit Professor Farina wahrgenommen habe. Einige Male stolpere ich über Wurzelwerk, das im Schatten der Bäume nicht zu erkennen ist. Erst als ich unmittelbar vor dem dünnen Zaun stehe, der die beiden Gebäude sichert, sehe ich sie, wie sie dunkel vor mir in den nächtlichen Himmel wachsen.

Die Worte von Professor Farina fallen mir ein. Dies sei der Ort, wo so viele Dinge in Bewegung geraten sind, wo alles seinen Ausgang genommen habe. Was mag sie damit nur gemeint haben?

Ich taste mich den Zaun entlang zu dem Tor, durch das wir heute Morgen gegangen sind. Es ist, wie ich gehofft habe, immer noch unverschlossen, allerdings ist die Eingangstür zum Sanatorium nunmehr abgesperrt. Vergeblich rüttle ich an dem schweren Türgriff. Nichts bewegt sich. Einen Augenblick lang bin ich ratlos, fürchte, dass mir nichts anderes übrig bleiben wird, als den Rückzug anzutreten. Enttäuscht beschließe ich, das Gebäude zumindest zu umrunden, um vielleicht doch noch eine Zugangsmöglichkeit zu entdecken. Ein offenes Fenster vielleicht, eine Nebentür …

Der Weg um das Haus herum erweist sich als mühsam, und mehr als einmal bin ich kurz davor, über Schlinggewächse zu stolpern, die, in der Dunkelheit verborgen, das Durchkommen fast unmöglich machen. Es scheint, als sei dieser Teil des Areals seit märchenhaft langer Zeit nicht mehr von Menschenhand berührt worden. Als ich die Rückseite schließlich erreicht habe, dabei weder ein geöffnetes Fenster noch eine weitere Zugangstür bemerkt habe, stehe ich vor der Frage, ob ich meinen Weg fortsetzen oder umkehren und den nicht minder beschwerlichen Rückweg antreten soll. In der Hoffnung, doch noch eine Möglichkeit zu finden, ins Haus gelangen zu können, setze ich meinen Weg fort. Brennnesselstauden und Sträucher mit scharfen Dornen wuchern auch hier im Dunkel, und als ich schließlich wieder an der Vorderfront des Sanatoriums angelangt bin, sind Arme und Beine davon gezeichnet. Ein erfolgloses Unternehmen, das mich geraume Zeit gekostet hat. Ein Blick auf die Uhr zeigt mir, dass ich geschlagene 30 Minuten unterwegs gewesen bin. Ich bin erschöpft und enttäuscht. Voller Frust rüttle ich noch einmal am Türgriff der Eingangstür. Zu meinem maßlosen Erstaunen spüre ich, wie das Schloss nachgibt und sich die schwere Tür in den Angeln bewegt. Im ersten Moment vermute ich, dass meine vorherigen Versuche möglicherweise zu ungestüm gewesen sind und sich das Schloss lediglich dagegen gesperrt hat. Schnell verwerfe ich diesen Gedanken allerdings wieder, und die Erkenntnis, dass neben mir noch jemand Zugang zum Haus gesucht hat – und dabei erheblich erfolgreicher vorgegangen ist als ich –, durchzuckt mich. Ich zögere, aber dann drücke ich die Tür ein Stück weit nach innen und luge in den Raum vor mir. Es riecht abgestanden – anders als heute Morgen. Dazu steigt mir der Hauch eines schweren, süßlichen Aftershaves in die Nase. Vorsichtig gehe ich ein paar Schritte in die grauschwarze Leere vor mir, schleiche auf die Treppe zu, an die ich mich von meinem ersten Besuch erinnere, die jetzt aber nur als Schatten erkennbar ist. Meine Augen müssen sich erst an die diffusen Lichtverhältnisse gewöhnen. Ein kurzer Luftzug und nach wenigen Metern fällt hinter mir die Eingangstür – ich habe sie einen Spalt offen gelassen – ins Schloss, sperrt die Geräusche der Nacht aus. Die plötzliche Stille wirkt bedrückend. Sekunden später sind jedoch Laute zu vernehmen, die aus einem der oberen Stockwerke zu kommen scheinen. Ein rhythmisches, metallisches Knarzen, als würden Bettfedern quietschen. Dann ein dumpfer

Schlag, dem ein unterdrücktes Ächzen folgt. Es klingt nach einer Frau, die unter Schmerzen aufstöhnt. Ich bleibe sofort stehen und ziehe mein Handy aus der Tasche, will die Carabinieri, will Gruslburger anrufen, aber obwohl ich mich in der Nähe des Stadtkerns von Riva befinde, habe ich seltsamerweise keinen Empfang. Ich stecke mein Handy wieder ein und husche vorsichtig bis zur Treppe, verharre dort und lausche, aber nichts ist mehr zu hören. Auch das Quietschen hat aufgehört.

Langsam schleiche ich die Treppen hoch, immer gewärtig, auf einen Angreifer zu stoßen. Aber erst als ich das oberste Stockwerk erreiche, höre ich wieder das unterdrückte Wimmern. Wie es scheint, kommt es aus einem Raum am Ende des Flurs. Dort steht die Tür einen Spalt weit offen, sodass das blassgraue Licht des nächtlichen Himmels, welches durch ein Fenster ins Zimmer fällt, herausdringt und einen hellen Streifen erzeugt. Wenn mich nicht alles täuscht, ist es der Raum, in dem man Antonin Hruby tot aufgefunden hat, das Zimmer mit dem Blick auf den See.

Die Geräusche werden stärker, je weiter ich mich nähere. Als ich schließlich vor der Tür stehe und durch den Türspalt in den Raum hineinspähe, erkenne ich in der Mitte den Stuhl, auf dem ich vor nicht allzu langer Zeit schon einmal Platz genommen habe. Niemand ist zu sehen, doch aus der Ecke hinter der Tür ist das gequälte Wimmern nunmehr sehr deutlich zu vernehmen. Eine Zeit lang passiert nichts. Vorsichtig schiebe ich die Tür auf, mache mich bereit für jedwede Überraschung, kann aber doch nicht vermeiden, dass mich der Angriff, der plötzlich erfolgt, völlig unvorbereitet trifft. Ich will gerade die Tür so weit aufdrücken, dass ich mich hindurchzwängen kann, als diese mit einem Ruck geöffnet wird, wodurch ich, die Klinke in der Hand, mein Gleichgewicht verliere und in den Raum hineinstolpere.

Der Mann, der breitbeinig und geduckt vor mir steht, ist größer, als ich ihn in Erinnerung habe. Im Halbdunkel sieht er zudem massiger aus als damals auf dem Wiener Zentralfriedhof. Wir starren uns an. Ich kann nicht genau erkennen, was er in der erhobenen Rechten hält, doch ist es ohnehin zu spät, um dem Schlag, den er damit gegen meinen Kopf führt, gänzlich ausweichen zu können. Wahrscheinlich verdanke ich lediglich der Tatsache, mich instinktiv zur Seite zu werfen, dass mich der Schlag nur irgendwo zwischen Hals und Schlüsselbein trifft. Ein Geräusch, als würde Holz splittern. Lichter tanzen und die sichtbare Welt entgleitet mir, obwohl sie nach wie vor da ist. Dieses Geräusch ist das Letzte, was ich noch wahrnehme – dies und den aufdringlichen Geruch eines Aftershaves.

Ich fühle mich schrecklich müde. Zu müde, um die Augen zu öffnen. Wenn nur die Schmerzen nicht wären. Mein ganzer Körper ist erfüllt davon. Jemand steht vor mir.

»Wer, zum Teufel, sind Sie, Sportsfreund?«, frage ich.

»Marlowe ist mein Name. Von Beruf Spürhund.«

»Kann nicht sein«, lache ich etwas verkniffen. »Wie kommen Sie denn hierher?«

»Die Tür unten stand offen, also bin ich hereinmarschiert. Wie ich sehe, brauchst du Hilfe.«

»Nicht der Rede wert. Bin bloß in eine dämliche Falle getappt.«

Marlowe lacht. »Sieht ganz danach aus. Was ist passiert?«

Ich höre, wie ich seufze. »Jemand hat mir einen Kanten Holz über den Schädel gezogen. Keine große Sache … Frage mich nur, ob der Kerl noch hier ist.« Ich bewege etwas den Kopf, ganz vorsichtig, versuche mich zu orientieren. Ich sehe nur grelles Licht. »Hey, Marlowe, würden Sie bitte dieses Licht wegmachen?«

»Welches Licht denn?«, fragt er, tritt aber dann doch aus meinem Gesichtsfeld. Das Licht geht aus. Das Halbdunkel ist ein Segen. Ich entspanne mich etwas. Dann höre ich das Wimmern. Ich weiß nicht, woher es kommt, bleibe aber erst einmal liegen, ohne mich zu bewegen, und warte sehnsüchtig darauf, dass Marlowe zurückkommt.

Nach einer Weile dämmert mir, dass das nicht der Fall sein wird. Also versuche ich, mich am Riemen zu reißen, und die Trägheit, die mich im Griff hat, abzuschütteln. Es dauert allerdings eine Weile, bis ich auf die Beine komme. Ich halte mich am Türrahmen fest und warte, bis der Schwindel, der meine Aktion begleitet, vorübergeht. Erst dann werfe ich einen vorsichtigen Blick auf das, was hinter der Tür auf mich wartet. Ich bin auf das Schlimmste gefasst. Zuerst kann ich nichts weiter erkennen als eine alte Bettstatt, auf der ein undefinierbarer Haufen von – wie es scheint – Decken liegt, unter denen sich allerdings etwas bewegt. Als ich die Decken zurückschlage, wird das Wimmern stärker und die Person, die, wie ein bratfertiger Truthahn verschnürt, zum Vorschein kommt, beginnt sich, so gut es geht, hin und her zu werfen. Ich bin überhaupt nicht überrascht, als ich erkenne, wen ich vor mir habe: Professor Farina, der augenscheinlich jemand ganz übel mitgespielt hat. Ich versuche, sie zu beruhigen, löse den Knebel, an dem sie zu ersticken droht, und warte, bis sich ihre Atmung etwas beruhigt hat. Dann erst befreie ich sie von ihren Fesseln, was im Halbdunkel gar nicht so einfach ist, da der Kerl, der ihr das angetan hat, ein Meister des Verschnürens sein muss.

»Wie fühlen Sie sich?« Meine eigene Stimme klingt fremd in meinen Ohren und ich räuspere mich mehrere Male.

»Großartig«, sagt sie. »Ich wäre beinahe erstickt.«

Es klingt vorwurfsvoll. Ich schließe die Tür, hole den Stuhl und klemme ihn unter den Türgriff. Anschließend sitzen wir beide auf dem Bett. Die Frau neben mir ist kleiner, als ich sie von heute Morgen in Erinnerung habe, lehnt sich an mich, als könne sie ihren Körper nicht ohne Hilfe aufrecht halten. Sie weint dabei stoßweise, ist nicht in der Lage, zu sprechen. Ich warte. Die Zeit scheint stillzustehen. Von unserem Angreifer ist nichts mehr zu sehen oder zu hören, und einige Minuten lang durchdringt nichts als Professor Farinas Schluchzen den düsteren Raum. Erstaunlicherweise habe ich keine Angst, dass uns der Mann an anderer Stelle nochmals auflauern könnte, sodass auch ich mich allmählich beruhige. Ich bin überzeugt, dass er das Weite gesucht hat. Wenn er mir oder der Frau Schlimmeres hätte antun wollen, hat er dazu alle Zeit der Welt gehabt.

Als der Rausch des Adrenalins verschwunden ist, kehrt das quälende Pochen in meinem Brustkorb und im Hals- und Schulterbereich zurück. Ich betaste die Stelle, wo mich der Schlag mit dem Knüppel getroffen hat, was dazu führt, dass eine Woge stechender Schmerzen durch meinen Oberkörper rast. Mein linker Arm ist wie gelähmt. Ich schaue die Finger meiner rechten Hand an. Da ich in der Dunkelheit nichts erkennen kann, lecke ich daran: Blut. Es schmeckt salzig und metallisch. Durch den Hieb scheint auch die Haut aufgeplatzt zu sein.

Nach einer Weile richtet sich Professor Farina etwas auf, und auch ihr Weinen und Schluchzen lässt nach.

»Kennen Sie den Kerl, der Sie überfallen hat?«

»Nein.«

Ich lege den unverletzten Arm um sie und spüre, dass sie noch immer zittert. Ich ahne, dass sie lügt, denke daran, dass ich sie vor Kurzem mit einem Mann gesehen habe, den ich – aus der Entfernung – für den Gärtner des Miralago Parks gehalten habe, der aber gleichwohl unser Angreifer gewesen sein könnte. Natürlich bin ich mir nicht ganz sicher. Erst einmal gehe ich nicht näher darauf ein, frage mich nur, warum sie lügen sollte.

Die Dunkelheit weicht allmählich einer grauen Morgendämmerung. Ich sehe sie von der Seite an, merke, dass mein forschender Blick Unbehagen bei ihr auslöst. Ich ahne, was sie empfindet. Es ist, als wollte jemand über sie Herrschaft gewinnen und in eine ihr gehörige, verschlossene Welt eindringen. Ich vermute – mehr noch –, bin mir sicher, dass es da etwas gibt, was sie vor mir verbirgt.

»Was ist denn passiert?«

Sie setzt mehrere Male an, ehe sie in der Lage ist zu sprechen. »Ich wollte das Zimmer sehen, in dem Antonin Hrubys Leiche gefunden wurde …«

»Woher wussten Sie denn, dass dies das fragliche Zimmer ist?«

Ich erinnere mich, wie sie mich vor einer Reihe von Stunden nach dem Tatort gefragt hat. Damals schien sie davon noch keine Ahnung gehabt zu haben. Dabei frage ich mich ohnehin, ob der Fundort der Leiche auch der Tatort gewesen ist. Jetzt zuckt sie mit den Schultern, was ich eher spüre, als dass ich es sehen kann.

»Die Leute … Es ist Tagesgespräch in Riva, und da wollte ich …«

»Warum erst so spät?«

Wieder zögert sie. »Ich habe Sie gesehen, Sie sind zum Park und da bin ich Ihnen gefolgt.«

»Einfach so? Und so heimlich?«

»Ich wollte nicht, dass Sie mich sehen ... Das war dumm von mir. Zuerst war ich ein ganzes Stück hinter Ihnen und als ich dann beim Sanatorium ankam, waren Sie weg ...«

»Und dann?«

»Dann wollte ich aufschließen und hineingehen, als ...«

»Hat er Sie geschlagen? Ist er brutal geworden?«

»Nein, aber er hat gesehen, dass ich einen Schlüssel habe, und wollte, dass ich aufsperre. Und dann musste ich vor ihm nach oben gehen. Dort sollte ich mich auf das Bett legen und dann hat er mich gefesselt.«

»Was wollte er denn von Ihnen?«

»Das weiß ich nicht. Ich habe ihn gefragt, was er von mir will, aber er hat mir keine Antwort gegeben.«

»Wusste er, dass dies das Zimmer ist, in dem Antonin Hruby gefoltert und ermordet wurde?«

Wieder zuckt sie mit den Schultern. »Keine Ahnung. Er hat kein Wort zu mir gesagt. Er hat mich gefesselt und dann hat man gehört, dass jemand im Haus ist ... und da hat er mir diesen scheußlichen Knebel in den Mund gesteckt und mich unter den Decken versteckt.«

»Und das war alles?«

»Mehr kann ich nicht sagen.«

Es ist offenkundig, dass sie mir etwas verschweigt, und ich frage mich zum wiederholten Mal, wer diese Frau eigentlich ist.

»Die ganze Sache hat wohl doch etwas mit dem ominösen Kafka-Manuskript zu tun«, versuche ich es noch einmal. Ich beobachte sie wieder von der Seite, aber sie bewegt sich nicht, atmet nur rau auf, schweigt. Da erzähle ich ihr, dass ich den Mann, der uns beide überfallen hat, schon einmal in Wien gesehen habe und dass ich vermute, dass er einem israelischen Staatsdienst angehört und sich auf der Suche nach eben diesem Manuskript befindet.

Plötzlich lacht sie. Es ist ein gepeinigtes Lachen. Dabei schüttelt es sie, als würde der Wind einen Baum schütteln. Ich höre Resignation in diesem Lachen und eine Art Verzweiflung. Dabei ist mir klar, dass man aus einem kurzen Lachen so viel gar nicht heraushören kann.

»Sie haben recht«, meint sie, als das Lachen verflogen ist. »Das, wonach Sie suchen, gibt es wirklich. Das Manuskript, von dem Sie sprechen, es ist hier entstanden, hier in diesen Mauern ... Und ja, es ist ungeheuer wertvoll. So wertvoll, wie Sie es sich kaum vorstellen können. Und in der Tat gibt es viele, die dahinterher sind ... viele, die glauben, ein Recht darauf zu haben.«

Ich lausche gespannt, mit pochenden Schläfen, beobachte ihre Hände, die verkrampft in ihrem Schoß liegen, wage nicht, sie zu unterbrechen. Schließlich erhebt sie sich, tritt ans Fenster und blickt in die graue Morgendämmerung hinaus.

»Sie fragen sich, woher ich das weiß?«

Ich nicke und warte, dass sie weiterspricht, folge ihrem Blick und rätsele, was sie dort in der Ferne sieht. Schließlich fährt sie fort.

»Es ist schon sehr lange her, da hat es der Zufall gewollt, dass mir das Manuskript in die Hände fiel ... Kein Geschenk des Himmels, wie man annehmen möchte, vielmehr das Ergebnis einer bösen Tat ... und nun ist das Böse zu mir zurückgekehrt.« Sie verstummt und dreht sich zu mir um.

»Und jetzt«, will ich wissen. »Was jetzt?«

»Jetzt möchte ich, dass Sie mich nach Hause bringen. Ich bin müde. Wie Sie sehen, bin ich eine alte Frau …«

Ob sie mir mehr erzählen wird, frage ich sie. Da seien noch so viele Fragen.

»Morgen … Kommen Sie morgen zu mir, dann werde ich Ihre Neugierde befriedigen.«

Zum ersten Mal in dieser Nacht sehe ich ein leises Lächeln auf ihren Zügen. Ich weiß, dass ich warten muss.

Die Nacht – zumindest der karge Rest, der davon noch übrig ist – ist kurz. Als ich gegen Mittag erwache, fühle ich mich wie gerädert. Die Stelle, an der mich der Holzknüppel getroffen hat, schmerzt noch immer höllisch und ist blau unterlaufen. Ein Wunder, dass ich überhaupt geschlafen habe. Ich kühle die Wunde mit Eis aus der Minibar, bin mir aber im Klaren, dass ein Besuch im Krankenhaus unvermeidbar ist. Der linke Arm fühlt sich noch immer pelzig an und ist kaum zu gebrauchen. Ich fürchte, dass tatsächlich etwas gebrochen ist. Trotzdem rufe ich zuerst den Commissario an, um ihn über die Vorfälle der Nacht in Kenntnis zu setzen.

Ich erreiche Gruslburger in seinem Büro. Er will, dass ich mich umgehend ins Hospital begebe, und bietet mir an, mich dorthin zu bringen. Als ich ihm aber erkläre, dass ich zuerst noch einmal mit Professor Farina sprechen will, ist er einverstanden, besteht jedoch darauf mitzukommen.

Minuten später holt er mich in der Pension ab und wir gehen die wenigen Schritte zum Wohnhaus von Frau Farina zu Fuß. Das Haus, eine kleine versteckte Villa in einer Seitenstraße, wirkt verlassen. Die Rollläden sind heruntergelassen, ein Zeitungsbündel liegt, achtlos hingeworfen, vor der Tür. Niemand, der auf unser Klingeln öffnet. Ein eigenartiges Gefühl beschleicht mich, und auch Gruslburger wirkt besorgt. Wenig später trifft auf seine Veranlassung hin eine Streifenbesatzung ein, die die Haustüre gewaltsam öffnet und uns Zutritt ins Haus ermöglicht.

Dieses ist leer. Von Professor Farina ist keine Spur zu sehen.

15 DAS SINGEN DER PEITSCHE

Das Büro, in das er trat – eine richtige Zimmerflucht –, wurde vom kalten Licht glänzender und silbrig funkelnder Kronleuchter erhellt, die die Weite des Raumes bis zum letzten Winkel ausleuchteten. Die Wände, in makellosem Weiß gehalten, reflektierten das Licht, sodass die Augen fast geblendet wurden und es Gregor Mühe kostete, einen Punkt zu finden, an dem sein Blick Ruhe fand. Und so betrachtete er vorzüglich die Menschen, die hin und her eilten und bei aller Geschäftigkeit den Eindruck erweckten, als wüssten sie mit traumwandlerischer Sicherheit, welchen Bahnen sie zu folgen hatten, um nicht mit den anderen sich ebenso emsig Bewegenden zu kollidieren. Alles zielte in diesem Büro offensichtlich darauf ab, den Angestellten geordnetes Arbeiten zu ermöglichen.

Wo er sich denn hier befinde, wollte Gregor von einem wissen, der ihm im Vorbeieilen aber nur zurief, dass dies hier doch sein Büro sei, der Ort, an dem er, Gregor, schon seit vielen Jahren arbeite. Gregor nickte, und tatsächlich, mit einem Mal erschien es ihm, als seien ihm die Räumlichkeiten seit jeher vertraut.

Der Gedanke, Teil dieses Büros zu sein, beschäftigte ihn in einer Weise, dass es ihm völlig entging, dass sich dieses mehr und mehr leerte, bis er als einer der Letzten an seinem

Platz saß – von zwei im Licht einer Glühlampe arbeitenden Gestalten abgesehen. Daraufhin beschloss er, ebenfalls nach Hause zu gehen, ohne dass er sich auch nur im Geringsten Gedanken gemacht hätte, wo dieses Zuhause zu suchen oder gar zu finden sei.

Schon auf dem Weg nach draußen vernahm er hinter einer Tür, hinter der er immer eine Rumpelkammer vermutet hatte, ohne diese jemals mit eigenen Augen gesehen zu haben, wie jemand tiefe Seufzer ausstieß. Er verharrte und lauschte, blickte sich um, und dann – da war niemand in unmittelbarer Nähe – erfasste ihn eine nahezu unbezähmbare Neugierde, dass er nicht anders konnte, als die Tür förmlich aufzureißen.

Es war in der Tat eine Art Rumpelkammer, in die er stolperte, und ganz im Gegensatz zu den geordneten Büroräumen, die er gerade verlassen hatte, traf er hier auf ein Sammelsurium nicht mehr verwendbarer Büroartikel, von ausrangiertem Mobiliar und leeren, achtlos hingeworfenen Kartuschen und Flaschen.

In der Kammer befanden sich drei Personen. Sie hatten wohl die klagenden Geräusche verursacht, die ihn veranlasst hatten, die Tür zu öffnen. Aus unerfindlichen Gründen hatte er erwartet, nur zwei Männer anzutreffen – er wollte sie schon als Willem und Franz ansprechen –, doch stellte er mit einem Blick fest, dass hier eine Frau und ein Mann in seltsam gebückter Stellung vor einer weiteren Frau knieten.

»Was treibt ihr hier?«, fragte er ganz aufgeregt, ohne allerdings zu laut zu werden. Als er die drei Gestalten nun näher betrachtete – vor allem die eine der Frauen lenkte seinen Blick auf sich, schien sie doch die beiden anderen Gestalten zu beherrschen –, ward ihm das Ungewöhnliche der Situation bewusst. Die Frau, die ihn streng musterte, steckte in dunkel schimmernder, hoch ausgeschnittener Lederkleidung, die die Nacktheit ihrer Arme und Schenkel in aufreizender Weise betonte. Sie antwortete nicht auf Gregors Frage. Ganz anders dagegen die beiden Knienden. »Herr, wir sollen gezüchtigt werden, weil du dich über uns beklagt hast.«

In diesem Augenblick erkannte Gregor, wen er vor sich hatte. Der Mann war zweifelsohne der Offizier, der ihm vor nicht allzu langer Zeit den Weg aus dem Gefängnis gewiesen hatte, während die Frau diejenige war, die sich ihm auf dem Weg zum Dom in schamloser Weise angeboten hatte. Die andere Frau – das sah er nun – hielt eine Lederpeitsche in der Hand, mit der sie zum Schrecken der beiden Opfer hin und wieder die Luft zerschnitt, was ein scharfes Pfeifen erzeugte, einen Vorgeschmack auf das lieferte, was kommen würde.

»Nein«, sagte Gregor. »Ich habe mich über euch nicht beklagt, auch wenn euer Verhalten nicht einwandfrei gewesen ist … Du«, sagte er gegen den Offizier gewandt, »du hast mich verspottet, hast dich über mein Schicksal lustig gemacht, während du« – sein Blick richtete sich auf die junge Frau – »mich davon hast abbringen wollen, mein Ziel zu erreichen.«

»Ach, mein Herr«, sagte diese, die ein Stück hinter den Offizier gekrochen war, um etwas Schutz vor der Peitsche zu finden, »wenn Ihr wüsstet, wie schwer es ist, sich mit ehrlicher Arbeit seinen Lebensunterhalt zu verdienen – noch dazu mit Kind und ohne einen Mann, der uns ernährt –, dann würdet Ihr nicht so streng über mich urteilen. Meint Ihr denn, ich würde bei dem, was zu tun ich gezwungen bin, Lust empfinden?«

»Umso schlimmer«, antwortete Gregor. »Allerdings habe ich davon – das stimmt – nichts gewusst.«

»Auch der Offizier hat doch nichts Verwerfliches getan – allenfalls ist es eine Kleinigkeit, die er sich zuschulden hat kommen lassen.«

Dieser nickte und erhob sich ein wenig aus seiner gebückten Stellung, um hoffnungsfroh das Wort an Gregor zu richten, woraufhin er aber sofort einen Peitschenhieb erhielt, unter dem er sich mit einem Stöhnen duckte.

»Ich habe die Frechheit besessen, über Euch zu lachen, mein Herr, das gebe ich gerne zu«, sagte er, »doch ist denn dies für jemanden, der wie Ihr wegen einer so großen Schuld verhaftet worden ist, nicht eher eine Bagatelle?«

Gregor starrte die beiden an. »Was ihr da sagt, war mir nicht gewärtig, ich habe auch keineswegs eure Bestrafung verlangt, mir ging es um ein Prinzip.«

»Hörst du?«, wandte sich die Frau an den Offizier. »Der Herr hat nicht einmal gewusst, dass wir bestraft werden.«

»Lass dich nicht durch solches Gerede verunsichern«, wischte die Frau mit der Peitsche die Worte der beiden Delinquenten hinweg. »Ihre Strafe ist unvermeidlich und auch gerecht.«

»Höre nicht auf sie«, flehte daraufhin die Frau, schrie jedoch auf, als ihr die Peitsche über die Hand gezogen wurde. »Wir werden nur gezüchtigt, weil Ihr uns angezeigt habt. Nichts wäre sonst geschehen. Ist das etwa Gerechtigkeit?«

Der Offizier stimmte ihr zu, indem er heftig nickte, dabei aber auf die Peitsche schielte, die ihm offensichtlich große Angst einjagte. Dennoch richtete er das Wort an Gregor: »Verdient denn nicht auch dieses Weib die Peitsche? Vielleicht hat sie einfach nur Glück gehabt, dass niemand sie angezeigt hat … Für uns aber ist alles verloren, wenn wir jetzt diese schrecklich schmerzhaften Prügel bekommen.«

»Kann denn diese Peitsche wirklich solche Schmerzen bereiten?«, fragte Gregor und prüfte die Peitsche, die ihm bereitwillig hingehalten wurde. Er verstieg sich gar so weit, dass er sie der Frau aus der Hand nahm und sie mehrere Male kräftig zum Singen brachte.

»Wir werden uns jetzt nackt ausziehen müssen«, sagte die Frau.

»Ach so«, sagte Gregor und betrachtete die andere, welche die beiden züchtigen würde. In ihrem sorgfältig geschminkten Gesicht zeigte sich keine Regung und doch schien es ihm, als spiegelte sich ganz hinten in ihren Augen etwas wie lustvolle Erwartung auf das, was passieren würde.

»Gibt es denn keine Möglichkeit, den beiden die Tortur zu ersparen?« Er sah die Frau mit der Peitsche an, die aber lediglich den Kopf schüttelte und leise – fast verschwörerisch – lächelte.

»Zieht euch aus«, befahl sie dem Offizier und der Frau. Und zu Gregor sagte sie: »Mach dir keine Gedanken über die beiden. Natürlich haben sie Angst, denn das, was sie erwartet, wird äußerst schmerzhaft sein. Aber der Offizier ist jung und stark – sieh nur, wie muskulös er ist –, und auch die Frau wird die Schmerzen hinnehmen und sie werden Teil ihres Körpers werden und ihr am Ende gar Lust bereiten.«

Gregors Blick richtete sich auf die Frau, die gerade aus ihrem Kleid stieg, dann aber verharrte. Sofort fuhr die Peitsche über ihren Rücken. »Du sollst nicht zuhören, sondern dich ausziehen«, fuhr die andere sie sofort an. Gregor spürte seine Erregung.

»Ich kann dir Geld geben, wenn du sie laufen lässt«, wandte er nochmals ein. Er zog die Brieftasche hervor, die man ihm überreicht hatte, als er aus dem Gefängnis entlassen worden war. »Ich gebe dir alles«, sagte er.

»Und dann?«, sagte die Frau. »Was wird dann sein? Dann wirst du mich anzeigen und behaupten, dass ich meine Arbeit nicht gut gemacht habe. Und dann bekomme ich die Peitsche zu spüren.«

»Sei doch vernünftig«, sagte Gregor. »Wenn es in meinem Interesse gelegen hätte, dass die beiden bestraft werden, dann würde ich doch jetzt nicht versuchen, sie freizukaufen. Eigentlich könnte ich einfach diesen Raum verlassen und nichts würde passieren. Ich könnte nach Hause gehen und alles wäre gut. Wenn ich geahnt hätte, dass man sie bestraft, hätte ich nie und nimmer ihre Namen genannt. Letztlich sind ja nicht die beiden schuldig, sondern die Behörden, die die Umstände zu verantworten haben, die zu den kleinen Fehlern der beiden geführt haben.«

»So ist es«, rief der Offizier, der gerade den Gürtel seiner Hose löste, und sogleich fuhr die Peitsche auf seinen bereits entkleideten Oberkörper nieder, hinterließ einen roten Striemen quer über seinen Rücken.

»Ich gebe dir zum Teil recht«, sagte die Peitschende an Gregor gewandt, »aber es ist meine Aufgabe, diese beiden zu züchtigen, und das ist das, was ich tue.«

Die andere Frau, die mittlerweile völlig entkleidet war, drückte sich an Gregor, der davon seltsam angetan war. Er spürte seine Erregung wachsen und trat einen Schritt zurück. Trotzdem versuchte sie, ihm ins Ohr zu flüstern: »Mein Herr, wenn Ihr schon uns beiden nicht helfen könnt, dann helft doch bitte mir. Seht, ich habe ein Kind, das unten auf der Straße auf mich wartet, vor dem ich mich schämen müsste, sähe es meinen geschundenen, gequälten Körper.«

Gregor versuchte, sie von sich zu schieben, und blickte Hilfe suchend auf die Frau mit der Peitsche, die offensichtlich die Geduld mit den beiden zu verlieren schien. Ohne auf den Offizier zu achten, der sich in seiner knienden Stellung möglichst klein machte, zog sie nun die Frau zu sich heran und befahl ihr, sich über einen Stuhl zu legen. Die tat, wie ihr befohlen, und als die Peitsche zu singen begann, sich ihre Spitze regelmäßig auf- und abschwang, entrang sich ihren Lippen ein schier unmenschlicher Schmerzensschrei, der durch die Wände der Rumpelkammer hinaus auf den Korridor und ins Büro drang und weiter, sodass er im ganzen Haus zu hören sein musste.

»Sei still«, herrschte Gregor die Gepeinigte an, fürchtete er doch, dass die beiden Angestellten, die noch im Büro saßen, davon angelockt werden konnten. Und in der Tat sah er sie schon aus einiger Entfernung auf die Rumpelkammer zueilen. Sofort war ihm klar, dass er den engen Raum verlassen musste, um nicht in dieser überaus verfänglichen Situation überrascht zu werden. Beim Hinauseilen stieß er – ganz ohne Absicht – gegen den Stuhl mit der Frau, sodass dieser kippte und die Ärmste auf dem Boden zu liegen kam. Dort wälzte sie sich in ihrer Qual – die Peitsche hatte bereits hässliche rote Striemen auf ihrer Haut hinterlassen –, ohne dadurch den klatschenden Schlägen entgehen zu können, die auf sie einprasselten.

Gregor warf die Tür zur Kammer zu und sofort hörte das Schreien auf. Ob denn etwas geschehen sei, fragten die beiden Angestellten, als sie ganz außer Atem bei Gregor ankamen. Der aber beruhigte sie, gab vor, dass die Geräusche von irgendwo außerhalb gekommen seien und ihre Sorge unbegründet sei. Um sich aber auf kein weiteres Gespräch einlassen zu müssen, trat er an ein offenes Fenster im Korridor, signalisierte so, dass alles in Ordnung sei.

Er blickte in die nahezu vollkommene Dunkelheit eines kleinen Innenhofes hinaus, in der nur der Widerschein des Mondes zu erahnen war. Es quälte ihn nun, dass er die Frau nicht vor der Züchtigung hatte bewahren können, doch sagte er sich, dass es letztlich ihre Schuld gewesen war. Hätte sie nicht so erbärmlich geschrien – auch wenn die Schmerzen heftig gewesen sein mussten, konnte man doch eine gewisse Beherrschung erwarten –, wäre es ihm vielleicht doch noch gelungen, ihre Peinigerin zu überreden, von einer weiteren Bestrafung abzulassen. In der Tat hatte er, als er ihr Geld geboten hatte, ihren gierigen Blick wahrgenommen, und wie er vermutete, hatte sie mit den Peitschenhieben nur begonnen, um dadurch den Preis nach oben zu treiben. Aber auch das hätte er notfalls akzeptiert. Niemand konnte jedoch von ihm erwarten, dass er sich in einer solchen Situation von irgendjemandem überraschen ließ. Dies war völlig ausgeschlossen. Da hätte er sich ja gleich selbst ausziehen können, um die Schläge zu empfangen. Was er bedauerte, war die Tatsache, dass er den Stuhl mit der Frau zu Boden gestoßen hatte, wodurch deren Qualen noch erhöht worden waren. Allerdings trug er – so sagte er sich – auch daran keine Schuld, da die Ungeschicklichkeit ja nur durch seine Aufregung ausgelöst worden war.

In die Rumpelkammer zurück traute er sich nun nicht mehr und so machte er sich auf den Weg, doch schien es ihm, als würde der ins Nirgendwo führen. Und ohne, dass er wusste, wie dies geschehen konnte, fand er sich abermals vor der kleinen Kammer ein. Wieder drangen tiefe Seufzer heraus, und als er die Tür öffnete, war alles, wie es beim ersten Mal gewesen war: Die völlige Unordnung der Kammer mit dem gebrochenen Mobiliar, den achtlos hingeworfenen Flaschen und Kartuschen, dort der Offizier und die Frau, beide in gebückter Stellung, aber wieder völlig angekleidet, und hinter ihnen die Frau in Leder, ihre Peitsche schwingend. Und schon begannen die beiden Opfer zu klagen: »Herr …«

Sofort schlug Gregor die Tür wieder zu, und mit Tränen der Scham eilte er ins Büro und rief: »Räumt doch endlich die Rumpelkammer aus. Wir versinken ja im Schmutz.«

ZWEITES BUCH

FRÜHJAHR 1992

16 DER BRIEF

Spätestens jetzt, als sie ihn von oben herab musterte und er das Messer in ihrer Hand aufblitzen sah, wusste er, dass es ein Fehler gewesen war, ihr zu drohen. Auch wenn sie sich nur ein einziges Mal in ihrem Leben getroffen hatten, hätte er sie doch gut genug kennen müssen, um zu wissen, dass sie ihre Ziele mit unerbittlicher Härte verfolgte …

20 Jahre waren seit damals vergangen, und all die Jahre hatte er geschwiegen, hatte er mit der Scham jener Nacht gelebt, aber als sich nun vor kurzer Zeit das Leben so vieler Menschen verändert hatte, war auch seine Situation eine andere geworden. Es waren aber nicht nur die gesellschaftlichen Veränderungen, die ihm neue, ungeahnte Freiheiten boten, es war vor allem die Tatsache, dass er mittlerweile ein alter Mann geworden war, dem die Niederlagen der Vergangenheit nicht mehr viel anhaben konnten. Dazu kam, dass ihm seine Reputation längst nicht mehr so wichtig war wie in den Jahren, als er um berufliche Anerkennung gekämpft hatte. Dass Elena, seine Frau, ahnte, dass er es mit der ehelichen Treue nie sehr genau genommen hatte, war ihm bewusst – auch wenn sie ihm nur selten Vorhaltungen gemacht hatte. Sie hatten sich auseinandergelebt, wie so viele. Für sie würde sich nicht viel ändern. Und Mihhail, ihr gemeinsamer Sohn?

Auch ihn würde der peinliche Vorfall aus der Vergangenheit seines Vaters nicht aus der Bahn werfen. Ohnehin war das Verhältnis zwischen ihnen beiden kein besonders herzliches. Vielleicht würde Mihhail sogar eine Möglichkeit darin sehen, aus dem übergroßen Schatten des Vaters heraustreten zu können, sollte dieser in den Augen der Welt bloßgestellt werden.

Man konnte es drehen und wenden, wie man wollte – er war wieder ein freier Mann, auch wenn ihm das bislang nicht so recht bewusst geworden war. Das aber hatte sich geändert, als ihr Brief gekommen war. Ein Brief von Anna …

Es war ein kurzer Brief gewesen, aber der erste seit vielen Jahren.

»Du hast eine Tochter«, hatte sie geschrieben. Und dass sie in Ostberlin lebten, sie und ihre Tochter. Dass es ihnen nicht gerade gut gehe. Vor allem, da ihre gemeinsame Tochter nun selbst Mutter werde und die Zeiten hart seien.

»Die Frauen in meiner Familie haben ihre Kinder recht früh …« Vielleicht könne er ja helfen mit seinen Verbindungen …

Erst wollte er ihr Geld schicken, was sie aber ablehnte. Als es ihm aber gelang, ihr eine Stelle an der Universität in Regensburg zu vermitteln, war sie glücklich gewesen. Von da an hatten sie sich regelmäßig geschrieben.

Irgendwann wollte sie dann, dass er seine Tochter kennenlernte. »Weiß sie, wer ihr Vater ist?«, hatte er gefragt.

»Nein, ich habe unser Geheimnis bewahrt. Jetzt aber ist es an der Zeit, dass sie es erfährt.«

Er hatte zugestimmt, und gemeinsam hatten sie einen Plan geschmiedet, um ein Treffen zu arrangieren.

»Warum so geheimnisvoll?«, hatte sie gefragt. Da hatte er auf die unsicheren Zeiten verwiesen, die Tatsache, dass in seiner Heimat die Dinge noch nicht geklärt waren – auch was sein berufliches Umfeld betraf –, dass also letztlich noch immer alles möglich sei.

Sie war einverstanden gewesen, aber dann hatte sie ihn daran erinnert, dass er noch immer etwas in seinem Besitz habe, was ihrer Tochter gehörte. Und dass es an der Zeit sei, ihr das zurückzugeben.

»Was ich dir damals überlassen habe, war ein Geschenk auf Zeit … Nun möchte ich, dass du es in Franziskas Hände zurückgibst.«

»Ich weiß, dass es mir niemals gehört hat«, hatte er geantwortet. Dass es nicht mehr in seinem Besitz war, hatte er verschwiegen.

Schon in der folgenden Woche aber hatte er den Brief verfasst und abgeschickt, in dem er die Rückgabe des gestohlenen Manuskripts forderte.

… Als sie die schlichten Räume seiner Ferienwohnung betrat, schien es ihm, als sei die Zeit stehen geblieben. Zwei Jahrzehnte, die ihrer Attraktivität nur wenig hatten anhaben können. Natürlich waren die Spuren der Jahre nicht zu leugnen, war die jugendliche Frische von damals gewichen. Die Frau, die vor ihm stand und ihn anlächelte, war gereift, doch hatte sie nichts von dem verloren, was ihn damals zu ihrem Opfer hatte werden lassen. Und auch wenn im Laufe der Jahre seine Manneskraft nachgelassen hatte, so waren seine Augen doch jung geblieben, sodass ihn vom ersten Augenblick ihres Wiedersehens ein Begehren erfasste, von dem er sehnlichst hoffte, dass es noch einmal Erfüllung finden würde.

»Willst du mich denn nicht in die Arme nehmen, mein alter Freund?«, fragte sie. Und trotz der Demütigungen, die sie ihm bereitet hatte, konnte er in diesem Moment nicht anders, als sie an sich zu ziehen und sich an sie zu drücken.

»Bist du gekommen, um mich zu quälen, wie damals in München?«

Sie lachte und entzog sich seinen Armen. »Vielleicht«, sagte sie nur. Als sie sich setzten, hörte er, wie draußen ein Fahrzeug wendete und mit quietschenden Reifen davonfuhr. Gleich darauf ward es wieder still und die Ruhe des Abends gehörte ihnen.

»Hast du mir gebracht, worum ich dich gebeten habe?«, fragte er.

Sie nickte. »Natürlich, mein Freund. Was damals passiert ist, soll nicht mehr zwischen uns stehen. Sieh nur …« Damit zog sie ein dünnes Bündel vergilbter Papiere aus ihrer Tasche und legte es vor ihn auf den Tisch. Als er sich schon vorbeugen wollte, um nach dem Schatz zu greifen, stand sie auf, drückte ihn mit verheißungsvollem Lächeln auf die Couch zurück und setzte sich auf ihn, dass er sich, zwischen ihren Schenkeln gefangen, kaum noch bewegen konnte. Einen Moment wartete sie, lauschte seinem Stöhnen, dann nahm sie seine Hände und legte sie auf ihre Brüste.

»Vertraust du mir?«, fragte sie, und als er nickte, schloss sie die Fesseln aus Metall, die sie – von ihm unbemerkt – in ihrer Tasche zurechtgelegt hatte, um seine Handgelenke.

17 FRANZISKA

Das Erste, was ihr auffiel, war die mit Händen greifbare Unsicherheit der Menschen, von denen die meisten auf den ersten Blick einen recht verschlossenen Eindruck auf sie machten. Sie war – darüber hatte sie sich in den Wochen vor der Reise pflichtschuldigst informiert – in ein Land gekommen, in dem zwar die Hoffnung auf Veränderung zu spüren war, gleichzeitig aber auch die Furcht nur zu deutlich erkennbar war, bald wieder aus einem schönen Traum gerissen zu werden.

Die Hoffnungen der Menschen hier in Estland passten sehr gut zur Jahreszeit: Es war Anfang April und die Vorboten des Frühlings waren unübersehbar. Das war nicht viel anders als am Nürnberger Flughafen, wo ihre Reise begonnen hatte: wie dort versuchten sich die frühen Gräser und Blumen des Jahres in den Ritzen einer grauen Steinwüste zu behaupten, trotzten sie den Unbilden der Natur, gepeitscht von einem kalten Wind, der die Erinnerung an den Winter noch immer wachhielt. Aber weder in Nürnberg noch in Tallinn wichen sie – und Tag für Tag würden sie, dem Kreislauf der Natur folgend, kräftiger werden.

Die kleine Reisegruppe hatte das Flughafengebäude gerade verlassen und wartete auf den Bus, der sie zu ihren Unterkünften bringen sollte. Zwei nassforsche Wessis unterhielten sich inmitten betretenen Schweigens der anderen über die grandiosen Möglichkeiten, die der unerwartete Fall der Mauer West-Investoren mit dem nötigen Kapital im Osten eröffnete – auch hier im Baltikum. Der Jüngere der beiden war, wie es den Anschein hatte, schon einmal in Estland gewesen und fällte ein vernichtendes Urteil über die Menschen, die – wie er sagte – weitgehend apathisch auf die neue Zeit reagierten. Franziska versuchte, sich ins Gedächtnis zu rufen, was sie über das Land wusste, welches sie erst vor wenigen Minuten betreten hatte. Anneli Tobak, die junge Estin, die sie während der letzten Tage auf den Besuch in ihrem Heimatland vorbereitet hatte, hatte immer wieder davon gesprochen, wie sehr die Esten ihre Freiheit schätzten und wie stark der Wille der Menschen in ihrem Land sei, sich nie wieder einer fremden Macht beugen zu müssen.

»Die Menschen in meiner Heimat haben immer noch Angst, dass die Vergangenheit zurückkehrt«, hatte sie gesagt, aber auch, dass Estland ein Land sei, das sich auf dem Weg befinde, sich in ein modernes europäisches Land zu verwandeln.

Sie hatte Anneli gemocht, die so viel Begeisterung ausstrahlte, und begonnen, sich für ihr Leben und ihre Herkunft zu interessieren. Aus ihrer eigenen Schulzeit hatte sie nur eine vage Vorstellung der baltischen Länder, wusste eigentlich nur, dass es sie gab und dass sie Teil des – wie man ihr beigebracht hatte – großen Sowjetreichs waren, ohne sie geografisch genau einordnen zu können. Geografie gehörte nun mal nicht zu ihren Stärken.

Nie und nimmer wäre sie selbst auf die Idee gekommen, die Osterferien in Estland zu verbringen. Der Gedanke allein schien absurd, gab es doch so vieles im Westen zu entdecken, wovon sie immer geträumt hatte – was hatte da der Osten schon zu bieten?

Letztlich war es der Wunsch ihrer Mutter gewesen, dass sie diese Reise ins Baltikum antrat. Sie konnte sich noch genau an den Tag erinnern, an dem diese ihr von einer Bildungsreise für Studenten erzählt hatte.

»Ich sitze doch an der Quelle«, hatte sie gelacht. »In meinem Sekretariat bin ich die Königin …«

Mama, die immer so traurig war. An diesem Abend, als sie sie in die Uni-Pizzeria eingeladen hatte, war sie seltsam euphorisch gewesen, ganz anders als sonst. Richtig beschwingt hatte sie gewirkt – und wie geheimnisvoll sie damals getan hatte.

»Ich möchte mit dir feiern«, hatte sie zu ihr gesagt, aber geschwiegen, als Franziska sie gefragt hatte, was es zu feiern gäbe.

»Wirst schon sehen«, war das Einzige gewesen, was sie ihr entlocken konnte.

Sie gingen nur selten zum Essen in ein Lokal, aber wenn, dann war es die Uni-Pizzeria, in der sie sich trafen. Davide, der Chef, hatte sich damals zu ihnen gesetzt, hatte eine Runde Grappa spendiert, ehe er sich wieder in seine Küche zurückgezogen hatte.

»Auf die schöne Anna und ihre Tochter«, hatte er gesagt. Franziska wusste, dass er Mama insgeheim anhimmelte.

Eigentlich sieht Mama noch immer toll aus, war es ihr damals, als sie sie während des Essens von der Seite her betrachtete, durch den Kopf gegangen. Ihre traurige Mama … Ob es vielleicht doch einen Mann in ihrem Leben gab, von dem sie, Franziska, nichts wusste? Davide, vielleicht? Sie würde es ihr gönnen. Im Grunde wusste sie ja nur sehr wenig über ihre Mutter. Da waren die gemeinsamen Jahre in Ostberlin: Solange sie zurückdenken konnte, hatten sie in der kleinen Wohnung in Treptow gehaust. Mama hatte hart gearbeitet, aber sie hatten nie sehr viel zum Leben gehabt. Einen Papa, der sie unterstützt hätte, hatte es nicht gegeben. Vielleicht war Mama deshalb immer so traurig gewesen. Trotzdem hatte es gereicht, und sie, Franziska, hatte sogar die Erweiterte Oberschule besuchen dürfen, das Abitur gemacht, und alles in allem waren es schöne Jahre gewesen.

Die zwei Wessis waren mittlerweile doch verstummt. Vielleicht hatten sie etwas von der peinlichen Stille mitbekommen, die unter den Wartenden herrschte. Franziska war jedenfalls froh darüber. Obwohl sie nunmehr schon seit zwei Jahren in Regensburg lebten – Mama, die Kleine und sie –, war ihr der Tonfall der Menschen im Westen, die Kälte, die darin mitschwang, noch immer suspekt. Manchmal fühlte sie sich richtiggehend fremd.

Die Sehnsucht nach dem Westen war wie bei den meisten ihrer Altersgenossen in den Jahren der Pubertät gekommen, hatte aber ihr Leben nicht übermäßig bestimmt. Zwar konnte man sich nicht mal schnell im KaDeWe mit den Freundinnen treffen oder über den Kudamm bummeln, im Sommer musste man mit dem Müggelsee vorliebnehmen, und irgendwo gab es nun mal die Mauer, die das Leben einschränkte. Aber ihr waren ihre Freunde immer wichtiger gewesen, das Lesen und das Träumen, die Musik – die Möglichkeit, Jungs zu treffen. Das Politische hatte sie damals noch nicht so recht interessiert. Natürlich wusste sie in der Zwischenzeit, wie die meisten Menschen hier im Westen dachten: Für sie war die DDR der reinste Knast gewesen – und wenn man dann auch noch aus Ostberlin kam …

Das aber hatte nicht für sie gegolten.

Damals, im Jahr als die Mauer fiel, war sie schwanger geworden. Das eine hatte mit dem anderen nichts zu tun, aber Jens, der werdende Vater, war einer der ersten gewesen, der die Möglichkeit genutzt hatte, in den Westen auszureisen. Sie hatte ihr Kind im Januar des folgenden Jahres allein zur Welt gebracht – da war Jens bereits nur mehr eine flüchtige Erinnerung gewesen. Damals hatte sie zum ersten Mal etwas von der Traurigkeit gespürt, die sie zuvor schon immer an ihrer Mutter wahrgenommen hatte.

Trotzdem war es Mama gewesen, die sie getröstet und gemeint hatte: »So was ist in unserer Familie doch ganz normal … In unserer Familie müssen gerade wir Frauen nun mal die Starken sein.«

Bis zu diesem Zeitpunkt hatte sie sich über Mama nur wenig Gedanken gemacht. Die war einfach immer da gewesen, hatte geholfen – vor allem als die Kleine zur Welt kam, und die ersten Monate danach. Eine schwere Zeit, auch finanziell … Manchmal hatten sie nicht gewusst, wie es weitergehen sollte. Irgendwann jedoch war Mama gekommen und hatte zu ihr gesagt: »Ich habe neue Arbeit gefunden … endlich …«

»Müssen wir weg von hier?«, hatte sie gefragt, und Mama hatte genickt. Wie sie zu der Arbeitsstelle an der Uni in Regensburg gekommen war, hatte sie ihr nicht gesagt. Nur, dass es ein guter Job war und sie einfach Glück gehabt habe. Da hatte sie Mama nicht mit unnötigen Fragen gelöchert, auch wenn sie nicht an Glück geglaubt hatte.

Bald darauf – ihr kleines Mädchen war mittlerweile fast zwei Jahre alt – waren sie nach Regensburg gezogen, um dort ein neues Leben zu beginnen.

An jenem Abend in der Uni-Pizzeria hatte ihr Mama dann zum ersten Mal die Geschichte ihrer Familie ausführlicher als jemals zuvor erzählt. Bislang hatte sich Franziska nie dafür interessiert, und auch Mama hatte selten über ihre Vergangenheit, ihre Kindheit und Jugend oder über das Leben ihrer Eltern und Großeltern gesprochen. Damals hatte sie jedoch von Oma Franziska erzählt – von der sie, Franziska, ja den Vornamen habe – und von Natalia, ihrer Uroma, die eine richtige Gräfin gewesen sei und aus Russland stammte. Und davon, dass die Frauen ihrer Familie ein großes Geheimnis teilten. Bald würde auch sie davon erfahren.

»Was für ein Geheimnis?«, hatte sie gefragt. »Warum hast du nie etwas davon gesagt?«

Mama aber hatte nur mit den Schultern gezuckt und plötzlich wieder ganz traurig dreingeblickt.

»Vielleicht weil erst jetzt die Zeit reif dafür ist … Ich habe vor vielen Jahren einen Fehler begangen … Damals war ich so schrecklich dumm … Aber jetzt wird alles wieder gut werden.«

Sie hatten damals geredet und geredet, über Gott und die Welt. Als sie aber dann noch mehr über ihren Vater wissen wollte, hatte ihre Mutter geschwiegen, hatte sie vertröstet.

»Bald wirst du mehr erfahren, hab ein bisschen Geduld«, war alles gewesen, was sie von sich gegeben hatte.

Und jetzt stand sie hier in Tallinn am Flughafen. Mama hatte ihr damals nicht so recht verraten, warum sie unbedingt wollte, dass Franziska an dieser Reise teilnahm. Aber sie hatte darauf bestanden, und sie hatte sich gefügt. Und dann hatte Mama alles organisiert, hatte es tatsächlich geschafft, dass Franziska einen der raren Reiseplätze hatte ergattern können. Sie hatte geahnt, dass Mamas Beharren irgendetwas mit ihrem Vater zu tun haben musste. Warum aber nur diese Geheimnistuerei? Damals war ihr klar gewesen, dass sie keine Antwort erhalten würde. Auch das hatte sie akzeptiert. Mama würde in den zehn Tagen ihrer Abwesenheit in ihrer Rolle als Oma aufgehen. »Brauchst dir keine Sorgen wegen der Kleinen zu machen«, hatte sie gesagt. Und Franziska hatte gewusst, dass sie sich darauf verlassen konnte. Auch wenn sie die Kleine vermissen würde – tief in ihrem Inneren war sie dankbar gewesen, Regensburg für kurze Zeit verlassen zu können.

»Wundere dich über nichts«, war das Letzte gewesen, was ihr Mama mit auf den Weg gegeben hatte. Franziska hatte sie ganz verwirrt angeblickt und erst nach einer Weile hatte es ihr gedämmert: »Ich werde meinen Erzeuger treffen, oder?«, hatte sie gefragt. Das Wort »Vater« oder »Papa« kam ihr dabei nicht über die Lippen.

Da hatte Mama gelacht und sie ganz verschwörerisch angezwinkert.

Die Wartenden, die wie sie fröstelnd von einem Bein aufs andere traten, immer wieder das Gewicht verlagerten, schienen allmählich unruhig zu werden. Und schon begann einer der beiden Wessis, sich über die Unfähigkeit der Einheimischen zu beklagen, denen, wie er sagte, jedes Maß an Organisationstalent fehlte. Gerade als Franziska sich empört umdrehen wollte, spürte sie, wie jemand sie an der Schulter berührte. Sie zuckte zusammen, als fürchtete sie verhaftet zu werden. Als sie sich umwandte, stand ein junger Mann, etwa in ihrem Alter, vor ihr. Er schien ganz außer Atem.

»Franziska Bischoff?«, fragte er. »Ich heiße Janno Reiljan. Ich muss mich entschuldigen, dass ich so spät komme, aber der städtische Busverkehr ist manchmal eine Katastrophe.«

Er schnappte nach Luft.

Das also war Janno, der Sohn ihrer Gastfamilie. Sie hatte mit Familie Reiljan Briefe gewechselt, auch einige ziemlich unscharfe Polaroidfotos der Familie gesehen, hätte aber Janno nicht auf Anhieb erkannt. Janno war, wie sie wusste, Lehrer am Tallinna Saksa Gümnaasium und unterrichtete dort das Fach Deutsch. Er sprach ein grammatikalisch einwandfreies Deutsch, allerdings mit deutlichem Akzent, was etwas Entwaffnendes hatte. Franziska fand den jungen Mann jedenfalls auf Anhieb sympathisch.

»Ist das alles, was Sie an Gepäck haben?«, fragte er mit einem Blick auf Franziskas Koffer. Franziska nickte.

»Ich möchte Sie ganz herzlich in Estland und in Tallinn begrüßen. Ich vermute, dass dies Ihr erster Besuch bei uns ist …«

Franziska nickte abermals, wunderte sich etwas über seine steife Förmlichkeit, die sie fast erheiterte. Dann wartete sie, dass er ihr mitteilte, was als Nächstes käme. Sie nahm an, dass er sie zu ihrer Gastfamilie chauffieren würde. Zu ihrer Überraschung schienen ihm aber einen Moment lang die Worte zu fehlen, ehe er etwas verlegen fortfuhr: »Wir nehmen den Bus … Kommen Sie.«

Franziska lachte. »Wir können ruhig Du sagen«, meinte sie und sah, dass er ihr Angebot gerne wahrnahm, auch wenn er ein bisschen unsicher wirkte. Er murmelte etwas in seiner Muttersprache, was sie nicht verstand, griff dann nach ihrem Koffer und führte sie zu einer weiteren Bushaltestelle, die sich nur wenige Meter entfernt, auf der gegenüberliegenden Straßenseite, befand. Franziska winkte den Mitgliedern der Reisegruppe zu, vor allem den drei Mädchen aus Regensburg, die wie sie an der Studienreise teilnahmen, und als sie nun Janno hinterherlief, schien es ihr, als würden deren Blicke sie verfolgen. Selbst die beiden arroganten Wessis waren verstummt. Wenige Minuten später sah sie, wie sich in der Ferne ein Bus näherte, der eine gewaltige Dieselwolke hinter sich herzog.

»Wir fahren erst einmal zu meinen Eltern«, sagte Janno in diesem Augenblick. Wieder hatte sie den Eindruck, als wollte er sich dabei für irgendetwas entschuldigen.

»Du wirst bei ihnen wohnen … Ist das in Ordnung?«

Franziska nickte. Nichts anderes hatte sie ja erwartet. Janno schien zufrieden. Dennoch zögerte er, wirkte seltsam unbeholfen.

»Meine Eltern freuen sich schon auf das Mädchen aus Deutschland, sie sind schon sehr neugierig …«

»Ich freue mich auch – auf deine Eltern, auf Tallinn und auf das Leben hier. Ich hoffe, dass ich eine Menge neuer Dinge kennenlernen werde.«

»Ja, das wirst du, und bitte nicht erschrecken … Wir werden gleich morgen nach Tartu fahren. In Tartu ist die größte Universität Estlands …« Er sagte es voll Stolz, aber irgendetwas schwang in seiner Stimme mit, was sie nicht deuten konnte. Sie wunderte sich, warum er gleich am Tag nach ihrer Ankunft eine solche Reise mit ihr unternehmen wollte.

»Morgen schon?«, fragte sie.

Er sah sie etwas verlegen an, so als fühlte er sich in seiner Haut nicht wohl. »Da ist jemand, der möchte dich kennenlernen.«

Ehe Franziska etwas erwidern konnte, rollte der altmodische, Dieseldämpfe ausstoßende Bus vor die Haltestelle, sodass sie gar nicht mehr auf den sonderbaren Vorschlag reagieren konnte. Der Bus war nahezu voll, doch ergatterte Janno einen Sitzplatz für sie, während er selbst eine ganze Weile lang stehen musste und sich an einer Stange festhielt. Während der gesamten Fahrt vermied er es, sie anzusehen. Erst als sie ihr Ziel, eine Plattenbausiedlung außerhalb der Stadt, erreichten, nickte er ihr auffordernd zu. Seine Eltern – beide wirkten ungewöhnlich alt auf sie – standen frierend an der Bushaltestelle und nahmen sie überaus herzlich in Empfang.

Am nächsten Morgen wartete ihre Gastmutter mit einem mehr als reichlichen Frühstück auf sie. Wieder spürte Franziska die große Herzlichkeit, die ihr entgegengebracht wurde. Dennoch war da etwas im Blick der alten Frau, was ihr Unbehagen bereitete. Wann immer diese sich unbeobachtet fühlte, ruhten ihre Augen auf Franziska, drückten Mitleid aus, was sie, Franziska, nicht näher einordnen konnte. Warum um alles in der Welt sollte diese Frau, die sie kaum kannte, Mitleid mit ihr empfinden? Franziska versuchte die Verunsicherung, die sie plötzlich empfand, wegzulächeln und mit ihrer Gastmutter ins Gespräch zu kommen. Dies erwies sich jedoch als nahezu unmöglich, da die alte Frau des Deutschen kaum mächtig war, lediglich einige Brocken der fremden Sprache sprechen konnte.

So breitete sich trotz aller Herzlichkeit eine gedrückte Stimmung aus, was nicht besser wurde, als Janno in den Raum trat. Auch er wirkte seltsam unglücklich, sodass Franziska von ihm wissen wollte, ob etwas passiert sei. Janno schüttelte nur den Kopf und fragte, ob sie bereit sei. Der Bus ginge in wenigen Minuten.

Bislang hatte sich noch keine Gelegenheit ergeben, Janno nach dem näheren Grund für die seltsame Reise zu fragen, aber Franziska hatte den Eindruck, dass alles bereits geplant und organisiert war. Es schien für sie als Gast keine andere Möglichkeit zu geben – wollte sie sich nicht grob unhöflich verhalten –, als dem Wunsch Jannos Folge zu leisten. Die Worte ihrer Mutter kamen ihr in den Sinn, die ihr ans Herz gelegt hatte, sich über nichts Ungewöhnliches zu wundern. Und als sie nun näher darüber nachdachte, ging ihr plötzlich ein Licht auf, und sie war sich mit einem Mal fast sicher, dass Jannos eigenartiges Verhalten nur so gedeutet werden konnte, dass sie in Kürze ihren bislang unbekannten Vater treffen sollte, Janno ihr dies aber nicht verraten wollte. Was sie nicht verstand, war die gedrückte Stimmung, die Janno ausstrahlte – und das geheimnisvolle Getue, mit dem er sich umgab.

Der Bus war nicht so voll, wie der, mit dem sie am Tag zuvor gefahren waren, sodass sie beide nebeneinander Platz fanden. Noch immer schien Janno nicht bereit, über das zu sprechen, was sie erwartete. So blickte sie auf die Landschaft hinaus, durch die sie fuhren. Nachdem sie Tallinn mit der schönen Altstadt verlassen hatten, hatte sich das Bild drastisch verändert. Kahle Äcker, auf denen teilweise noch Schnee lag, zogen vorbei. Verstreut lagen graue Wohnhäuser, von rohen Holzzäunen umgeben. Alles wirkte ländlich und machte den Eindruck unendlicher Eintönigkeit.

»Wie lange fährt man bis Tartu?«, fragte Franziska.

Janno zuckte zusammen, schien meilenweit entfernt mit seinen Gedanken. »Bis Mittag etwa … noch drei Stunden«, sagte er dann. »Einmal quer durch unser Land … das sind vielleicht 200 Kilometer.« Er lachte, dann versank er wieder in Schweigen.

Franziska rutschte auf ihrem Sitz hin und her. Der Bus war alt und die Sitze unbequem. Sie ließ ihren Blick schweifen, betrachtete die Menschen – die meisten dösten vor sich hin. Selbst die wenigen Kinder, die mitfuhren, wirkten müde und ohne Leben. Ein Gefühl der Trauer überkam sie, die düstere Stimmung im Bus deprimierte sie. Eigentlich sollte sie sich freuen, dachte sie. Vielleicht würde sie in wenigen Stunden ihrem Vater gegenüberstehen – ihrem Erzeuger, korrigierte sie sich.

Zu Hause hatten sie nie über einen Vater gesprochen. Einmal hatte sie jedoch – da war sie noch sehr klein gewesen – in Mamas Nachtkästchen herumgewühlt, als ihr das Foto eines älteren, dunkelhaarigen Mannes mit einem beeindruckenden Schnurrbart in die Hände gefallen war. Wie ein Walross hatte er ausgesehen. Auf der Rückseite war etwas gestanden, was sie nicht lesen konnte. Sie hatte es schnell weggelegt und ein schlechtes Gewissen gehabt. Mama wollte sicher nicht, dass sie in ihren Geheimnissen wühlte. Eine Zeit lang hatte sie das Bild jedoch vor Augen gehabt – vor allem beim Einschlafen –, aber bald schon war es verblasst, und als sie später versucht hatte, sich zu erinnern, war nichts davon übrig geblieben.

Sie blickte zur Seite, sah, dass Janno eingenickt war. Welch ein Zufall, dachte sie, dass er ihren Vater kannte. Wenn es denn stimmte, was sie vermutete. Plötzlich kamen ihr starke Zweifel. Ihre Fantasie war mit ihr durchgegangen. Vielleicht hatte sie sich da in eine Idee verrannt und die Person, die sie treffen sollte, war jemand völlig anderes, nicht ihr Vater. Warum sollte denn gerade der Sohn ihrer Gastfamilie sie zu ihrem Vater bringen? Wenn das der Fall war, dann konnte es kein Zufall sein. Dann hatte jemand Janno ausgesucht, ihn zu seinem Werkzeug gemacht. Wer aber sollte das sein? Ihr unbekannter Vater selbst? Oder Mama? Sie war sich sicher, dass ihre Mutter solch ein Intrigenspiel niemals in Szene setzen konnte. Mag sein, dass sie dabei mitgespielt hatte, aber nicht mehr. Wer aber hatte die Fäden in der Hand? Vor allem blieb die Frage, warum das Ganze so geheimnisvoll ablief. Ob das alles mit den mysteriösen Vorgängen zusammenhing, von denen Mama gesprochen hatte, Dinge, die sich vor langer Zeit zugetragen hatten? Wieder und wieder kreisten ihre Gedanken, ohne zu einem Ergebnis zu führen. Das Brummen des alten Dieselmotors, die Wärme, die sich im Bus ausgebreitet hatte, und die Tatsache, dass sie in dem fremden Bett ihrer Gastgeber eine eher unruhige Nacht verbracht hatte, führten schließlich dazu, dass sie in einen oberflächlichen Schlaf verfiel, aus dem sie gelegentlich hochschreckte, um gleich darauf wieder einzunicken.

Sie erwachte vom schrillen Kreischen der Bremsen. Janno hatte sich bereits erhoben und langte nach den Taschen, die sie im Gepäcknetz verstaut hatten. Er blickte mit einem eigenartigen Gesichtsausdruck auf sie herab.

»Wir haben unser Ziel erreicht. Wir sind in Tartu.« Er deutete mit der Hand zum Fenster. Es nieselte leicht und sie sah, wie die Menschen, die den Bus verließen, verdrießlich in den Himmel schauten. Einige öffneten ihre Regenschirme oder zogen Kapuzen über ihre Köpfe.

»Und jetzt?«, fragte sie.

»Zur Uni.« Er deutete vage in die Richtung, in die die meisten der soeben Angekommenen marschierten. Wie es schien, ging es dort ins Stadtzentrum.

»In der Uni gibt es eine Mensa, wo wir etwas zu essen bekommen, wenn wir uns beeilen. Hast du Hunger?«

Franziska nickte. Trotz des üppigen Frühstücks hatte sich ihr Magen bereits mehrmals im Schlaf gemeldet und die Aussicht auf eine warme Mahlzeit gefiel ihr. Zum Glück war es vom Busbahnhof zur Uni nicht sehr weit, und schon nach etwa zehn Minuten erreichten sie das Hauptgebäude, das trotz der widrigen äußeren Umstände – es regnete mittlerweile ziemlich heftig – einen imposanten Eindruck machte. Nachdem sie durch das riesige Eingangstor ins Trockene geflüchtet waren, konnte sie ihre Neugier nicht länger unterdrücken.

»Werden wir jetzt deinen Unbekannten treffen?«, fragte sie Janno. »Meinen Vater?« Sie spürte, dass ihre Stimme etwas verloren klang. Fast als habe sie Angst vor dem, was kommen würde.

Janno schüttelte den Regen aus seinen Haaren, ehe er sich zu ihr umwandte.

»Dein Vater ist tot«, sagte er dann. »Tut mir sehr leid.«

18 MIHHAIL

An diesem grauen, verregneten Tag, irgendwann am frühen Nachmittag, hatte Franziska das Gefühl, im Inneren eines Labyrinths gelandet zu sein, ohne Hoffnung auf Entkommen. Janno hatte sie durch das scheinbar unendliche Gewirr von Gängen und Fluchten, von lichten Räumen, von Treppen und Stockwerken herumgelotst, bis sie schließlich vor der halb geöffneten Tür eines Büros standen, aus dem Schwaden beißenden Pfeifenrauchs drangen. Sie war sich in diesem Augenblick sicher, den Weg zurück zum Ausgang ohne fremde Hilfe nie mehr finden zu können – ein schrecklicher Gedanke.

Das kleine Büro erwies sich, nachdem sie hinter Janno eingetreten war, als eine richtige Gelehrtenstube, in der sich eine Unmenge von Büchern und Papieren auf deckenhohen Regalen stapelte, sodass von den Wänden kaum noch etwas wahrzunehmen war. … In der Mitte des Raumes stand ein viel zu mächtiger Schreibtisch – auch er über und über bedeckt von teilweise geöffneten Wälzern, dicken Schwarten und ungeordneten Papierbergen –, der das Zimmer noch kleiner wirken ließ, als dies ohnehin der Fall war. Neben den Papieren und Büchern fand lediglich ein Aschenbecher aus verschnörkeltem Gusseisen Platz. Darin, in einem Berg von Asche, lagen drei Pfeifen mit angebissenen Mundstücken. Das einzige Fenster im Zimmer war – wohl wegen des Regens – geschlossen, der Qualm über dem Schreibtisch nahezu undurchdringlich.

Der Mann, der sich bei ihrem Eintritt schwerfällig hinter dem Schreibtisch erhob, war von eher durchschnittlicher Größe, umso beeindruckender dagegen sein mächtiger Schädel, der von wild wucherndem Haargestrüpp umrahmt war. Ehe er Franziska die Hand reichte, nahm er die qualmende Pfeife aus dem Mund und legte sie vorsichtig in den Aschenbecher zu den anderen.

»Du bist also Franziska«, sagte er in tadellosem Deutsch. Franziska, die die Hand zurückgezogen hatte, nickte.

»Ich bin Mihhail«, fügte er dann mit tiefer Stimme hinzu, die Franziska an das Brummen eines Bären erinnerte. »Dein großer Bruder. Es tut mir sehr leid …«

Franziska wusste nicht, was ihm dabei leidtat, und wartete darauf, dass er lachen würde, wie nach einem schlechten Witz, aber nichts dergleichen geschah.

»Mein Bruder …?«

Von einem Bruder hatte sie nichts gewusst. Sie nahm ihre Stimme wie aus weiter Ferne wahr, als würde sie nicht zu ihr gehören. Sie hatte also einen Bruder. Einen Bruder, der in diesem Augenblick vor ihr stand. Einen Bruder und einen toten Vater. Einen toten Vater …

»Mein Vater«, fuhr der Mann fort, der soeben behauptet hatte, ihr Bruder zu sein, um sich sogleich zu verbessern, »unser Vater ist tot, ist Opfer eines feigen Mordes geworden. Wir wissen nicht, was passiert ist. Man hat seine Leiche in unserem Ferienhaus außerhalb der Stadt gefunden. Das war vor vier Tagen …« Zum ersten Mal schien er Franziska bewusst wahrzunehmen. »Das alles muss schrecklich für dich sein.«

Er sagte es ohne jegliche Empathie, als seien ihm ihre Befindlichkeiten im Grunde nicht so wichtig. Franziska blickte auf Janno, der hinter ihr stand und sich sichtlich unwohl fühlte. Man musste ihr erklären, was hier los war, dachte sie. Was um Himmels willen bedeutete all dies?

»Du hast es gewusst?«

Janno nickte und deutete verlegen auf den Mann, der sich als ihr Bruder vorgestellt hatte. Er zuckte mit den Schultern.

»Professor Tolman hat mich und auch meine Eltern gebeten zu schweigen. Er wollte dir die schlimme Nachricht selbst überbringen. Das alles ist ganz schrecklich …«

Ihr Bruder hieß also Tolman, Mihhail Tolman, und war, wie es den Anschein hatte, Professor an der hiesigen Universität. Sie starrte ihn an. Wie alt er wohl war? Es fiel ihr schwer, ihn einzuschätzen. Der Bart und die wirr abstehenden Haare ließen ihn älter erscheinen, als er vermutlich war.

»Wer war mein Vater?«

Ihre Frage war wie ein Seufzen und sie fürchtete, gleich in Tränen auszubrechen. Weder Janno noch Mihhail gaben ihr eine Antwort. Vielleicht ahnten sie ja, dass sie die Frage in erster Linie an sich selbst gerichtet hatte. Während all der Jahre hatte sie nur selten daran gedacht, dass es irgendwo auf diesem Planeten einen Vater geben musste – und jetzt, wo dieser drauf und dran gewesen war, plötzlich und unerwartet in ihr Leben zu treten, musste so etwas geschehen.

»Bei uns passieren in letzter Zeit viele Morde … viel zu viele. Das hängt damit zusammen, dass sich die Menschen erst an das neue Leben gewöhnen müssen … unsere neue Freiheit … Dazu kommt, dass wir uns in einem Land befinden, in dem noch so vieles passieren kann … Alles ist ungewiss …«

Mihhails Worte verhallten. Franziska wusste nicht, was sie darauf hätte erwidern können, und auch Janno schwieg.

Ihr wurde bewusst, dass sie noch immer standen und ohne auf eine Einladung zu warten, setzte sie sich auf einen der Besucherstühle. Mihhail folgte ihrem Beispiel und nahm wieder hinter seinem Schreibtisch Platz. Janno dagegen trat von einem Bein auf das andere, ehe er Franziska bat, sie möge ihm nachsehen, dass er sie mit dem Professor nun allein lassen werde.

»So viele Dinge, die man besprechen muss«, sagte er etwas zusammenhangslos, und ehe sie sich's versah, war er verschwunden, ohne sich vom Professor zu verabschieden oder sich um Franziskas flehende Blicke zu kümmern. Es wirkte wie eine Flucht.

»Kennt ihr euch schon lange?«, fragte sie Mihhail, nachdem sie sich von ihrer Überraschung erholt hatte.

»Eigentlich kenne ich ihn fast gar nicht. Ich habe aber in den letzten Tagen erfahren, dass er Schüler meines Vaters gewesen ist. Du musst wissen, dass Vater regelmäßig Seminare für Studenten abgehalten hat, die später einmal Lehrer werden wollen. Janno war wohl einer davon …«

Wie seltsam, dachte Franziska. Da war sie, die Verbindung zwischen Janno und ihrem Vater. So manches begann plötzlich einen Sinn zu ergeben.

»Gibt es eine Fotografie von meinem … unserem Vater?«

Mihhail nickte und begann, in seinem Schreibtisch zu kramen. Schließlich zog er eine Aufnahme hervor, die er Franziska hinhielt. Das Bild war schlecht, zeigte eher verschwommen einen etwa 60- bis knapp 70-jährigen Mann mit einem imposanten Schnurrbart, der streng in die Kamera blickte. Franziska erinnerte sich an die Fotografie, die sie vor vielen

Jahren im Besitz ihrer Mutter gefunden hatte. Zumindest der Bart – auch wenn er früher von tiefem Schwarz gewesen war – kam ihr bekannt vor.

»Das ist unser Vater Jurij. Hast du gewusst, dass du ihn während deiner Reise treffen solltest?«

Franziska schüttelte den Kopf. »Mama hat etwas angedeutet, aber wir haben nicht richtig darüber gesprochen …«

Mihhail griff nach seiner Pfeife, musste feststellen, dass sie mittlerweile erkaltet war. Er runzelte unwillig die Stirn, verzichtete jedoch darauf, sie erneut in Gang zu setzen. Er blickte Franziska in einer Weise an, als sei es für ihn unverständlich, dass sie nichts über ihren Vater wusste.

»Du weißt nicht, wer dein Vater war?«

Franziska hob und senkte die Schultern. »Mama hat nie über ihn gesprochen …«

»Professor Jurij Tolman, unser Vater, war einer der herausragenden Vertreter dieser Universität. Ein Gelehrter mit internationalem Renommee …«

»Was für ein Professor war er denn?«

Mihhail blickte sie wiederum völlig entgeistert an, als wunderte er sich, dass ihr dies nicht bekannt war. Er lachte kurz auf, was wie ein Bellen klang.

»Unser Vater war Professor für Literatur, mit Schwerpunkt …« Er verstummte und machte eine wegwerfende Handbewegung, als sei es ohne Belang, womit sich ihr Vater im Detail beschäftigt hatte.

»Hat er je von mir gesprochen … und von meiner Mutter?«

Mihhail blickte an ihr vorbei zum Fenster, von dem die Regentropfen perlten. Auf Franziska wirkte er in diesem Moment verbittert, als könne er die Jugendsünde seines verehrten Vaters nicht akzeptieren.

»Nein, niemand in der Familie hatte auch nur ansatzweise eine Ahnung, dass Vater …« Er unterbrach sich. »Vielleicht Mutter … aber auch sie hat niemals darüber gesprochen. Nichts hat darauf hingedeutet, dass mein strenger Vater je untreu gewesen ist. Die beiden haben zusammengelebt, wie das ältere Ehepaare eben tun. Manchmal hatte man den Eindruck, dass sie sich etwas aus dem Weg gehen, dass jeder sein eigenes Leben lebt, aber …«

Franziska starrte auf die Bücherwand hinter Mihhail. Warum hatte ihr Vater nur ein solches Geheimnis aus ihrer Existenz gemacht? Sie wollte es nicht verstehen – und doch, vielleicht hatte er sich ja vor seiner Familie geschämt? Möglich auch, dass er gar nicht geahnt hatte, dass er Vater einer Tochter geworden war. Ob Mama ihm von ihrer Schwangerschaft überhaupt erzählt hatte? Nicht einmal das wusste sie.

Der Gedanke lenkte sie ab. Dabei war sie sich der vielen Fragen und Ungereimtheiten bewusst.

»Unser Vater war im Übrigen auch für das Austauschprogramm mit der Universität Regensburg verantwortlich. Sicher kein Zufall. Was denkst du?« Mihhail blickte an ihr vorbei, als fiele es ihm dadurch leichter, seine Gedanken zu konzentrieren.

Nein, das war bestimmt kein Zufall. Immer deutlicher wurde ihr die Tatsache bewusst, dass ihre Reise nach Estland von langer Hand geplant worden war, dass Mama und ihr Vater noch immer Kontakt gehabt hatten, und dass ihre Reise augenscheinlich nur die Begegnung mit ihrem Vater zum Ziel gehabt hatte.

»Wie hast du …« – das Du war ihr von Anfang an überraschend leichtgefallen – »wie hast du dann überhaupt erfahren, dass es mich gibt, wenn in eurer Familie nie darüber gesprochen wurde?«

»Die Polizei hat einen Brief gefunden, den Vater von deiner Mutter erhalten hat. Darin kündigt sie deine Ankunft in Tartu an. Auch dass du eine Woche bei Janno und seinen Eltern verbringen würdest, wurde durch den Brief ersichtlich. Du siehst, bis vor drei Tagen wussten wir nicht, dass es dich gibt. Erst Vaters gewaltsamer Tod hat alles verändert … Ein Schock für uns alle. Die Familie hat daraufhin beschlossen, zu warten, bis du in Tartu ankommst. Gestern haben wir dann Kontakt mit Janno aufgenommen … Dich selbst durften wir auf Anweisung der Polizei nicht benachrichtigen. Der Polizist, der den Fall leitet, ein Oberst Ansip, fürchtete, du würdest deine Reise unter diesen Umständen nicht antreten.«

»Und meine Mutter?«

»Deine Mutter wird Besuch von der deutschen Polizei bekommen. Unsere Polizisten haben wohl auch einige Fragen … Aber mach dir keine Sorgen.«

»Weiß meine Mama schon …?«

Mihhail zuckte mit den Schultern. »Ich denke, dass sie die Nachricht in der Zwischenzeit erhalten hat. Wenn du willst, kannst du sie später von unserem Sekretariat aus anrufen.«

Franziska war sich nicht sicher, wie ihre Mutter die Schreckensmeldung aufnehmen würde. Wieder fiel ihr ein, wie euphorisch sie gewesen war, als sie ihr von der Reise nach Estland erzählt hatte, und wie sie sie gedrängt hatte, daran teilzunehmen. Warum war ihr das so wichtig gewesen? Ihretwegen? Ging es nur darum, Vater und Tochter nach all den Jahren zusammenzubringen? Vielleicht war da ja noch mehr? Wusste sie denn, ob ihre Mutter nicht noch immer dem Mann von damals nachtrauerte? Gab es gar – dieser Gedanke ging ihr auch durch den Kopf –, gab es noch einen weiteren Grund, etwas, was ihr bislang nicht ersichtlich geworden war? Hing vielleicht alles mit dem Geheimnis zusammen, von welchem Mama gesprochen hatte?

»Weiß man schon, warum … unser Vater umgebracht wurde?«

»Nein. Die Polizei hat einen Verdächtigen festgenommen, einen Russen, aber sie tappen noch immer im Dunkeln. Der Mann wird gerade verhört.«

»Ein Russe?«

»Das ist kein Zufall. In Estland gibt es eine russische Bevölkerung, die von den Einheimischen mit großem Misstrauen betrachtet wird. Die meisten dieser Russen sind vor Jahren als Arbeiter ins Land gekommen. Sie sprechen kaum ein Wort Estnisch und sind recht verhasst, weil sie sich während der sowjetischen Besatzungszeit breitgemacht haben. Wenn also ein Verbrechen begangen wird, sind die Russen meist die ersten, die in Verdacht geraten. Aber nicht immer sind sie auch die Schuldigen.«

»Und dieser Mann?«

»Er wurde in der Nähe des Tatorts gesehen. Allerdings behauptet er, lediglich eine Ausländerin mit dem Taxi befördert zu haben … Wer weiß? Ich hoffe, dass die Polizei den Schuldigen findet, auch wenn ich nicht besonders zuversichtlich bin.«

Das Gespräch brach ab. Mihhail schien tief in Gedanken versunken zu sein. Franziska fragte sich, was sie von ihrem neuen Bruder halten sollte.

Oberst Ansips Stimme wirkte auf Franziska einschläfernd, regelrecht provozierend. Dabei entsprach seine Erscheinung nicht dem Bild, das sie sich von einem hochrangigen Polizisten einer ehemaligen Republik des Ostblocks gemacht hatte.

Was hatte sie auch erwartet? Der Mann war klein, ein bisschen feist und strahlte sie aus wässrigen, blauen Augen an. Ohne sich zu erheben, zeigte er auf einen Stuhl und bat sie, Platz zu nehmen. Als er ihre Verwunderung bemerkte, dass er dies in passablem Deutsch tat, grinste er selbstgefällig. Er habe drei Jahre an einer Polizeischule in Leipzig verbracht und dort auch seine Frau kennengelernt. Allein schon deswegen liebe er Deutschland – vor allem die DDR. Er lachte, als er dies sagte.

»Was hat Sie denn in unser schönes Estland geführt?«

Was für eine scheinheilige Frage. Franziska mochte den Oberst nicht. Er wirkte verschlagen auf sie, und irgendetwas an seiner Frage machte sie wütend. Machte er sich über sie lustig? Sie war sicher, dass er ganz genau wusste, was der wahre Hintergrund für ihre Reise war.

»Eine Studienreise, die von der Universität Regensburg organisiert wird …«

»Ah, ich verstehe.« Er nickte. »Mir wurde gesagt, dass Ihre Mutter Sie auf diese Reise geschickt hat.«

»Nicht geschickt. Sie wollte, dass ich daran teilnehme. Das ist alles.«

»Natürlich.« Er lachte, als erheitere ihn ihre Aussage.

»Wussten Sie, dass Sie Ihren Vater auf dieser Reise treffen sollten, und auch, dass Ihr Vater hier in Tartu eine Berühmtheit ist? Einer unserer fähigsten Wissenschaftler?«

»Nein. Meine Mutter hat den Namen meines Vaters nie erwähnt.«

»Empfinden Sie das nicht als eigenartig?«

Franziska zuckte mit den Schultern, wusste nicht, was sie sagen sollte. Irgendwo hatte er ja recht.

»Nun, wir haben ein bisschen in der Vergangenheit des Professors gestöbert und gesehen, dass er sich 1965 in Ostberlin aufgehalten hat. Vermutlich hat er ja da Ihre Mutter kennengelernt … Zumindest würde das zu den Angaben in Ihrem Personalausweis passen, Frau Bischoff … Geburtsjahr 1966, geboren in Ostberlin.«

Plötzlich kam sie sich nackt und schutzlos vor. »Woher wissen Sie das?«

Wieder lachte der Oberst, als habe sie einen umwerfend komischen Satz von sich gegeben. »Wir sind die Polizei, mein Fräulein. Wir wollen wissen, wer unser Land besucht …«

»Was hat das alles mit dem Tod meines Vaters zu tun?«

Ansip zog eine zerknautschte Zigarettenschachtel aus der Tasche seiner Uniformjacke. »Gestatten Sie?«, fragte er und bot ihr eine Zigarette an. Sie lehnte ab, wartete nach wie vor auf eine Antwort. Ansip ließ sich Zeit, ehe er, nachdem er eine Rauchwolke ausgestoßen hatte, erwiderte: »Das wissen wir nicht. Auf den ersten Blick sieht alles nach einem gewöhnlichen Raubmord aus. Aber es fehlt nichts im Ferienhaus der Familie Tolman. Das haben uns seine Frau und auch sein Sohn bestätigt.«

»Mihhail … Herr Tolman … hat von einem Russen gesprochen, der verhaftet worden ist. Was ist mit ihm?«

Ansip lächelte nachsichtig und betrachtete den hochsteigenden Rauch. »Ein Mann aus dem Milieu. Wir haben schon seit Langem ein Auge auf ihn geworfen. Aber im Grunde ist er nur ein Kleinkrimineller, der mehrfach im Gefängnis gesessen hat, wegen Diebstahl und anderer kleinerer Delikte … Devisenschmuggel, Frauenhandel … In solchen Fällen werden fast immer erst Angehörige der russischen Bevölkerungsgruppe verhaftet. Ein Automatismus seit einiger Zeit … Aber im Fall Ihres Vaters spricht einiges gegen eine solch einfache Lösung.«

Franziska erinnerte sich an Mihhails Worte, der von den Spannungen zwischen Esten und Russen gesprochen hatte. Auch Anneli Tobak hatte solches erwähnt, dazu das Bestreben der Esten, sich von der Sowjetunion zu lösen. Soweit sie es verstanden hatte, mussten nach den politischen Umwälzungen, die während der letzten Jahre stattgefunden hatten, die in Estland lebenden Russen oftmals als Sündenböcke für alles Mögliche herhalten. Was aber steckte hinter den Worten des Obersts, dass es keine einfache Lösung gäbe?

»Wir haben«, fuhr der Oberst fort, »Hinweise erhalten, dass Professor Tolman an jenem Abend Besuch von einer Frau erhalten hat. Die Tatsache, dass man weder an Türen noch Fenstern Einbruchsspuren feststellen konnte, lässt darauf schließen, dass er seinen Mörder oder seine Mörderin freiwillig in die Wohnung ließ. Das hat auch der Mann, den wir festgenommen haben, bestätigt. Nach seiner Aussage handelt es sich jedenfalls nicht um eine Estin, eher um eine Deutsche oder Österreicherin. Wer aber ist diese Frau?«

Ansip lehnte sich zurück und starrte sie aus kleinen Augen an, als erwarte er von ihr eine Antwort. Er drückte seine Zigarette im Aschenbecher aus, klopfte Aschereste von seiner Jacke und fuhr dann mit einem Lächeln fort: »Unser Russe, der gerade von unseren Spezialisten verhört wird, ist im Übrigen erstaunlich kooperativ. Er hat die Frau im Detail beschrieben. Danach muss es sich um eine ausgesprochen attraktive Dame um die 40 – oder ein bisschen älter – handeln … Er sagt, er habe sie im Taxi befördert, sie habe aber ausdrücklich darauf bestanden, später nicht mehr abgeholt zu werden.«

Was soll das Ganze, dachte Franziska. Warum erzählte er ihr all dies? Ansips Lächeln signalisierte, dass er wohl glaubte, Franziskas Gedanken lesen zu können.

»Es war ganz sicher nicht Ihre Mutter. Wir haben das überprüft …«

Franziska wollte schon empört aufspringen – allein der Gedanke war eine Frechheit –, ließ sich aber durch eine Handbewegung des Obersts beruhigen. »Niemand, der Ihre Mutter ernsthaft verdächtigt. Das ist reine Routine. Im Übrigen, der Professor war ein attraktiver, aktiver Mann in seinen besten Jahren, wie man bei Ihnen sagt. Vielleicht also eine käufliche Dame? Nach unseren Informationen hat es in der Vergangenheit des Professors durchaus Besuche von einschlägigen Damen gegeben.« Er lehnte sich etwas nach vorn, schüttelte aber dann voll Bedauern den Kopf, als wollte er damit seine eigene Frage beantworten. »Aber auch das hätten wir mittlerweile herausgefunden … Allerdings sind die Umstände seines Todes gerade in dieser Hinsicht etwas eigenartig.«

»Nämlich?«

»Nun, wenn Sie mir meine Offenheit verzeihen … Ihr Vater trug Handschellen, als ihm die Kehle durchschnitten wurde. Dazu zeigte sein Körper frische Spuren von Gürtelhieben – und er hatte noch kurz vor seinem Tod Geschlechtsverkehr. Natürlich können Sie nicht wissen, ob er sexuelle Neigungen hatte, die vielleicht etwas bizarr waren …« Er schaute sie fragend an, als hoffte er wider Erwarten dennoch auf eine Antwort.

»Weiß mein Bruder …?«

»Nein. Professor Tolman konnte uns diesbezüglich leider auch nicht weiterhelfen.« Oberst Ansip verstummte. Franziska spürte, wie das Unbehagen, das sie zu Beginn des Gesprächs empfunden hatte, zurückkehrte. Eine Weile saßen sie schweigend da. Ein jeder schien seinen Gedanken nachzuhängen.

»Was also …?«

Der Oberst blickte auf. »Wollen Sie meine Theorie hören?«, fragte er. Franziska nickte. »Da kommt jemand in unser Land, versohlt einem unserer bekanntesten Professoren den Hintern, schneidet ihm anschließend die Kehle durch und verschwindet auf Nimmerwiedersehen. Für mich sieht das aus, als wäre da eine alte Rechnung offen gewesen. Das war kein zufälliger Mord, das war eine Tat, deren Hintergründe in der Vergangenheit des Professors zu suchen sind … Opfer und Täter haben sich gekannt. Was wir nicht wissen, ist, was die beiden verbunden hat – von dem bisschen Sadomaso abgesehen … Und ob wir das je herauskriegen, steht in den Sternen. Vielleicht kann uns ja Ihre Mutter weiterhelfen?«

Er wartete eine Weile, und als Franziska nichts darauf antwortete, erhob er sich, reichte ihr die Hand. »Gute Reise und grüßen Sie mir Deutschland.«

Dann verließ er ohne ein weiteres Wort das Zimmer. Franziska blickte ihm verwirrt hinterher. Ein Gedanke begann sich in ihrem Kopf auszubreiten. Was Mama nur zu all dem sagen würde?

19 ANNA

»Zwei Nächte, das war alles.«

Mama weinte, aber ihre Tränen waren kalt. Zu viele Jahre waren seit damals ins Land gegangen und so war es eher die Trauer über die Unaufhaltsamkeit der Zeit, die sie übermannte, als der Verlust ihrer großen Liebe. Als die Polizei sie vorgeladen hatte, war ihre erste besorgte Frage gewesen, ob es Franziska gut ginge. Erst nachdem man ihr versichert hatte, dass alles in Ordnung sei und ihre Tochter mit einem der nächsten Flüge nach Deutschland zurückkehren würde, war sie beruhigt gewesen. Langsam war die schlimme Nachricht in ihr Denken eingedrungen, doch war es vor allem die Absurdität eines gewaltsamen Todes, die sie aufgewühlt hatte. Zu irreal war die Vorstellung. Der Mann jedoch, der da im fernen Estland getötet worden war, war nicht der Jurij, in den sie sich vor einer Ewigkeit unsterblich verliebt hatte, war nicht der, dem sie sich in zwei längst vergessenen Nächten hingegeben hatte. Es war ein Fremder, mit dem sie in den letzten Jahren in Briefkontakt gestanden, mit dem sie Probleme des täglichen Lebens besprochen hatte. Nicht mehr. Und selbst die Tatsache, dass er der Vater ihrer Tochter war, hatte ihn ihr nicht mehr nähergebracht. Zu groß und unüberbrückbar war die Ferne zwischen ihnen gewesen.

»Und danach? Was war nach diesen beiden Nächten?«

»Nichts. Jurij musste zurück an seine Uni. Er war drauf und dran Karriere zu machen. Seine Forschungsergebnisse waren wohl außergewöhnlich in der damaligen Zeit und machten selbst im Westen Eindruck. Aber er musste vorsichtig sein … Schließlich hatte er Familie …«

»Und du? Was war mit dir?«

»Ich blieb zurück in Ostberlin, wollte auf ihn warten …«

»Aber er kam nicht mehr? Ließ nichts mehr von sich hören, nicht wahr?«

»Nein, nein, so war das nicht! Am Anfang hat er regelmäßig geschrieben, aber dann, irgendwann kamen die Briefe immer seltener und … schließlich verloren wir uns dann ganz aus den Augen.«

Franziska betrachtete ihre Mutter, versuchte zu verstehen, was in ihr vorging. »Hast du ihm denn nicht geschrieben, dass du schwanger bist?«

»Nein, das wollte ich nicht. Damals hätte ich mich geschämt, wenn ich ihn damit unter Druck gesetzt hätte … Ich habe auf ihn gewartet, aber bald schon war mir klar, dass es für mich bei den beiden Nächten bleiben würde … Aber es waren zwei wundervolle Nächte, die mir niemand mehr nehmen konnte.«

»Warst du deshalb immer so traurig? Weil er nicht mehr zu dir zurückgekommen ist?«

»Ach, nein. Wie kommst du nur darauf? Das war damals eine wilde Zeit – selbst im Osten –, ganz anders als heute. Alles war viel freier und spontaner, und auch wir hatten Hoffnungen …«

Franziska blickte sie skeptisch an. Was sollte das heißen? Ihr war Mama stets traurig und pessimistisch erschienen. Als würde sie unter einer Last leiden. Das hatte sie in der letzten

Zeit immer stärker beunruhigt, vor allem weil sie nach der Geburt ihrer Tochter auch an sich diese eigenartige Schwermut bemerkt hatte.

»Warum laufen wir dann immer mit einem traurigen Gesicht herum, wir Frauen?«

Ihre Mutter lachte. »Das haben wir in unserem Blut, in unseren Genen. Auch meine Mutter, deine Oma, war immer schwermütig und ohne große Freude am Leben. Und soweit ich weiß, ist das auch bei ihrer Mutter ganz ähnlich gewesen. Generationen von melancholischen Frauen, die das Leben als bedrückend empfinden ... Vielleicht das Erbe deiner Urgroßmutter und deines Urgroßvaters.« Sie zuckte mit den Achseln, um dann das Thema zu wechseln. »Was wollte denn nun der Polizist in Tartu von dir?«

Franziska dachte nur ungern an das Verhör zurück, an den kleinen rundlichen Mann mit den kalten Augen.

»Ich glaube, er denkt, dass du etwas weißt, was ihm helfen könnte, den Fall zu lösen ...«

»Was für ein Unsinn. Was sollte ich denn wissen?«

»Nach der Theorie des Obersts hat eine Frau deinen Jurij ermordet. Sie haben Sex gehabt und anschließend hat sie ihm die Kehle aufgeschlitzt. Einfach so ... Es ist aber bis jetzt im Dunklen, warum diese Frau das getan haben soll. Auf der anderen Seite wird mein Vater ausgerechnet zu einem Zeitpunkt ermordet, an dem ich plötzlich aufkreuze. Als wollte jemand mit allen Mitteln verhindern, dass wir beide zusammentreffen. Schon irgendwie komisch ... Ich hatte den Eindruck, dass der Oberst dahinter einen Zusammenhang vermutet.«

Anna nickte. Es schien, als würde sie sich einen Ruck geben. »Es gibt einen Zusammenhang ... vielleicht ...« Und dann begann sie zu erzählen. Von jenem Morgen, als Jurij in den Zug nach Tallinn stieg. »Wir haben uns die ganze Nacht geliebt. Jurij war viel älter als ich, aber es war unbeschreiblich schön mit ihm. Er war sehr zärtlich und aufmerksam … und er war der erste Mann in meinem Leben. Alles war ganz selbstverständlich und ich war glücklich. Auch er hatte sich in mich verliebt, da war ich mir ganz sicher …«

»Warum ist er dann nicht bei dir geblieben?«

Anna zuckte mit den Schultern. »Er war verheiratet, hatte einen Sohn, seine Arbeit an der Uni, seine Forschungen. Das konnte er nicht einfach aufgeben.«

»Unsinn. Wenn er gewollt hätte, hätte es doch sicher einen Weg gegeben.«

»Na ja, diesen Weg hätte es schon gegeben, aber irgendetwas ist passiert, wovon ich nichts weiß. Wir haben in jenen beiden Nächten Pläne geschmiedet …«

»Aus denen aber nichts wurde.«

Anna nickte. »Jurij wollte sich von seiner Frau trennen, wollte seine Familie aufgeben, seinen Sohn, und mit mir etwas Neues aufbauen.«

»Wo? In Ostberlin?«

»Nein. Wir wollten irgendwann in den Westen. Jurij war als Wissenschaftler ziemlich bekannt und hätte vielleicht an einer westdeutschen Uni arbeiten können, aber eine Auslandsreise war damals auch für ihn nicht so ohne Weiteres denkbar, wäre nur unter ganz bestimmten Voraussetzungen möglich gewesen. Aber wenn es geklappt hätte, dann hätte er mich zu sich geholt … Richtig daran geglaubt habe ich aber nie. Die hätten uns ohnehin nicht ziehen lassen, nicht uns beide.«

»Was ist denn dann schiefgelaufen?«

»Das weiß ich nicht. Viele Jahre später hat mir jemand – ich bin sicher, es war Jurij – einen Artikel aus einer russischsprachigen Zeitung zugeschickt, in dem stand, dass Jurij eine wichtige Vorlesung an der Münchner Uni halten würde. Da war ich einen Moment lang sicher, dass alles gut werden würde. Aber dann habe ich weitergelesen und es hieß, dass Jurij unmittelbar danach wieder zurück nach Tartu gereist ist.«

»Hast du ihn denn später nicht gefragt, ob er das gewesen ist und was damals passiert ist? Ihr habt euch doch in der letzten Zeit wieder Briefe geschrieben?«

»Natürlich. Aber er wollte nicht darüber sprechen, ist mir ausgewichen. Erst wollte er dich kennenlernen und dann wollte er mir alles erklären. Er hat sogar gesagt, dass er schon einen Brief geschrieben hat, in dem alles steht, was damals geschehen ist.«

Anna zögerte, unterbrach ihre Erzählung. Franziska ahnte, dass an ihrer Geschichte noch etwas fehlte. Wie traurig das Ganze war. Und vor allem, wie passten Mamas Erinnerungen zu dem Bild, das ihr Oberst Ansip von Mamas großer Liebe vermittelt hatte? Jurij, ein alter Mann, der auf Fesselspiele stand.

»Wahrscheinlich hat er sich, als er älter wurde, verändert, oder es hat etwas in ihm gesteckt, das in unseren beiden Nächten noch keine Bedeutung gehabt hat. Vielleicht sind Männer einfach so …«

Einen Moment lang dachte Franziska an Jens, den Vater ihrer Tochter. Ob er irgendwann im Alter auch an solchen Dingen Gefallen finden würde?

»Da war aber noch etwas, nicht wahr?«

Anna nickte. »Ich habe dir ja schon einmal von dem Schatz erzählt, der unserer Familie gehört …«

»Das Manuskript?«

»Damals habe ich einen Fehler gemacht, etwas, das ich nie hätte tun dürfen … Ich habe es Jurij gegeben, zum Abschied am Bahnhof. Ich habe gedacht, dass es ihm … uns … helfen könnte, in den Westen zu gehen. Jurij hat gemeint, mit dem Manuskript würde ihn jede Uni in Westdeutschland nehmen, und dann wäre es ein Leichtes, mich nachkommen zu lassen … Er war halt ein Träumer.«

»Aber es hat nicht geklappt und das Manuskript war futsch …«

Anna blickte Franziska an. »Leider, aber Jurij sollte es ja nicht für immer haben … Es ist schließlich dein Erbe und Jurij wusste, dass es ein Geschenk auf Zeit war. Er wollte es mir zurückgeben, sobald wir im Westen ein neues Leben begonnen hatten … aber daraus ist ja nichts geworden.«

»Und wo ist das Manuskript jetzt?«

»Ich weiß es nicht … Vielleicht hat es ja die Frau, die Jurij getötet hat. Vielleicht musste er deswegen sterben?«

Der folgende Tag, ein Freitag, versprach ein ausgesprochen sonniger Frühlingstag zu werden. Die Temperaturen waren schon bald nach oben geklettert und es schien, als wären die Menschen davon so beeindruckt, dass die Sonne aus ihren Augen zu leuchten begann. Auch Karl-Heinz Arnold spürte, wie ihn diese Stimmung trug, und so absolvierte er seine tägliche Runde prächtig gelaunt und mit großem Schwung. Er war Postbote und liebte seinen Beruf – die viele frische Luft, den Kontakt mit den Menschen, die ihn mochten, und die kleinen Plaudereien mit Hausfrauen, die ihm hin und wieder begehrliche Blicke zuwarfen.

Unter all den Briefen und Rechnungen und dem Werbematerial, das er sauber vorsortiert bei sich trug, war ihm heute vor allem ein Brief aufgefallen, der mit besonders prächtigen Briefmarken vollgeklebt und im fernen Estland aufgegeben worden war.

»Liebesgrüße aus dem Reich des Bösen«, lachte er, als er ihn Anna überreichte, die – wie es schien – schon auf Post gewartet hatte. Zu seinem Erstaunen, und entgegen der allgemein guten Stimmung, erwiderte Anna Bischoff sein Lachen nicht.

DRITTES BUCH

20 ANTON NETSCHEPURENKO

Der Aufenthalt in Riva ist mir wahrlich nicht gut bekommen. Der Arzt im Krankenhaus bei den Barmherzigen Brüdern, der meine Schulter untersucht hat, hat mir geraten, die nächsten Wochen etwas kürzer zu treten, wozu ich aber nicht gewillt bin. Soll doch mein Körper kundtun, ob er Ruhe und Erholung braucht. Zumindest sind die Schmerzen mittlerweile erträglich. Außerdem bemuttert mich Charlotte, was mich zu meiner eigenen Verwunderung in der augenblicklichen Verfassung gar nicht stört. Manchmal, wenn mir Marlowe in den Sinn kommt, fühle ich mich dabei wie ein richtiges Weichei.

Von Professor Farina fehlt nach wie vor jede Spur. Als sei sie vom Erdboden verschluckt. Weder Trotzki noch Gruslburger hatten sie zur Fahndung ausgeschrieben. Eigentlich liege doch nichts Konkretes gegen sie vor … Ich gebe Trotzki recht, auch wenn ihr Verschwinden äußerst merkwürdig ist. Zumindest hat sie mir die Existenz des ominösen Kafka-Manuskripts bestätigt, sodass ich Alexandra, meiner Auftraggeberin, endlich mitteilen kann, wonach ihr verblichener Liebhaber gesucht hat. Ob damit mein Auftrag zu Ende sein wird? Mein Bauchgefühl sagt mir, dass sich Alexandra mit diesem Wissen allein nicht zufriedengeben wird, und ich erinnere mich an unser Gespräch bei Dombrowski am Dom, an die Intensität ihres Blickes, als sie von mir gefordert hat, das zu finden, wonach Antonin Hruby gesucht hat. In der Rückschau erscheint sie mir als eine dieser starken Frauen, die ihre Ziele mit bedingungsloser Konsequenz verfolgen, die selbst einen *tough guy* wie Marlowe in Angst und Schrecken versetzt hätten – von mir nicht zu reden.

Just in dem Augenblick, als ich an Marlowe denke, sehe ich, wie dieser vor meinem Dylan-Poster hinten an der Wand meines Büros steht und seine Blicke über den ewig jungen Troubadour schweifen lässt. *Forever young …*

Marlowe hat ein Glas mit einer ölig-dunklen Flüssigkeit in der Hand, aus dem er gelegentlich trinkt. Ich vermute – wohl nicht zu Unrecht –, dass es sich wieder einmal um seinen Lieblings-Bourbon handelt, so zufrieden, wie er dreinblickt.

»Hi, Marlowe«, sage ich und sehe, wie er sein Glas hebt und mir zuprostet.

»Wie geht's voran?«, will er wissen.

Ich lache etwas gequält und deute auf meine lädierte Schulter. Er grinst, fast ein bisschen verächtlich, wie mir scheint, und winkt ab. Sofort setze ich mich etwas gerader in meinen Schreibtischstuhl und stütze die Hände auf. Schließlich will ich nicht wie ein vermaledeiter Schwächling wirken.

»Wenig Neues«, sage ich dann.

Was ich denn überhaupt in der Hand habe?, will er wissen.

Gute Frage, denke ich und komme ein wenig ins Grübeln. Noch immer herzlich wenig! Zumindest glaube ich mit einiger Sicherheit sagen zu können, dass im Zentrum des Mordfalles ein Manuskript von Kafka stehen muss, welches wohl während eines seiner Aufenthalte in Riva entstanden ist und ungeheuer wertvoll sein muss. Welchen Weg dieses Werk jedoch nach seiner Entstehung genommen hat, ist unbekannt.

Zumindest scheint es sich nicht unter denjenigen befunden zu haben, die Kafka nach seinem Tod dem Feuer überantworten wollte. Nach eigener Aussage hat Professor Farina dieses Manuskript schon in Händen gehalten – wenn man ihr denn glauben kann. Wo aber ist es jetzt? Diese Frage scheinen sich außer Antonin Hruby auch noch andere Personen zu stellen, die, wie ich am eigenen Leib erfahren musste, nicht vor Gewalt zurückschrecken. Ob sie jedoch für den bizarren Mord an Hruby verantwortlich sind, ist – glaubt man einem erfahrenen Mann wie Gruslburger – eher unwahrscheinlich.

Marlowe nickt und schickt sich an, seine Pfeife anzuzünden. Als Nichtraucher bin ich nicht sehr erfreut, wenn in meinem Büro geraucht wird, doch sehe ich es ihm nach. Andere Zeiten … denke ich mir.

»Was ist mit der Frau des Professors? Gibt es Hinweise auf ihren Verbleib?«

Ich schüttle den Kopf, weiß aber, dass ich dieser Frage nachgehen muss.

»Und da ist noch etwas …«

Marlowe produziert mittlerweile so viel Rauch, dass ich ihn nur noch schemenhaft wahrnehme.

»Dieser Professor, der uns überhaupt erst auf die Spur mit Riva del Garda gebracht hat, Professor Tolman … ob der etwas von dem Manuskript gewusst hat?«

Ich erinnere mich an die Ausführungen der trinkfesten Professorin aus Wien. Erinnere mich, dass da eine Spur gewesen ist, der ich nachgehen wollte. Ich will schon Marlowe fragen, ob ihm der Name des Mannes noch präsent ist, der den Artikel über den Professor geschrieben hat, als ich sehe, dass er den Raum verlassen hat. Nur ein Hauch seines würzigen Pfeifenrauchs steigt mir nach wie vor in die Nase.

Ich werde Charlotte nach dem Namen des Mannes fragen müssen. Sie kann sich solche Dinge einfach besser merken …

»Ich war damals blutjung. Neben meinem Volontariat beim Münchner Merkur habe ich gelegentlich Artikel für eine kleine russischsprachige Zeitung geschrieben … die hieß Literaturnaya Gazeta … Schließlich ist Russisch meine Muttersprache.«

Anton Netschepurenko lacht in sich hinein, schlürft an seinem Tee, der ganz grün aussieht und einen Duft nach Kräutern verströmt. Wie er denn nach Deutschland gekommen sei?, frage ich ihn. Wieder lacht er. »Mein Vater hat für die russische Kommandantur in Ostberlin gearbeitet und sich mit meiner Mutter und meiner Wenigkeit noch rechtzeitig in den Westen abgesetzt. Ich war damals neun … Bald darauf wurde dann die Mauer gebaut.«

»Schwein gehabt!«

Er nickt, dann fragt er, ob er mir Tee anbieten dürfe. Ich zögere, aber er ist bereits unterwegs und bringt mir eine Tasse mit dem grünen Gebräu, das er vor mich hinstellt. Aus einer kleinen Flasche schüttet er noch einen gehörigen Schuss einer klaren Flüssigkeit hinzu. »Das dämpft etwas den Geschmack nach Kräutern«, meint er.

Ich probiere vorsichtig, um mir nicht die Zunge zu verbrennen, und bin angenehm überrascht. Anton Netschepurenko, der mich beobachtet hat, wirkt zufrieden. Seine Augen lachen.

»Weißt du doch, Brüderchen, für uns Russen ist Gastfreundschaft heilig …«

Ob er sich denn als Russe fühle?, frage ich. Nach der langen Zeit in Deutschland.

»Einmal Russe, immer Russe«, grinst er.

Ich habe das Gefühl, dass er mich gehörig veralbert, bin ihm aber nicht böse. Dann hole ich den Artikel aus meiner Tasche, den mir Trotzki vor einer kleinen Ewigkeit gegeben hat, und lege ihn meinem Gastgeber vor. Ob er sich erinnern könne, diesen Bericht verfasst zu haben?

»Wissen Sie, wie viele Artikel ich in meinem Leben geschrieben habe?«

»Auf Russisch?«, wende ich ein.

»Na gut.«

Schließlich vertieft er sich doch in den Text. Gelegentlich schnalzt er mit der Zunge, was mich an Dr. Kowalewskaja erinnert, die bei der Lektüre des Zeitungsausschnitts ähnliche Geräusche von sich gegeben hat. Ich schlürfe von meinem Tee und spüre fast sofort eine angenehme Müdigkeit, die sich meiner bemächtigt. Ich vermute, dass dies an den Kräutern liegt, die auch für das Giftgrün des Gebräus verantwortlich sind. An anderes will ich gar nicht denken.

»Ja, da klingelt was«, meint Netschepurenko nach einer Weile. »Natürlich kann ich mich an den Professor erinnern. Tolman war damals ein Star unter den Literaturwissenschaftlern, der sich vorwiegend mit …«

»Kafka beschäftigt hat.«

Mein Gastgeber schüttelt den Kopf. »Nein, nein. Tolman hat sich mit der Struktur literarischer Texte beschäftigt, war Strukturalist. Das war damals ein recht neuer Ansatz … Aber Kafka? Nicht, dass ich wüsste.«

Ich bin etwas verwundert, auch wenn ich mich erinnern kann, dass selbst Dr. Kowalewskaja Tolman nicht als ausgewiesenen Kafka-Kenner bezeichnet hat.

»Erinnern Sie sich noch an den Vortrag, den Tolman damals in München gehalten hat?«

Netschepurenko zuckt mit den Schultern. »Nein, viel zu lange her … aber in meinem Artikel steht ja, dass der damalige Dekan, der Tolman eingeladen hat, wohl etwas anderes erwartet hat … Aber was?«

Ob er sich noch an den damaligen Dekan erinnern könne?, frage ich, aber Netschepurenko sieht mich nur voll Bedauern an.

»Der weilt sicher schon längst nicht mehr unter uns. War ja damals schon ein alter Mann. Vielleicht, dass einer seiner Assistenten aus der Zeit noch etwas weiß … Es tut mir leid.«

Ich gebe zu, dass 45 Jahre eine lange Zeit sind, vermute aber auch, dass der viele grüne Tee dem Gedächtnis meines Gegenübers nicht unbedingt gutgetan hat. Trotz meiner Enttäuschung trinke ich meine Tasse aus, ohne etwaige Spätfolgen zu bedenken, und erhebe mich. Gerade als ich mich verabschieden will, zieht mich der alte Herr nochmals in den Sessel zurück.

»Da war noch etwas«, sagt er. »Ich habe Tolman damals interviewt, kann mich aber nicht mehr an unser Gespräch erinnern. Ich weiß aber noch, dass er mich ganz am Schluss um eine Gefälligkeit gebeten hat.«

»Nämlich?«

»Er wollte, dass ich meinen Artikel, der zu jenem Zeitpunkt noch gar nicht geschrieben war, an jemanden schicke … ohne Kommentar … nur den Artikel. Das erschien mir damals etwas eigenartig.«

Als ich daraufhin wissen will, an wen er ihn denn schicken sollte, wirkt er wieder hilflos und resigniert.

»Eine Adresse in der DDR … Ostberlin vielleicht … Ich weiß nicht mehr so genau. Ich bin mir aber sicher, dass es eine Frau war, an die der Brief ging.«

Ich deute auf den Artikel, den ich im Begriff bin einzustecken. »Könnte es dieses Stück Papier gewesen sein, was Sie damals verschickt haben?«

Er nimmt den Artikel und reibt ihn zwischen seinen Fingern. Dann gibt er ihn mir zurück. »Schon möglich.«

Dabei lacht er in seinen grünen Tee hinein. Wieder habe ich das Gefühl, gehörig veralbert zu werden.

»Wissen Sie eigentlich, dass Tolman ermordet wurde?«, frage ich ihn – gleichsam zum Abschied.

Anton Netschepurenko schüttelt den Kopf und zum ersten Mal, scheint mir, beginnt das Lachen aus seinen Augen zu verschwinden.

Da ich ohnehin in München bin, beschließe ich, einen Abstecher an die Uni zu machen. Das Institut für Neuere Deutsche Literatur befindet sich in der Schellingstraße. Für die Fahrt über den Mittleren Ring benötige ich länger als erwartet, da ich in der Rushhour feststecke und nur im Schritttempo vorankomme. Ich beobachte die anderen Fahrer, die links und rechts neben mir verharren, dann gelegentlich ein Stück weit zurückbleiben oder sich auch in einem kurzen Sprint von mir entfernen – von meinen missgünstigen Blicken verfolgt –, um irgendwann, nach wenigen hundert Metern, wieder neben mir zu stehen. Kaum einer der am Steuer Sitzenden wagt es, seine Augen nach links oder rechts zu drehen, Kontakt aufzunehmen. Irgendwann stehe ich neben einem schweren SUV, in dem eine junge Frau sitzt. Ich blicke verstohlen zu ihr hinüber. Sie ist außergewöhnlich hübsch. Aber auch sie blickt starr nach vorn. Ich beginne, mich meinen Fantasien hinzugeben … Was wäre, wenn sie mich jetzt anlächelte? Dazu denke ich mir Geschichten aus. Vielleicht sollte ich zu schreiben beginnen, geht es mir durch den Kopf. Wie dieser Kafka – von verlorenen, einsamen Menschen, die in ihren Autos sitzen und sich Botschaften aus unendlicher Ferne erträumen …

Dann gehen meine Gedanken zurück zu Anton Netschepurenko. Wer war die geheimnisvolle Frau, an die er den Artikel über Tolman senden sollte? Ist das Ganze mehr als nur eine Nebensächlichkeit, frage ich mich, und würde es jemals eine Antwort auf diese Fragen geben? Ob dahinter, so geht es mir durch den Kopf, vielleicht eine Romanze steckte? Zwischen dem Professor und einer Unbekannten? Ich muss über mich selbst lachen. In dem Augenblick wendet die junge Frau im SUV ihren Blick und schaut mich ganz verwundert an. Ihre Augen sind eine Sekunde lang direkt auf mich gerichtet. Dann lächelt sie leicht. Einen Moment später bewegt sich die Autoschlange vor ihr und der SUV ruckelt los, entfernt sich weiter und weiter. Ich möchte ihr folgen, aber sosehr ich mich auch bemühe, es gelingt mir nicht mehr, noch einmal neben ihr zum Stehen zu kommen. Schließlich schiebt sich ein unförmiger Lkw mit fremdem Kennzeichen zwischen mich und den SUV, sodass ich sie gänzlich aus den Augen verliere.

»Mariella Richter, Verwaltungsangestellte«, steht auf dem kleinen Schild vor der Tür zum Sekretariat. Daneben ein Hinweis, der den Besucher ermuntert, einzutreten, ohne zu klopfen. Der Raum, den ich dann betrete, ist riesig und zugig wie eine Bahnhofshalle. Sämtliche Fenster sind sperrangelweit offen, die Vorhänge blähen sich. Eine ältere, grauhaarige Frau, von einem altmodischen Monitor halb verdeckt, lässt ihre Finger nahezu geräuschlos über die Tastatur ihres PCs gleiten. Sie wirft mir einen kurzen Blick zu, ohne sich in ihrer Tätigkeit weiter stören zu lassen. Dabei sieht sie aus wie Urgestein, verwachsen mit ihrer Umgebung. In langen Jahren ihrer Tätigkeit hat sie – so vermute ich – Legionen von Professoren und Dozenten, von Doktoranden und Hilfskräften, von Studenten und Hilfesuchenden erlebt, die mit den unterschiedlichsten Anliegen in ihr Büro geströmt sind. Zu viele, um sich jetzt von mir aus der Ruhe bringen zu lassen. Es dauert eine Weile, bis sie mich mit einem knappen »Gleich« auf später vertröstet. Ich nicke ergeben und nutze die Gelegenheit, um mich etwas umzusehen. Vor allem eine Reihe von teilweise schon verblichenen Porträtaufnahmen meist uralter Herrenköpfe weckt meine Aufmerksamkeit. Wie es scheint, habe ich ohne großes Zutun einen Treffer gelandet: Vor mir sehe ich die Institutsleiter in ihrer ganzen Pracht, würdige Herren, die mit ernsten Mienen herabblicken, als wüssten sie nur zu gut um die eigene Bedeutung. Ich trete näher heran, betrachte die Fotografien. Darunter verweisen Jahreszahlen auf ihre jeweilige Regenten: eine nicht ganz lückenlose Darstellung, die mit den frühen 50er-Jahren beginnt und mit dem Vorgänger des aktuellen Dekans endet. Als ich auf den Namen Schmidt-Kneidl stoße, erinnere ich mich sofort wieder daran, dass Dr. Kowalewskaja diesen Namen genannt hat. Die Jahreszahlen unter seinem Porträt machen mir allerdings wenig Hoffnung, mit ihm persönlich noch in Kontakt treten zu können, endete seine Dienstzeit doch vor mehr als 30 Jahren.

»Was kann ich für Sie tun?«

Die Grauhaarige hat sich erhoben, steht nun hinter ihrem Tresen und blickt mich mit müdem Blick an. Offensichtlich ist die Arbeit am Computer Gift für ihre Augen. Ich erkläre ihr mein Anliegen, frage, ob ich mit Professor Schmidt-Kneidl –

ich deute dabei auf das Porträt in meinem Rücken – sprechen könne. Ob er denn überhaupt noch am Leben sei.

»Tut mir leid, junger Mann«, sagt sie. »Der Herr Professor ist schon lange nicht mehr. Immerhin«, fügt sie hinzu, »war er in seinen 90ern, als er starb.«

Ich nicke beeindruckt. »Dann werden Sie ihn persönlich wohl gar nicht mehr kennengelernt haben?«

Sie lacht und ich sehe die Fältchen um ihre Augen. Wahrscheinlich fühlt sie sich geschmeichelt.

»Da täuschen Sie sich aber, junger Mann. Der Herr Professor war mein erster Chef … In der Tat ist das schon eine Ewigkeit her.« Sie seufzt etwas. Sofort habe ich den Eindruck, dass sie nur zu gerne über die alten Zeiten sprechen würde.

»Hören Sie«, sage ich. »An einen Professor Tolman können Sie sich wohl nicht mehr erinnern? Der hielt im Jahr 1972 einen Vortrag an der LMU …«

Ich sehe, wie ihr Hirn zu rattern beginnt, doch schließlich schüttelt sie den Kopf.

»Was denken Sie nur, wie viele Referenten wir hier jedes Jahr einladen? Die meisten kenne ich dabei nur von ihren Kostenabrechnungen, die wenigsten persönlich … Und 72, da habe ich gerade erst angefangen. Tut mir leid.« Sie wirkt aufrichtig betrübt und ich winke ab.

»Nicht so wichtig«, sage ich. Ich bin kurz davor, mich zu verabschieden, als mir noch der Gedanke von vorhin kommt, sie nach den damaligen Mitarbeitern von Schmidt-Kneidl zu fragen.

»Da müsste ich nachsehen«, meint sie. »Der Computer weiß schließlich alles.«

Ich lache und warte, was sie ausgraben würde. Vielleicht, so sage ich mir, ist einer der ehemaligen Assistenten noch in der Lage, mir über den Besuch Tolmans Auskunft zu geben. Eine vage Hoffnung, aber immerhin.

Es dauert eine ganze Weile, bis sie hinter ihrem Computer wieder auftaucht. Sie schwenkt dabei triumphierend einen Zettel, auf dem sie etwas notiert hat.

»Professor Schmidt-Kneidl hatte damals gerade mal zwei Doktoranden, die mit Zeitverträgen ausgestattet waren.«

Sie reicht mir einen Zettel, auf dem die beiden Namen stehen.

»An den jungen Mann kann ich mich nicht mehr erinnern, aber an die Frau, an die kann ich mich sehr wohl noch erinnern.«

Ich sehe sie ganz erstaunt an.

»Ein richtiges Luder war die. Hat allen den Kopf verdreht. Auch dem Herrn Professor …«

»Sie mochten sie nicht?«

»Nein.« Sie schüttelt den Kopf. »Sie war aber nicht sehr lange bei uns … War besser so.«

Ich blicke auf den Zettel: Mariann Wunderlich steht da. Der Name sagt mir nichts.

21 VISIONS OF JOHANNA

Ich höre Trotzki niesen, bevor er etwas von sich gibt.

»Gesundheit«, sage ich.

»Danke, mein Freund. Wo bist du?«

»Auf dem Rückweg von München.«

»Du telefonierst aus dem Auto?«

»Nein. Natürlich nicht. Ich stehe bei Pentling auf dem Parkplatz.«

»Was ist los? Hast du Neuigkeiten?«

Er wirkt ungeduldig. Wahrscheinlich ein Gichtanfall, vermute ich. Zusammen mit einer aufkommenden Erkältung. Normalerweise ist Trotzki die Ruhe und Ausgeglichenheit in Person. Nur wenn er in regelmäßigen Abständen seinem unmäßigen Fleischkonsum Tribut zollen muss, wird er fast unausstehlich. Für mich allerdings kein Problem.

»Ich brauche deine Hilfe.«

»Klar.«

»Ich hab hier einen Namen. Schau mal, ob du etwas über die Dame herausfinden kannst … Mariann Wunderlich.«

»Was ist mit ihr?«

»War mal Assistentin an der Uni in München. Vielleicht weiß sie etwas über Professor Tolman.«

»Tolman …?«

»Na, du weißt schon, der Este, der in dem Artikel erwähnt wird, den du mir gegeben hast.«

Trotzki niest dreimal hintereinander. »Mach ich«, sagt er dann und legt auf.

In meinem Büro riecht es muffig, wie es nun einmal riecht, wenn ein Raum selten benutzt wird. Dabei fühle ich mich darin eher zu Hause als in meiner eigentlichen Wohnung, zwei Stockwerke tiefer, die ich seit einiger Zeit mit Charlotte teile. Der Blick über Regensburg ist sensationell, vor allem im Sommer, wenn man auf die Grünanlagen des Villaparks mit den großen alten Bäumen hinunterschaut. Momentan regnet es allerdings und ich habe wenig Lust, meine Blicke schweifen zu lassen. Auch Bob blickt heute eher missmutig von seinem Poster. Ich döse vor mich hin und lausche seiner Lyrik, die mit einem Mal durch den Raum zu schweben scheint:

Ain't it just like the night to play tricks when you're tryin' to be so quiet?

We sit here stranded, though we're all doin' our best to deny it

And Louise holds a handful of rain, temptin' you to defy it

The country music station plays soft

But there's nothing, really nothing to turn off

Just Louise and her lover so entwined

And these visions of Johanna that conquer my mind …

Ich lasse mich fallen und glaube, Louise zu sehen, mit ihrer »Handvoll Regen«. Bilder von Frauen ziehen vor meinen Augen vorbei. *Visions of Johanna …* Aber es hat keine *Johanna* in meinem Leben gegeben, denke ich und weiß, dass manchmal die Sehnsucht das Leben ersetzt. Träume … Wie ein Messer schneidet Bobs Harmonika durch meinen Kopf, lässt mich zittern, und ich spüre Tränen in meinen Augen ... Doch als die Musik verklingt, kehre ich zurück in mein eigenes Ich, welches ich einen Moment lang aus der Ferne betrachtet habe, fühle mich mit einem Mal wieder wohl und bleibe mit freiem Kopf zurück. Wäre ja auch gelacht ...

Ich winke nach hinten zu Bob, der meine Bewunderung emotionslos über sich ergehen lässt, und fahre meinen Laptop hoch.

Ich frage mich, wie es Kafka mit den Frauen gehalten hat. Sind vielleicht er und mein amerikanischer Sänger gar Seelenverwandte? Ich bin erstaunt, als ich nach einigem Hin und Her über einen Artikel stolpere, der Kafka – im Gegensatz zu meiner vagen Erwartung – als einen sehr diesseitigen Mann beschreibt. Wie es den Anschein hat, geht er – zumindest in seinen Tagebuchaufzeichnungen – bemerkenswert unbefangen mit der körperlichen Seite der Liebe um. Und wie der Autor des Artikels vermerkt, gibt es neben der Literatur noch eine zweite Obsession für ihn, nämlich den Sexus. Ich bin überrascht, gleichzeitig enttäuscht und doch auch froh, dass selbst eine Lichtgestalt wie er, dem Triebhaften Tribut zollen musste.

Da bin ich dann auch gar nicht verwundert, als ich bei der weiteren Lektüre darauf stoße, dass er sich während seines Kuraufenthalts im Sanatorium Hartung – seinem Zauberberg – die Zeit mit einer jungen Schweizerin vertrieben hat. Ein Urlaubsflirt mit einer Unbekannten. Wie es scheint, war die Stimmung unter den arg nervösen Patienten, die freiwillig auf Reiz- und Genussmittel wie Kaffee, Tabak und Alkohol verzichteten, erotisch ungemein aufgeladen. Ich kann mich, als ich das lese, in die Situation der Patienten, denen körperlich sicherlich wenig fehlte, durchaus hineindenken.

Und, wer weiß es nicht – Ausnahmesituationen wie Kuraufenthalte oder Ähnliches lassen schon manchmal die Grenze zwischen Erträumtem und der Realität einbrechen. Warum also nicht auch bei einem Sonderling, wie es dieser Kafka wohl einer gewesen ist? Dabei bezieht sich der Artikel auf einen von dessen Briefen, der erst kürzlich aufgetaucht, von albernen Spielchen mit der jungen Dame, berichtet. Nicht diese Albernheiten sind es jedoch, die mich faszinieren, sondern der zusätzliche Hinweis auf eine Karten legende, extrem attraktive Russin, eine Gräfin, die allem Anschein nach zur selben Zeit ihre Wehwehchen im Sanatorium auskurierte und nicht davon abgeneigt war, Kafka nachts in ihr Zimmer einzulassen, das – wie er dies selbst beschreibt – schief gegenüber dem seinigen lag.

Welch herrliche Möglichkeiten mögen sich da eröffnet haben …

22 DAS PFEFFERKUCHENHÄUSCHEN

Hänsels kleine Welt war erfüllt von Dämonen und Zauberern, von Trollen und Hexen. Es war eine dunkle Welt, die oftmals das Licht des Tages in sich aufsog und den kleinen Hänsel dann mit ihren Schatten umfing. Hänsel hieß in Wirklichkeit Guiseppe, und er war der Sohn von Martina und Raffaele Pasquale. Heute war er jedoch Hänsel und wohnte mit Mama und Papa vor einem großen Walde … Natürlich wusste er, dass Papa kein Holzhacker war und dass seine Mama seine richtige Mama war und nicht die böse Stiefmutter, die ihn und die kleine Gretel im dunklen Wald verhungern lassen wollte. Aber wenn Mama aus dem dicken Buch vorlas, dann war es plötzlich, als wäre alles so wie in den Geschichten. Dann lauschte er Mamas warmer Stimme und er kuschelte sich tiefer und tiefer in das dünne Laken, das er bis unter die Augen hochzog. Meistens schlief er dann ein und am nächsten Tag waren die Schatten der Nacht verschwunden. Als er an diesem Morgen jedoch erwachte, hatten sich die Gespenster nicht verzogen. Aus irgendeinem Grund waren sie geblieben.

Seine Mutter, die wegen der Liebe zu Raffaele nach Italien gezogen war, fühlte sich nach all den Jahren noch immer fremd in ihrer neuen Umgebung und achtete streng darauf, dass die beiden Kinder, die sie mit ihm hatte, auch in der deutschen Sprache groß wurden. Vielleicht würden sie ja eines Tages zurück in die Heimat der Mutter wollen … Und so las sie ihnen Abend für Abend die wundersamen Geschichten der Brüder Grimm, aber auch die vom Dänen Hans Christian Andersen vor, ohne zu ahnen, welch dunkle Schatten dadurch die Welt ihrer Sprösslinge – dies galt vor allem für Guiseppe – verdüsterten.

Guiseppe, der an diesem Tag Hänsel war, hatte schon bald nach dem Frühstück begonnen, heimlich Brot aus der Küche zu holen, welches er in einen Beutel steckte, den er umhängen konnte. Er wusste genau, was er damit machen würde. Auf dem Weg in den dunklen Wald, der hinter ihrem Haus begann, würde er dieses Mal solch große Brocken hinter sich fallen lassen, dass die Vögel sie nicht würden aufpicken können.

Kaum konnte er es dann erwarten, dass seine Mutter zu ihren Einkäufen in die Stadt aufbrach. Als er schließlich hörte, wie der Motor des grünen Citroëns ansprang, mit dem Mama immer fuhr, wusste er, dass Hänsel nunmehr zu seinem Abenteuer in den Wald aufbrechen konnte. Wie immer würde zwar Oma aufpassen, dass sich Guiseppe und die kleine Paulina nicht zu weit vom Haus entfernten, aber Oma war schon alt. Es war leicht, ihr zu entwischen, wenn man es nur geschickt genug anstellte.

Paulina, die jetzt Gretel war, saß auf der Schaukel und wartete, dass er sie anschubste, woran er aber überhaupt nicht dachte. Als er hinter sie trat, spürte er die Schwere des Brotbeutels, den er sich um die Schultern gehängt hatte.

»Komm schnell«, flüsterte er Gretel zu, die ihn ganz verwundert ansah, aber sofort von der Schaukel stieg, um dem Bruder zu folgen.

»Was hast du da drin?«, fragte sie, ebenfalls im Flüsterton, spürte sie doch sofort, dass dies zum neuen Spiel ihres Bruders gehörte.

»Komm nur«, zischte er, ohne auf ihre Frage einzugehen. Er nahm Gretel bei der Hand, die sie ihm vertrauensvoll überließ, und gemeinsam schlichen sie davon.

Vor dem Haus konnte man Oma hören, die gerade die Hühner zu füttern begann. Deren eifriges Gegacker war laut genug, um das rostige Knirschen des Gartentores zu überdecken. Minuten später hatten sie die Wiese hinter sich gebracht, die das Haus vom Waldrand trennte. Und dann tauchten sie ein in die tiefe Dunkelheit ihres Märchenwaldes.

Es dauerte nicht lange, und die groben Brotstücke, die Hänsel in regelmäßigen Abständen hinter sich geworfen hatte, waren aufgebraucht, doch überwog die Freude, von der Last des Brotsacks befreit zu sein. Und noch ehe er die letzten Krümel auf dem Pfad hinter sich verteilt hatte, weihte er Gretel ein, welch schrecklichem Schicksal sie entflohen. Die nickte eifrig und blickte ihren Bruder, dem sie mit ihren viereinhalb Jahren bedingungslos vertraute, mit gläubigen Augen an.

»Wie sollen wir denn zurückfinden?«, fragte sie mit etwas weinerlicher Stimme.

Hänsel lachte und deutete auf den Pfad, den sie gekommen waren.

»Wenn wir nach Hause wollen, müssen wir nur den Brotstücken folgen. Sieh doch …« Er deutete auf die beiden letzten, die im tiefen Gras gerade noch zu erkennen waren. Gretel nickte und griff wieder nach der Hand ihres Bruders. Dann gingen sie weiter und weiter, kümmerten sich um nichts mehr, waren vertieft in ihr Spiel, vergaßen dabei den Pfad hinter sich und den Weg zurück, bis sie schließlich an eine Lichtung kamen. Dort setzten sie sich ins warme Gras. Nach einer Weile schlief Gretel ein und auch Hänsel döste vor sich hin, bis die Schatten unmerklich länger wurden und Zwielicht begann sich auszubreiten.

»Ich möchte heim«, klagte Gretel, als sie erwachte, und auch Hänsel hatte mit einem Mal seine Zuversicht verloren.

»Wir müssen das letzte Stückchen Brot finden«, sagte er. Aber sie fanden weder das Brotstück noch den Weg zurück …

Als Martina Pasquale von ihren Einkäufen zurückkehrte, fühlte sie sofort, dass etwas nicht stimmte. Keines der beiden Kinder war zu sehen, und nur die brüchige Stimme ihrer Schwiegermutter war zu hören, die nach den beiden rief. Schnell war klar, dass sie sich weder im Haus noch im Garten versteckt hatten, um den Erwachsenen einen Streich zu spielen. Ein schlimmer Verdacht kam den Frauen. Seit die Kinder laufen konnten, hatte Martina Angst vor den dichten Wäldern, die sich hinter dem Ortsrand über eine weite Anhöhe hinauf erstreckten. Immer wieder hatten sie und auch Raffaele die Kinder davor gewarnt, allein in diesen Wald zu gehen. Hier stand Baum an Baum und nur vereinzelt durchschnitten enge Forststraßen die grüne Mauer. Zwar hatten sich einige der wohlhabenden Bürger von Riva den Luxus geleistet, kleine Jagdhütten und verschwiegene, lauschige Sommersitze in die Abgeschiedenheit dieses Höhenzugs zu bauen, mit Zufahrtsstraßen, die nur mit geländegängigen Fahrzeugen befahrbar waren, doch blieben diese Gebäude lediglich Tupfer in einer ansonsten undurchdringlich wirkenden Wand.

Martina rief sofort Raffaele an, der in einem Büro in der Stadt arbeitete.

»Die Kinder sind weg«, schrie sie völlig aufgelöst in den Hörer. Raffaele versuchte, sie erst einmal zu beruhigen, doch bald schon wurde er von der Panik in der Stimme seiner Frau angesteckt. So eilte er die wenigen Schritte von seinem Büro aus zur Dienststelle der örtlichen Carabinieri in der Nähe des Hafens.

Auch der dortige Diensthabende versuchte, den aufgeregten Raffaele erst einmal zu beschwichtigen, und zu dessen Ärger wurde zuerst ein Vermisstenprotokoll aufgesetzt. Man könne nicht sofort mit der Suche nach den Kindern beginnen, da, wie die Erfahrung gezeigt habe, Kinder in mehr als 99 Prozent der Fälle unversehrt nach Hause zurückkehrten. Da stünde dann der Aufwand in keinem Verhältnis zum Ergebnis. Wenn sie allerdings bei Einbruch der Dunkelheit den Weg nach Hause noch nicht gefunden haben sollten, dann …

Raffaele hatte die Stimme seiner Frau noch im Ohr und bestand darauf, dass etwas unternommen wurde. So schickte der diensthabende Beamte – eher widerstrebend – eine Streifenbesatzung zum Haus der Pasquales, die sich vor Ort umsehen sollten.

Gretel hatte zu weinen begonnen und auch Hänsel hatte Mühe, die Tränen zurückzuhalten. Wind war aufgekommen und die Bäume rauschten, ihre Äste peitschten und die Schatten waren plötzlich Dämonen, die mit langen Fingern nach den Kindern griffen. Guiseppe wollte nun nicht mehr Hänsel sein, und auch Paulina war nur noch Paulina, ein verängstigtes kleines Mädchen. Und als sie nach schier endlos langer Zeit durch die dichten Bäume traten und der Blick der beiden auf ein kleines zweistöckiges Häuschen mit Schieferdach fiel, wussten sie, ohne dies aussprechen zu müssen, dass dies nicht das Pfefferkuchenhäuschen war, von dem ihre Mutter erzählt hatte. Dies war ein Ort, in dem richtige Menschen wohnten. Doch wie bitter wurden sie enttäuscht, als sie nach lautem, vergeblichem Rufen erkannten, dass keine Menschenseele zu Hause war.

Das Häuschen schien verlassen, zudem standen Türen und Fenster offen, so als seien die Bewohner in höchster Eile geflohen. Zögerlich tasteten sich die beiden Kinder hinein und schlossen die Tür hinter sich. Drinnen war es nahezu finster, doch fanden sie zu ihrer Freude in dem einen großen Raum Polsterstühle und eine Couch. Darauf lagen Decken, in die sie sich hineinkuschelten. Ermüdet vom langen Marsch durch den dichten Wald und das Unterholz schliefen sie innerhalb weniger Minuten ein.

Paulina wusste nicht, wie lange sie an der Seite ihres Bruders geschlafen hatte, als sie durch etwas Eigenartiges geweckt wurde. Es war, als würden Wassertropfen auf ihr Gesicht fallen, die sie wegzuwischen versuchte. Als sie bemerkte, dass die Tropfen gar nicht feucht waren, dazu noch hart und fest, und sich bewegten, wenn man sie berührte, stieß sie einen markerschütternden Schrei aus.

Als die Nacht hereinbrach und von den Kindern noch immer nichts zu sehen war, beschloss man, mit einer Hundestaffel nach den beiden Vermissten zu suchen. Es dauerte nicht lange, bis die Carabinieri auf das kleine Häuschen stießen. Und in dem Moment, in dem der Schrei der kleinen Paulina durch Türen und Fenster drang, schlugen die Hunde an. Es war eine Sache von wenigen Augenblicken, bis die Polizisten die Tür aufstießen und mit Taschenlampen ins Innere leuchteten. Zuerst nahmen sie nur die beiden Kinder wahr, die erstarrt wie kleine Gespenster dastanden und sich umklammert hielten. Erst als eine Polizistin die verschreckten Ausreißer ins Freie geführt hatte, sahen sich die Polizisten genauer um. Dort, wo die Kinder noch vor wenigen Minuten geruht hatten, in den Decken, die sie hastig zurückgeschlagen hatten, wimmelte es im Strahl der Taschenlampe von Würmern und Maden, die sich dem Lichtstrahl zu entziehen versuchten. Selbst die abgebrühten Polizisten zuckten vor Ekel zurück. Dabei tropfte nach wie vor Ungeziefer von oben herab, welches sich vermutlich durch die Bohrlöcher der Lampen seinen Weg in das untere Stockwerk bahnte. Von Anfang an war den Beamten ein kaum erträglicher Geruch aufgefallen, dem sie nun nach oben folgten. Über ein enges Treppenhaus, in dem eine Unmenge toter Schmeißfliegen lag, gelangten sie in den oberen Bereich des Hauses. Dort entdeckten sie eine über und über von Insekten befallene Leiche, die bereits in Verwesung übergegangen war. Auf den ersten Blick war es nicht möglich zu sagen, ob es sich dabei um einen Mann oder eine Frau handelte … Im Schein der Taschenlampen war jedoch ein langes, dünnes, beiderseitig geschärftes Fleischermesser deutlich sichtbar, welches aus dem Rumpf der Leiche ragte.

23 DIE HINRICHTUNG

Er hatte von Beginn an gewusst – im Grunde seit seiner Festnahme und der ersten Befragung –, was kommen würde. Gewissermaßen hatte er den Eindruck, als sei das, was sich zwischen jenem Anfang und dem Ende ereignet hatte, ohne größere Bedeutung gewesen. Es schien doch schon von vornherein festgestanden zu haben, was mit ihm passieren würde. Und doch fragte er sich, wer die beiden Männer waren, die ihn, ohne dass sie ihren Besuch angekündigt hatten, zu später Stunde aufsuchten.

Bleich und fett, mit eigenartigen Hüten auf den slawischbreiten Schädeln standen sie vor seiner Wohnungstür und baten mit ausgesuchter Höflichkeit, eintreten zu dürfen. Eigenartigerweise war er, Gregor, bereits ausgehfähig angezogen. Dennoch konnte er nicht leugnen, dass er ganz anderen Besuch erwartet hatte, ja, dass er in gewisser Weise enttäuscht war, wen man ihm da geschickt hatte. Da ihm aber wohl keine andere Wahl blieb, entschloss er sich, der Aufforderung der beiden Gestalten, ihnen nach unten zu folgen, nachzukommen.

Kaum hatten sie das Haus verlassen, nahmen sie ihn zwischen sich und ergriffen seine Hände in einer Art Polizeigriff, sodass er sich kaum noch selbstständig bewegen konnte und die drei wie eine leblose Einheit, nun jedweder Individualität beraubt, voranstrebten. Gregor fühlte, wie sich ein Gefühl der Beklemmung seiner bemächtigte und versuchte, Widerstand zu leisten. Die beiden Männer lockerten ihren Griff jedoch in keiner Weise, sodass er es nach kurzer Zeit aufgab, sich ihnen zu widersetzen – nicht aber, ohne ihnen zu drohen.

»Die Herren werden schwere Arbeit mit mir haben«, sagte er und nahm alle Kraft zusammen. Im selben Augenblick tauchte eine Frau vor ihnen auf, die Gregor seltsam bekannt vorkam, auch wenn er sich nicht ganz sicher war. Doch vermutete er, dass es die Frau war, die ihn auf dem Weg zum Dom angesprochen hatte, die Frau, die vor Kurzem erst auf gnadenlose Weise ausgepeitscht worden war. Trotz der ungewöhnlichen Situation, in der er sich befand, erregte ihn der Anblick der Frau derart, dass er – die beiden Herren neben ihm ließen dies zu – mit einem Mal die Wegrichtung bestimmte. Und er bestimmte sie nach dem Weg, den die Frau nahm. Dabei wollte er sie gar nicht einholen, ihr lediglich folgen, bedeutete sie doch auch eine Mahnung, die er nicht vergessen wollte.

Er merkte, wie die Gedanken in seinem Kopf zu kreisen begannen. Fast musste er sich zwingen, ruhig zu bleiben, sich vernünftig mit seiner Situation auseinanderzusetzen. Letztlich schien es ihm vor allem wichtig zu sein, mit sich selbst ins Reine zu kommen, ohne dazu von außen gedrängt zu werden. Einen Augenblick lang dachte er an den Italiener, dem er vor unendlich langer Zeit im Dom begegnet war, und an dessen Frage, ob er denn wisse, wer ihn angeklagt habe. Ja, er wusste es, hatte es schon immer geahnt, dass er selbst es gewesen war, er, Gregor, der die Anklage erhoben hatte.

Die Frau, der sie folgten, bog plötzlich in eine Seitengasse ab und verschwand damit gleichzeitig aus Gregors Gedanken.

Der empfand mit einem Mal ein Einverständnis mit den beiden schweigsamen Herrn, die ihn führten, gleichzeitig aber auf jede Richtungsänderung seinerseits bereitwillig eingingen. Fast beschämte es ihn, wie sie ihm ohne zu zögern folgten, als er sich über ein Brückengeländer entlang des Wegs beugte, um auf bekanntes Terrain hinabzublicken. Dann gingen sie weiter. Mitunter kamen sie an Polizisten mit seltsam altmodischen Schnurrbärten vorbei, die, mit Säbeln ausgestattet, den Eindruck erweckten, als seien sie aus einer längst vergangenen Zeit. Einer von ihnen trat an die nicht ganz unverdächtige Gruppe heran, doch als er anhob zu sprechen, zog Gregor seine beiden Begleiter mit Macht vorwärts.

Außer Reichweite der Polizisten begann er zu laufen, sodass auch die beiden fetten Männer, die ihn nach wie vor untergehakt hatten, mitlaufen mussten und dabei gehörig ins Schwitzen gerieten.

Schließlich erreichten sie die Stadtgrenze. Unmittelbar nach dem letzten Wohnhaus lag – wie Gregor aus ihm unerfindlichen Gründen bereits wusste – ein kleiner Steinbruch, an dem sie Halt machten. Das ruhige Licht des Mondes lag über allem, und während Gregor die beiden Männer beobachtete, tauschten diese einige Höflichkeiten aus, wie sie weiter vorgehen wollten. Als sie zu einem Ergebnis gekommen waren, trat einer von ihnen auf Gregor zu und entkleidete ihn so weit, dass der nun mit freiem Oberkörper dastand. Da aber Gregor in der Kühle der Nacht zu frösteln begann, nahm ihn der, der ihm die Kleidung genommen hatte, an der Hand und ging mit ihm einige Schritte hin und her. Sein Kollege hielt in der Zwischenzeit Ausschau nach einer irgendwie geeigneten Stelle. Schließlich signalisierte er, man möge Gregor zu ihm bringen, was auch erfolgte. Dann betteten die beiden Herrn Gregor auf den steinigen Boden, taten dies aber auf solch ungeschickte Weise, dass er sich in einer Position befand, in der er sich völlig unwohl fühlte. Seine ganze Haltung war verkrampft, doch begnügten sich die Herren damit, ihn in einer Stellung zu wissen, die wohl ihren Erwartungen entsprach.

Gregor wusste, was nun kommen würde, und war keineswegs erstaunt, als einer der beiden plötzlich ein langes, dünnes, beiderseitig geschärftes Fleischermesser hochhielt, das ihm in einer Weise bekannt vorkam, als habe er es schon einmal gesehen. Was dann passierte, verärgerte Gregor allerdings. Denn ohne sich um ihn und die Verfassung, in der er sich befand, zu kümmern, diskutierten sie in schier unerträglicher Weise, welcher von ihnen den tödlichen Stich führen sollte. Als dabei das Messer über ihm schwebte, von der Hand des einen in die des anderen wanderte, ahnte Gregor, dass es eigentlich an ihm lag, den finalen Stoß zu führen. Doch konnte man wirklich erwarten, dass er, als Eingeständnis seiner Schuld, die letzte Verantwortung übernahm?

So bäumte er sich noch einmal gegen die Logik seiner Existenz auf, fragte sich, ob der Wille zu leben nicht alles außer Kraft setzen sollte – noch dazu angesichts der Tatsache, dass eine Verurteilung bislang nicht stattgefunden hatte. War – auch diese Frage stellte er sich – die Todesstrafe nicht etwas völlig Unmenschliches? Und gab es denn nichts und niemanden, der ihm diese letzte Entscheidung abnehmen konnte?

Und dann wartete er auf die Finger, die sich nun um seine Gurgel legen würden, das Messer, das sich ihm tief ins Herz bohren sollte – und doch war da nichts als die Scham über das, was er getan hatte.

24 ALEXANDRA

Der Regen hat nachgelassen und an manchen Stellen lugt eine milde Spätsommersonne hinter grauen Wolken hervor. Die Temperaturen sind nach dem Regen angenehm und lassen auf einen schönen, klaren Tag hoffen. Gegen Nachmittag wird es wohl wieder heiß werden – zumindest, wenn der Wetterbericht recht behält. Ich schlendere durch die engen Gassen in der Nähe des Doms und schwimme mit dem Strom der Touristen, die hinunter zur Donau drängen. In einer halben Stunde werde ich mich mit Alexandra treffen. Irgendwie habe ich das Gefühl, dass sie mehr über das Manuskript und die Zusammenhänge weiß, als sie mir bislang gesagt hat. Dazu kommt, dass ich sie nach ihrer Beziehung zur Frau ihres ehemaligen Geliebten befragen möchte. Jetzt, wo klar ist, dass auch Frau Hruby Teil des Rätsels ist.

In der Wurstkuchl geht es mächtig zu, doch finde ich einen kleinen, freien Tisch am Rand, ganz nahe am Wasser. Ich komme mir vor wie ein Urlauber, setze mich so, dass ich die Steinerne Brücke im Rücken habe. Überall sehe ich junge Mädchen, die Selfies machen und sich dabei – ohne auf die Menschen in ihrer Umgebung zu achten – mit roten Schmollmündern selbst zulachen. Meine Gedanken wandern, werden nur durch einen bemühten Kellner unterbrochen, der meine Bestellung aufnimmt. Er scheint nicht aus der Regensburger

Gegend, wohl eher aus dem hohen Norden, und empfiehlt Bratwürste mit Sauerkraut und Senf. Ich bin damit einverstanden. Dabei denke ich an Riva und das dortige Leben, das so viel anders ist als das Leben in Regensburg. Bier statt Wein und Bratwürstel anstelle von Spaghetti. Was soll's, ich kann damit leben. Besser als Professor Hrubys Frau zumindest. Für die sind solche Fragestellungen ein für alle Mal vorbei.

»Habt ihr schon eine Spur von dieser Professorin aus Riva, Professor Farina?« Marlowe lässt sich auf der unbequemen Holzbank mir gegenüber nieder. Er wirkt seltsam deplatziert mit seinem Mantel und dem altmodischen Hut. Als der Kellner kommt, winkt er gelangweilt ab, als habe er kein Interesse an bayrischer Küche, doch habe ich den Eindruck, dass ihn der Kellner ohnehin nicht wahrgenommen hat.

»Nein, die ist nach wie vor untergetaucht. Wie vom Erdboden verschluckt.«

»Was hält Trotzki von dem ganzen Fall?«

Wie es scheint, kennt er Trotzki, denke ich – was ja auch durchaus Sinn ergibt. Ich gehe allerdings nicht näher darauf ein. Ohnehin beginnt meine lädierte Schulter gerade wieder zu schmerzen, sodass ich etwas unkonzentriert bin. Sollte ich den Kerl, der mir das angetan hat, je in die Finger bekommen … Ich versuche mich am Riemen zu reißen. Ohnehin fällt mir gerade keine angemessene Bestrafung ein.

»Trotzki hat sie zur Fahndung über Interpol ausgeschrieben. Zusammen mit den Italienern. Sie wird jetzt mit internationalem Haftbefehl gesucht … Wohl nur eine Frage der Zeit, bis wir sie haben.«

»Heißt das, sie ist die Hauptverdächtige für die Morde an Hruby und seiner Frau?«

Ich zucke mit den Schultern. »Vieles spricht dafür. Auf

jeden Fall gehört ihr das Haus, in dem die Kinder die Leiche gefunden haben …«

»Na ja, das allein …?«

Ich gebe ihm recht. »Das allein wäre natürlich zu wenig und noch liegen die Ergebnisse von der KTU in Riva nicht vor, aber da ist ja noch etwas …«

Etwas, das Trotzkis Ermittlungen ergeben haben. Als der mich vor etwa einer Stunde angerufen hat, hat es mich wie ein Knüppelschlag getroffen, und doch hat es ein paar Sekunden gedauert, um die Information zu verdauen. Die Perspektive, die sich dann jedoch auftat, war überwältigend.

»Wir wissen jetzt, dass Professor Farina früher Wunderlich geheißen hat, Mariann Wunderlich … und als Doktorandin bei Schmidt-Kneidl gearbeitet hat.«

Marlowe nickt nachdenklich und zieht seine Pfeife aus der Manteltasche. Für seine Verhältnisse wirkt er ziemlich überrascht.

»Ein wichtiger Hinweis?«

Ich nicke. »Mehr als das …«

Alexandra kommt später als vereinbart. Der Kellner hat den leeren Teller bereits abgeräumt, ich sitze nun vor meinem zweiten Bier. Die Bänke sind ohne Rückenlehne und entsprechend unbequem. Etwas genervt beobachte ich deshalb, wie sie heranschlendert und den Blick über die voll besetzten Tische schweifen lässt. Schließlich entdeckt sie mich, steuert auf mich zu und setzt sich. Sie sieht keinen Grund, sich für ihr Zuspätkommen zu entschuldigen, nimmt lediglich die Sonnenbrille ab. Ihre dunklen Augen mustern mich ungerührt.

Ich frage sie, ob sie weiß, dass die Frau ihres Professors

ebenfalls einem Mordanschlag zum Opfer gefallen ist und ihre Leiche vor Kurzem entdeckt wurde.

»Kinder haben sie in einem leer stehenden Sommerhäuschen in der Nähe von Riva gefunden ...«

Sie nickt. »Die Polizei hat mich informiert.«

»Und ...?«

Sie blickt an mir vorbei, als benötige sie Zeit, sich auf eine Antwort vorzubereiten. »Es ist an der Zeit, dass ich Ihnen eine Geschichte erzähle«, sagt sie dann. »Die Geschichte meiner Familie ...«

Ich bin etwas erstaunt, deute aber an, dass ich bereit bin, ihr zuzuhören. Wieder zögert sie, lässt sich Zeit.

»Alles beginnt im Jahr 1913 im Sanatorium Hartungen ...«

»Das Sanatorium in Riva ...«

Sofort fallen mir die Worte von Professor Farina ein, die sich fast genauso geäußert hat. Dort, auf dem Weg zum Sanatorium, ist mir ihre Bemerkung durchaus aufgefallen, auch wenn ich aus Gründen, an die ich mich nicht mehr erinnern kann, nicht näher darauf eingegangen bin. Ich warte nun, dass Alexandra fortfährt.

»Damals haben sich eine ganze Reihe berühmter Schriftsteller und Intellektueller dort aufgehalten, die ihre kleinen Wehwehchen auskuriert haben. Auch Franz Kafka war zu jener Zeit dort, wollte sich erholen ... wovon auch immer. Auf jeden Fall muss es ziemlich öde zugegangen sein. Die Patienten verbrachten die Tage in zugigen Bretterbuden am See, ohne große Abwechslung ...«

»Und kamen auf merkwürdige Ideen.« Ich will schon von meinen Recherchen erzählen, doch bringt mich Alexandra mit einem Blick zum Schweigen. – Es ist ihre Geschichte.

»In jenen Tagen hat Kafka an einem Roman gearbeitet, der

später nie gedruckt und nie veröffentlicht wurde. Alles, was blieb, war eine Handschrift, kaum länger als etwa 100 Seiten: Das Manuskript … Wenige Seiten nur, und doch haben diese eine solch große Strahlkraft, dass sie alles, was bislang von ihm veröffentlicht worden ist, in den Schatten stellen.«

Woher sie das denn wisse, frage ich, doch wieder trifft mich ein eisiger Blick, gebietet mir zu warten.

»Franz Kafka war damals ein junger Mann von 30 Jahren und hatte neben seiner Schreiberei vor allem auch ein gehöriges Interesse an Frauen …«

»Die kleine Schweizerin und die Karten legende russische Gräfin …«, kann ich mich nicht zurückhalten und unterbreche sie erneut, sehe aber, wie sie nickt. Es ist ihr wohl egal, woher ich das weiß, scheint doch die Pointe ihrer Erzählung erst zu kommen.

»Ja, die kleine Schweizerin und die russische Gräfin …«

Zum ersten Mal während unseres Gesprächs nehme ich ein leichtes Lächeln in ihrem Gesicht wahr. Ein verwirrendes Lächeln, das mich auf eine Reise schickt … Ich lehne mich in meinem Stuhl zurück und ehe ich mich versehe, werde ich Teil dessen, was sich da vor mehr als 100 Jahren an den Ufern des Lago di Garda abgespielt haben mag: Da sind luftige Hütten, durch die ein warmer Wind vom See her zieht, Gerüche nach Wald und Wiesen und brackigem Wasser, und ein wildes Zirpen von Zikaden bringt die Luft zum Erzittern, ein Flirren und Gurren ist zu hören, dass es einem schwindlig werden könnte. In der Ferne sehe ich ein langes Sprungbrett, das in den See hinausragt. Darauf ein junger Mann, dunkel und asketisch und nicht sehr groß, von zwei Frauen umgeben, die eine blond und mädchenhaft zart, die andere schon etwas älter, reifer und dabei von größter Eleganz. Es ist eine

Szene voll knisternder Erotik und lasziver Spannung. Zwei buhlende Frauen, die sich einen stillen Kampf um die Gunst des Mannes liefern, der seltsam passiv daliegt, die Hände im Wasser treiben lässt. Wie wird er sich entscheiden?

Die Szene wechselt. Es ist Nacht. Ein langer Gang mit Zimmern links und rechts, längst verschlossen. Frauen und Männer dahinter, die sich in unruhigen Träumen wälzen. Der junge Mann von vorhin, der aus der Dunkelheit des eigenen Zimmers tritt und sich langsam zur einzigen noch geöffneten Tür schräg gegenüber bewegt. Er schleicht wie ein Dieb durch den Halbschatten, ehe ihn die Dunkle, die Erfahrene, in ihre Arme zieht.

Als ich aufschaue, sehe ich, dass mich Alexandra etwas eigenartig ansieht. Sie hat zu sprechen aufgehört, wartet wohl, dass ich mich ihr wieder ganz zuwende. Ich schenke ihr ein etwas verlegenes Grinsen und warte, dass sie fortfährt.

»Was ist aus den beiden geworden?«

Sie lacht. »Es kam, wie es kommen musste – die Treffen der beiden blieben nicht ohne Folgen und in einer der Nächte ist Kafka Vater geworden, was er aber, soweit ich das weiß, nie erfahren hat.«

Wie sie sich da so sicher sein kann, frage ich.

»Das ist Teil unserer Familiengeschichte«, sagt sie, mit Augen, die so dunkel und geheimnisvoll in die Welt blicken, wie ich sie von Kafkaporträts kenne.

»Die russische Gräfin ...«

»Natalja Sergejewna Rostova – ist meine Ururoma ... und Franz Kafka mein Ururopa, der erste und der letzte wirklich bedeutende Mann in meiner Ahnenreihe ...«

Mir fällt die Kinnlade sprichwörtlich herunter und ich kann Alexandra eine Weile lang nur anstarren. In diesem

Augenblick kommt zum Glück der Kellner vorbei. Ich bestelle noch ein Bier und für die Ururenkelin des großen Franz Kafka ein Kännchen Kaffee.

»Sie wollen also sagen, dass Sie in direkter Linie von Franz Kafka abstammen?«

Sie nickt, lächelt amüsiert. Ich lächle auch, allerdings etwas einfältig, wie mir durchaus bewusst ist, und versuche, die Bedeutung ihrer Worte zu begreifen. »Und deshalb suchen Sie also nach dem verloren gegangenen Manuskript? Weil Sie glauben, dass es Ihnen gehört.«

»Es gehört mir«, sagt sie mit Nachdruck. »Es wurde meiner Familie gestohlen ...«

»Hm.«

»Als sich Kafka und die Gräfin nach einer Reihe von wilden Nächten trennten, er nach Prag und sie nach Petrograd, wie Leningrad damals hieß, abreisten, schenkte er ihr die handschriftlichen Seiten als eine sehr persönliche Erinnerung.«

»Wie können Sie da so sicher sein? Und ... woher wollen Sie das überhaupt wissen?«

»Weil mein Ururopa eine Widmung hineingeschrieben hat, mit der er die Schenkung bestätigt.«

»Haben Sie denn das Manuskript und diese Widmung mit eigenen Augen gesehen?«

»Nun, die Gräfin vermachte das Manuskript ihrer Tochter Franziska, die es wiederum ihrer Tochter, meiner Großmutter Anna, hinterließ. Die sollte es, so war die Abmachung, der nächsten Generation – meiner Mutter also – weiterreichen ...«

»Was sie aber nicht tat?«

»Richtig. Großmutter war die Letzte, die das Manuskript in Händen gehalten und auch die Widmung gelesen hat.«

»Das wissen Sie sicher?«

Alexandra nickt, und für einen kurzen Augenblick ist mir, als würde ihr Ururgroßvater nun neben mir sitzen und genussvoll seinen Kaffee schlürfen.

»Wie kam es denn dann dazu, dass Ihre Großmutter das Manuskript nicht mehr weitergegeben hat?«

»Eine lange Geschichte«, sagt Alexandra. »Eine traurige Geschichte von Liebe und Mord …«

Ich blicke sie erwartungsvoll an. Dabei frage ich mich, was Marlowe von der Sache halten würde. Wahrscheinlich würde er sich ein weiteres Glas Bourbon gönnen.

»Meine Oma Anna muss eine ungewöhnlich attraktive Frau gewesen sein«, fährt sie fort. »Sie war noch ganz jung, gerade mal 23, als sie dem Mann ihrer Träume begegnete. Einem Literaturprofessor aus Estland, der einen Vortrag an der Humboldt-Universität in Ostberlin hielt …«

»Doch nicht Professor Tolman?«

»Richtig. Professor Tolman. Sie verliebte sich unsterblich in ihn und beide schmiedeten sie Pläne, in den Westen auszureisen, um dort gemeinsam zu leben. Das war allerdings mit gewaltigen Schwierigkeiten verbunden …«

»Nämlich?«

»Na ja, zum einen war der Professor verheiratet – und dann war es in Zeiten des Kalten Kriegs nicht so einfach, in den Westen zu gelangen … auch für einen Professor nicht. Der durfte zwar hin und wieder zu wissenschaftlichen Vorträgen ausreisen, doch traf man in den Staaten des Ostblocks in solchen Fällen Vorkehrungen, die einen Absprung in den Westen verhindern sollten …«

»Nämlich?«

»Zum Beispiel musste die Familie zurückbleiben und wäre

im Falle einer Republikflucht erheblichen Repressalien ausgesetzt gewesen – ein hoher moralischer Druck.«

»Aber wenn der Professor ohnehin daran dachte, seiner Familie den Rücken zu kehren, wäre es da nicht einerlei gewesen?«

»Vielleicht, vielleicht auch nicht ... Auf jeden Fall hat meine Oma Anna ihrem geliebten Jurij das Manuskript zugesteckt. Damit sollte es ihm leichter fallen, im Westen Fuß zu fassen, um sie dann nachzuholen. Eine Riesendummheit, wie sich herausstellte.«

»Damit wäre aber nun er der rechtmäßige Besitzer, oder?«

»Keineswegs. Er sollte das Manuskript ja zurückgeben, sobald sie beide im Westen gelandet wären ... Das war die Bedingung.«

Was für eine abenteuerliche Geschichte, geht es mir durch den Kopf. Kaum zu glauben, was ich gerade vernehme.

»Was ist dann passiert?«

»Einige Jahre ist wohl nichts passiert. Der Professor ist bei seiner Familie geblieben, wobei er in dieser Zeit beruflich sehr erfolgreich gewesen sein muss, gleichzeitig brach der Kontakt zu meiner Oma ab – aber dann durfte er eines Tages zu einer Gastlesung in den Westen reisen ...«

»Seine Chance?«

»Sollte man meinen, wenn ... ja, wenn er sich nicht wie ein Idiot verhalten hätte.«

Ich spüre die Verbitterung, die aus Alexandra spricht, und frage mich, wie die Geschichte weiterging. Mittlerweile wage ich es nicht mehr, sie zu unterbrechen, warte nur auf den Fortgang ihrer Erzählung.

»Schon bei seiner Ankunft in München ist er einer Frau in die Hände gefallen, die seine Schwäche für das weibliche

Geschlecht ausgenutzt hat, um ihm das Manuskript, das er ja bei sich hatte, zu entwenden … eine klassische Venusfalle.«

Wieder frage ich mich, wie sie über all diese Details Bescheid wissen kann. Anscheinend steht mir die Frage ins Gesicht geschrieben, denn sie lächelt kurz, um dann sogleich die Erklärung zu liefern.

»Kurz vor seinem Tod hat Jurij einen Brief an meine Oma Anna geschrieben, in dem er den Vorfall beichtet und ihr verspricht, das Manuskript wieder zu beschaffen. Schließlich kannte er ja den Namen der Dame, die ihn damals bei seinem Besuch in München aufs Kreuz gelegt hat …«

Meine Gedanken wandern zurück zu Dr. Kowalewskaja in Wien, deren Darstellung der Ereignisse durch Alexandras Erzählung eine neue Bedeutung erlangen. Das also war der wahre Grund gewesen, warum Professor Tolman nicht im Westen geblieben, sondern wieder nach Tartu zurückgekehrt war.

»Und ist es ihm gelungen, das Manuskript wiederzuerlangen?«

Alexandra schüttelt den Kopf. »Unmittelbar nachdem er den Brief abgeschickt hat, wurde er ermordet … von einer Frau, die allerdings nie gefunden wurde. Der Fall wurde nie aufgeklärt.«

»Aber Sie vermuten, dass es dieselbe Frau gewesen ist, die ihm Jahre zuvor das Manuskript entwendet hat?«

»Natürlich. Alles deutet darauf hin. Meine Mutter und später auch ich haben alles daran gesetzt, sie zu finden, aber sie war wie vom Erdboden verschluckt. Ihre Spuren haben sich im Nichts verloren.«

Noch ehe Alexandra den Namen nennt, habe ich eine Ahnung, wer diese Frau gewesen ist …

25 FRANZISKA

Ich liege die halbe Nacht wach. Alexandras Geschichte lässt mich nicht los. Außerdem habe ich immer noch Schmerzen, die vor allem in der Phase vor dem Einschlafen ihre volle Wirkung entfalten. Ich wälze mich von einer Seite zur anderen, bis auch Charlotte erwacht.

»Warum schläfst du nicht?«, fragt sie.

Da erzähle ich ihr von Alexandra und ihrem Ururopa, von dessen Liebesnächten in Riva, von Professor Farina, die in Wirklichkeit Mariann Wunderlich heißt, und von einem Mord, der schon viele Jahre zurückliegt. Charlotte lauscht, ohne sich umzudrehen, und auch wenn ihr Atem gelegentlich schwer wird, scheint sie meiner Geschichte zu folgen. Je länger ich berichte, umso klarer wird mir dabei, was allem Anschein nach zu den Morden an Professor Hruby und seiner Frau geführt hat. Und dennoch liegt noch so manches im Dunklen, sind eine Reihe von Fragen zu lösen. Am Schluss ist es Charlotte, die mir mit schlaftrunkener Stimme den Weg weist.

»Warum sprichst du nicht mit Alexandras Mutter? Die lebt doch noch, oder? Vielleicht kann sie dir weiterhelfen.«

Natürlich, denke ich. Warum bin ich nicht selbst darauf gekommen?

Nur wenige Stunden später stehe ich vor einer Jugendstilvilla im Norden der Stadt, ein Mietshaus mit mehreren Parteien. Es war nicht allzu schwer, die Adresse herauszufinden. Schließlich bin ich ja so etwas wie ein privater Ermittler und – dabei denke ich an meinen Freund Marlowe – mit allen Wassern gewaschen. Im Grunde hätte ich zwar nur Alexandra danach fragen müssen, aber irgendetwas hat mich davon abgehalten. Vielleicht wollte ich sie auch nur am frühen Morgen nicht wecken.

Franziska Bischoff hat mich anscheinend schon erwartet. Zumindest wirkt sie nicht überrascht, als sie mir die Tür öffnet.

»Meine Tochter hat mir von Ihren Nachforschungen berichtet«, sagt sie. Sie lächelt mich dabei freundlich an. Ich nicke und folge ihr in die Wohnung. Als ich ihr dann gegenübersitze, glaube ich, etwas von Alexandras Gesichtszügen in denen ihrer Mutter wiederzuerkennen. Auch ihre Augen sind dunkel und forschend, nur ein bisschen trauriger als die ihrer Tochter.

»Sie kennen die Geschichte unserer Familie?«

»Alexandra hat mir davon erzählt, aber im Grunde weiß ich sehr wenig.«

Sie nickt, dann lässt sie mich einen Augenblick lang allein. Das Wohnzimmer ist nicht sehr groß, wirkt aber gemütlich. Meine Blicke schweifen, suchen nach einem Bild von Franz Kafka, einem Poster oder nach Büchern von ihm. Doch nichts deutet darauf hin, dass in diesen Zimmern eine Nachfahrin des großen Autors lebt. Dann kommt sie zurück und bringt Kaffee. Ich frage mich, wie alt sie ist. Auf jeden Fall sieht sie noch gut aus. Jünger, als ich gedacht hätte. Eine Frage der Gene, vermute ich, habe dabei aber das etwas schwächliche Äußere ihres Urgroßvaters vor Augen. Da haben sich dann wohl die Anlagen der russischen Gräfin durchgesetzt. Sofort sehe ich Alexandra vor mir. Starke Frauen scheinen in dieser Familie gang und gäbe zu sein.

»Können Sie sich an Ihre Großmutter noch erinnern?«

Sie nickt. »Ich war noch sehr jung, als sie starb ... 13 oder 14 ... aber ich kann mich noch ganz vage erinnern.«

Wieder steht sie auf. Sie holt aus einem Schrank ein Fotoalbum, das sie vor mich hinlegt und öffnet. Sie deutet auf ein kleines Foto mit gezackten Rändern. »Das ist meine Oma Franziska.«

»Noch eine Franziska?«

Sie lacht. »Nach ihrem Papa.«

Ich sehe eine junge, dunkelhaarige Frau, die traurig in die Kamera blickt. Die Farben auf dem Foto sind bräunlich und auch schon ein bisschen verblichen, doch kann man sehr deutlich erkennen, dass Franziska von außergewöhnlicher Anmut gewesen sein muss.

»Sie sieht traurig aus«, sage ich.

Die Frau neben mir nickt bestätigend.

»Die Frauen in unserer Familie sehen alle ein wenig melancholisch aus ... wahrscheinlich Teil unseres Erbes.« Sie zuckt mit den Schultern. »Außerdem war das Leben meiner Oma nicht gerade sehr erbaulich. Als ihre Mutter von ihrem Kuraufenthalt mit einem verräterisch dicken Bauch zurückkam, wurde diese von ihrem Mann, dem Grafen, verstoßen und zog nach Berlin, wo sie mehr schlecht als recht mit ihrem kleinen Mädchen lebte ... Wie Effi Briest ... Das war damals so.«

»Ja«, sage ich und frage mich, wer diese Effi Briest wohl gewesen ist und ob das heutzutage sehr viel anders ist. Zumindest wäre es zu hoffen.

»Und dieses kleine Mädchen von damals ...«

»Wurde im Osten von Berlin groß. Sie verbrachte den Krieg dort, heiratete irgendwann einen Künstler, der ihr ein Kind machte, bald darauf sein Leben an der russischen Front verlor und ihr lediglich den Namen Bischoff als ein Zeichen seiner Liebe hinterließ.«

Kein Wunder, dass in dieser Familie alle ein bisschen traurig wirken, denke ich, hatte Alexandra ja schon früher angedeutet, dass die Frauen in ihrer Familie nicht sehr viel Glück mit ihren Männern gehabt haben. Langsam fühle ich jedoch eine Nähe zu ihnen in mir wachsen. Zumindest werden mir die Namen von Natalja, der Gräfin, und Franziska – ihrer und Franz Kafkas Tochter – immer vertrauter.

»Dann war es also Franziskas Tochter Anna, die das Manuskript etwas leichtfertig aus der Hand gegeben hat?«

»Ja, meine Mama. Auch sie hatte wenig Glück in der Liebe … Jurij Tolman, mein Erzeuger, ist der einzige Mann in ihrem Leben gewesen, der ihr wirklich etwas bedeutet hat … und der hat sich wenig um sie gekümmert … und am Ende ist er dann auch noch ermordet worden.«

»Wofür er aber wenig konnte?«

»Selbst das stimmt nicht so ganz …«

Ich blicke sie fragend an.

»Na ja, schließlich hat er sich ja mit der Frau eingelassen, die ihn dann umgebracht hat.«

Ich frage sie, ob sie ihren Vater je kennengelernt hat. Sie erzählt mir von einer Reise nach Estland, bei der sie ihn hätte treffen sollen, dass er aber kurz vor ihrer Ankunft ermordet worden war.

»Und der Mord an ihm wurde nie aufgeklärt?«

»Offiziell nicht. Die Polizei hat zwar herausgefunden, dass mein Vater damals von einer Frau, vermutlich einer Deutschen oder Österreicherin, aufgesucht worden ist, die ihn nach einem bizarren Liebesspiel erstochen hat, aber in den Wirren der damaligen Zeit hat man sich wenig Mühe gegeben, diese Frau zu finden.«

»Und inoffiziell …?«

»Sehen Sie …«

Wieder geht sie aus dem Zimmer und kommt nach einer Weile mit einem Brief zurück, der – so hat es den Anschein – wohl schon Hunderte Male gelesen worden ist.

»Diesen Brief hat mein Vater nur wenige Tage, bevor er ermordet wurde, an meine Mutter geschrieben. Damit ist er aber seiner Mörderin zuvorgekommen, die verhindern wollte, dass ihr Name im Zusammenhang mit dem Diebstahl des Manuskripts genannt wurde.«

Sie legt ihn vor mich hin. Die Schriftzeichen erinnern mich an den Artikel von Anton Netschepurenko und sind für mich nicht lesbar.

»Russisch? Sprechen Sie denn Russisch?«

Sie nickt. »War bei uns an der EOS Pflichtfach … Den Brief kenne ich aber sowieso auswendig …«

Was denn darin steht?, frage ich sie. Sie liest mir daraufhin einige Zeilen vor. Der Klang der fremden Sprache ist hart und doch melodisch. Ich lehne mich zurück und lausche. Aber Franziska unterbricht sich schon bald, als sie erkennt, dass es vergebliche Liebesmüh ist und ich nichts verstehe. Mit einem kleinen Lachen wechselt sie ins Deutsche, liest mir den Anfang des Briefes vor: »Geliebte Annuschka, ich habe dein Leben zerstört, aber glaube mir, auch ich habe tausendfach gebüßt für das, was ich dir angetan habe … Verzeih mir.«

Dann legt sie den Brief zur Seite.

»Das geht in diesem Stil weiter. Ein alter Mann, der auf sein Leben zurückblickt und zugibt, dass er aus Feigheit die falschen Entscheidungen getroffen hat.«

Der Gedanke – was wäre gewesen, wenn – fasziniert mich und ohne groß nachdenken zu müssen, fallen mir auch in meinem Leben eine Reihe von Situationen ein, in denen ich mich besser anders entschieden hätte.

»Wie kam es denn dazu, dass er das Manuskript aus der Hand gegeben hat? Äußert er sich dazu?«

Franziska nickt. »Er beschreibt, wie er damals zu einem Vortrag nach München eingeladen worden ist. Diesen Vortrag habe er zum Anlass nehmen wollen, die Bombe platzen zu lassen. Er wollte das Manuskript meines Urgroßvaters als wissenschaftliche Sensation präsentieren, aber …«

»Aber dazu kam es nicht.«

»Richtig. Die Dame, die ihn am Flugplatz abholen sollte, hatte von dem einzigen Mann, der außer Jurij davon wusste, erfahren, welchen Schatz der bei sich hatte.«

»Der Professor, der ihn eingeladen hatte …«

»Sehr wahrscheinlich. Aber davon steht nichts in dem Brief. Es ist auch nicht wichtig … Auf jeden Fall hat sie eine Art Videofilm erstellt, der Jurij in einer Weise bloßstellt, dass sein ganzes Leben zerstört worden wäre, wäre der Film an die Öffentlichkeit geraten.«

Als ich sie frage, ob sie weiß, was auf dem Film zu sehen ist, zuckt sie nur mit der Schulter.

»Das steht nicht so genau in dem Brief. Wahrscheinlich konnte Jurij selbst nach all den Jahren nicht darüber sprechen …«

»Der Name der Frau, die ihn erpresst hat, steht aber in dem Brief. Das hat mir schon Alexandra gesagt … Warum aber haben Sie oder Ihre Mutter die Dame nie angezeigt?«

»Das haben wir versucht. Wir sind zur Polizei gegangen. Aber als wir sagten, dass meine Mutter Franz Kafkas Enkelin ist, hat man uns nicht mehr ernst genommen. Eine Anzeige wurde zwar aufgenommen, aber wir haben nie eine Antwort erhalten. Und unsere private Suche … nun, anfangs gab es noch kein Internet, und später hat uns dann die Energie gefehlt, verstehen Sie?«

Ich nicke und schlürfe von meinem Kaffee. Was für eine Geschichte! »Und seither ist das Manuskript verschwunden?«

»Ja. Aber ich vermute, dass es nach wie vor im Besitz der Dame ist, die meinen Vater auf dem Gewissen hat.«

»Warum ist sie damit nie an die Öffentlichkeit gegangen? Es ist doch ungeheuer wertvoll?«

»Dann hätte sie erklären müssen, wie sie an die Papiere gelangt ist … Wahrscheinlich ist das der Fluch der bösen Tat. Sie hat, was sie unbedingt in ihren Besitz bringen wollte, und kann doch nichts damit anfangen. Die Ironie des Bösen.«

Wohl wahr, denke ich.

»Haben Sie denn nie mehr versucht, der Dame auf die Spur zu kommen? Später … in letzter Zeit?«

»Nein. Eigentlich nicht.«

Ich sehe sie neugierig an. Was bedeutet die Einschränkung?

»Vor etwa einem halben Jahr habe ich mit Toni, Antonin Hruby, darüber gesprochen. Der war sehr interessiert …«

Natürlich werde ich sofort hellhörig. Wie sie denn auf Professor Hruby gekommen sei, frage ich.

Sie lacht. »Er ist mein Chef … na ja, er war mein Chef … bis zu seinem Tod … ganz einfach. Ich arbeite seit etwa zehn Jahren bei den Germanisten in Regensburg, im Sekretariat.« Wieder lacht sie. »Als meine Mutter damals in Rente ging, war die Stelle frei ... und ich habe sie gekriegt. War gar nicht so schwierig.«

Ich bin verblüfft.

Die Schleier scheinen sich zu lüften. Zusammenhänge werden plötzlich klar. »Dann hat also Professor Hruby von dem Manuskript gewusst?«

»Aber ja. Ich habe ihm davon erzählt und was damit geschehen ist ... Franz Kafka war doch sein Spezialgebiet. Anfangs wollte er mir nicht so recht glauben, hat gemeint, dass ich mich nur wichtigmachen möchte, aber dann habe ich ihm den Brief gezeigt und den Zeitungsartikel ... den habe ich ihm sogar für seine weiteren Nachforschungen überlassen.«

Wann das denn gewesen sei?, frage ich sie.

»Vor etwa einem halben Jahr ... höchstens.«

Ich bin über die Maßen überrascht. Allein die Tatsache, dass sie mit Antonin Hruby in beruflichem Kontakt gestanden hat, ist für mich neu und kommt völlig unerwartet. Ich frage mich nur, warum Alexandra nichts darüber hat verlauten lassen. Ich nehme mir vor, sie danach zu fragen. Zumindest ist aber jetzt klarer, was der Auslöser für Hrubys Recherchen gewesen ist. Lediglich die Frage, was ihn dazu getrieben hat, nach Wien zu reisen, ist nach wie vor ungeklärt.

Kopfzerbrechen bereitet mir allerdings die Tatsache, dass Franziskas Worten nach das Verhältnis zu Hruby über das rein Berufliche hinausgegangen ist. Zumindest hat sie sich mit ihren doch sehr persönlichen Familienangelegenheiten an ihn gewandt. Wie passt das mit der Tatsache zusammen, frage ich mich, dass Alexandra und der Professor ein Verhältnis miteinander gehabt haben?

»Wussten Sie vom Verhältnis Ihrer Tochter mit Ihrem Chef?«

Sie wirft mir einen rätselhaften Blick zu, nimmt das Fotoalbum und den Brief, die noch auf dem Tisch vor mir liegen, und trägt sie aus dem Zimmer.

»Natürlich habe ich davon gewusst«, sagt sie, als sie zurückkehrt. »Und selbstverständlich war ich als Mutter nicht glücklich darüber, aber die beiden waren alt genug.«

Ich nicke zustimmend und denke an Charlotte.

»Auf jeden Fall wusste Alexandra dadurch so gut wie immer, was Toni vorhatte … Auch wenn er sie nicht in alles eingeweiht hat.«

26 DIE HERREN GINSBERG UND FAYYAD

Der Geruch, der aus Trotzkis Büro dringt, weckt unangenehme Erinnerungen. Etwas Süßliches hat sich da unter die bekannte Wolke aus abgestandenem kaltem Rauch gemischt, wie sie dem Besucher normalerweise entgegenschlägt. Es kann nicht sein, denke ich, werde jedoch, als ich die Tür öffne, eines Besseren belehrt. Ich erstarre zur Salzsäule, brauche gleichzeitig frische Luft, Bewegung, Ablenkung – und bin drauf und dran, die Tür zuzuschlagen, um auf dem Absatz kehrtzumachen. Trotzki hat Besuch. Zwei Männer, deren Augen sich auf mich gerichtet haben. Eigentlich nichts Ungewöhnliches – ungewöhnlich ist nur, dass einer der beiden der bullige Typ ist, der vor nicht allzu langer Zeit meine Schulterpartie malträtiert und mich fast zum Krüppel gemacht hat. Der Schläger aus Riva. Überall hätte ich ihn erwartet, nur nicht im Büro meines Freundes Trotzki. Ich durchbohre ihn mit Blicken und sehe, wie sich sein Körper spannt, als er mich im Türrahmen wahrnimmt – so als wolle er sich auf mich stürzen.

Ich frage mich, ob er es wagen wird, mich am Kragen zu packen, oder ob es vielleicht besser wäre, ihn zuerst zu packen, und sehe mich nach einem geeigneten Gegenstand um, mit dem ich notfalls zuschlagen könnte. Da ist aber nichts außer einer kleinen gelben Nixe, die Trotzki aus irgendeinem Urlaub mitgebracht hat und die nun seit Ewigkeiten seinen Schreibtisch ziert. Aber der Bursche mit der kranken Gesichtshaut rührt sich nicht, grüßt allerdings auch nicht, sondern wartet und starrt finster zurück. Trotzki dagegen erhebt sich, als ich an den Schreibtisch herantrete. Ausnahmsweise raucht er nicht, worüber ich erstaunt bin.

»Herr Ginsberg«, sagt er und stellt mich einem älteren Herrn vor, der mir mit einem höflichen Lächeln die Hand reicht.

»Herr Ginsberg arbeitet und recherchiert für Ha'aretz, eine bekannte israelische Zeitung … und das ist …«, er deutet auf meinen dunklen Freund, »das ist Herr Fayyad.«

Ich reiche dem Älteren die Hand, vermeide es aber tunlichst, Fayyad auch nur einen Blick zuzuwerfen.

»Sie kennen Herrn Fayyad«, sagt der ältere Herr, nachdem wir uns gesetzt haben. Ich nicke.

»Es tut uns allen außerordentlich leid, dass es zu dem kleinen Zusammenstoß in Riva gekommen ist. Herr Fayyad möchte sich auch in aller Form bei Ihnen entschuldigen. Leider sind seine Deutschkenntnisse nicht sehr ausgeprägt …« Herr Ginsberg blickt mich auffordernd an.

Kleiner Zusammenstoß, denke ich und frage mich, wie ich nach einer richtigen Attacke ausgesehen hätte. Christine Schanderl aus Wien fällt mir ein. Die Prügel, die sie bezogen hat, waren wohl versteckte Zärtlichkeiten? Da mich wohl aber auch Trotzki in eine versöhnlichere Stimmung versetzen will, indem er mir einen deftigen Klaps auf die heile Schulter versetzt, sehe ich mich genötigt, mit einem knappen Nicken meine Bereitschaft anzudeuten, Herrn Fayyad vorerst von der Liste meiner ärgsten Todfeinde zu streichen.

»Sehen Sie«, sagt Herr Ginsberg darauf ganz erfreut, »wir sind Professor Farina – Frau Wunderlich – schon seit geraumer Zeit auf der Spur, da wir aus Quellen, die ich nicht näher benennen kann, erfahren haben, dass sie aller Wahrscheinlichkeit nach im Besitz eines Kafka-Manuskripts ist – das im Übrigen rechtmäßig dem Staat Israel zusteht.«

Ich blicke auf Trotzki, der keine Miene verzieht und lediglich seine kleine Nixe fixiert. Wahrscheinlich sehnt er sich nach einem Glimmstängel, vermute ich.

Wie er denn darauf komme, dass das Manuskript dem Staat Israel zustehe?, frage ich in die Stille hinein, die nach Ginsbergs Aussage entstanden ist.

Statt einer Antwort bekomme ich erst einmal einen vernichtenden Blick. Meine Frage gefällt ihm nicht. Das ist offenkundig. Dennoch gibt er sich gefasst.

»Nun, auch wenn das besagte Manuskript nicht in einen Topf mit dem Brod-Nachlass geworfen werden kann, so ist es doch unstreitig nationales Kulturgut …«

»Und was ist mit den Rechten der Familie Bischoff ? Soweit man mir gesagt hat, ist die Schenkung von Franz Kafka selbst bestätigt und auch schriftlich fixiert worden.« Ich sehe, wie Ginsberg etwas unwillig abwinkt.

»Wir haben natürlich Kenntnis davon, dass die Familie behauptet, das Manuskript sei ein Geschenk Franz Kafkas an eine kurzzeitige Liebschaft gewesen … aber da haben wir doch erhebliche Zweifel. Die Kafka-Forschung kennt solche Gerüchte nicht. Und da können Sie sich sicher sein, jeder Zettel aus seinen Händen wurde dreimal gelesen …«

»Was aber, wenn das Ganze doch wahr wäre? Hätte die Familie denn dann nicht einen Anspruch?«

»Lassen Sie uns nicht solche Fragen diskutieren … Wie sagen Sie hier in Deutschland? Man soll das Fell des Löwen nicht verteilen, ehe man ihn erschossen hat …«

»Das Fell des Bären«, wirft Trotzki ein, ohne den Blick von der Nixe zu nehmen.

»Wunderbar«, sagt Ginsberg.

»Wie sind Sie denn überhaupt auf Professor Farina gekommen?«

Ginsberg lächelt etwas überheblich. »Bei Kafka geht es mittlerweile um sehr viel Geld – und manchen staatlichen Stellen ist es auch wichtig, dass jüdisches Kulturgut bewahrt wird. Da sind dann auch unsere Geheimdienste involviert … Mit deren Unterstützung war es nicht sehr schwierig, ihre Spur aufzunehmen. Tatsächlich gab es schon seit den 70er-Jahren Gerüchte, dass sich Professor Tolman im Besitz eines Kafka-Manuskripts befinden musste, das bislang der öffentlichen Aufmerksamkeit entgangen ist. Allerdings hielt sich in jenen Jahren das Interesse an Kafka noch sehr in Grenzen …«

»Dann arbeitet Ihre Zeitung also mit dem israelischen Geheimdienst zusammen?«, frage ich milde erstaunt.

Ginsberg nickt. »Das schließen wir nicht aus.«

»Wie kam es denn überhaupt dazu, dass Ihre Behörden Wind von der ganzen Sache bekamen?« Mein Gegenüber verschränkt die Hände in einer Art Raute, was mich ziemlich irritiert.

»Das ist natürlich Betriebsgeheimnis und auch mir nicht in allen Details bekannt. Die Ereignisse, über die wir hier sprechen, sind ja schon Ewigkeiten her … Auf jeden Fall ist es unseren Behörden nicht entgangen, dass Tolman damals durch eigenes Verschulden in einen Schlamassel geraten und das Manuskript in andere Hände gelangt ist. Unsere Nachrichtendienste stellten ziemlich bald fest, dass es Frau Wunderlich war, die ein falsches Spiel spielte.«

»Und da gab es keine Möglichkeit, an das Manuskript zu gelangen?« Ich äußere meine Zweifel, traue ich dem israelischen Geheimdienst doch so ziemlich alles zu. Ein gewaltsamer Einsatz zu Ehren des nationalen Wohls – mich hätte es nicht verwundert.

»Nein, leider nein. Frau Wunderlich hat sich nach Beendigung ihrer Promotion – nicht lange, nachdem sie sich das Manuskript angeeignet hatte – aus Deutschland verabschiedet und ist ins Ausland gegangen ... Südamerika, Venezuela, soweit mir bekannt.«

»Und dort hatten Sie wohl keinen Zugriff?«

»Was wir sehr bedauert haben. Irgendwann haben sich dann die Spuren von Frau Wunderlich verloren und erst viele Jahre später ist sie wieder in unser Blickfeld geraten ... da schon als Professor Farina.«

»Völlig unerwartet taucht sie also irgendwann in Riva del Garda auf und bietet sich als Kafka-Expertin an?« Ich blicke Ginsberg fragend an und sehe, wie er zustimmend nickt.

»Völlig richtig. Da war sie nun, und noch immer hatten wir sie im Verdacht, im Besitz des wertvollen Manuskripts zu sein ... Natürlich haben wir sie von da an beobachtet – der Herausgeber von Ha'aretz ist an einer Heimführung des Manuskripts nach Israel sehr stark interessiert – aber sie hat zu keinem Zeitpunkt einen Hinweis darauf gegeben, dass sie es verkaufen wollte.«

»Besteht nicht die Möglichkeit, dass sie es in der Zeit, als Sie sie nicht unter Beobachtung hatten, veräußert hat – an einen potenten Privatsammler zum Beispiel?«

Ginsberg lächelt und wendet sich an Trotzki, der diese Möglichkeit ins Spiel bringt.

»Natürlich. Das können wir nicht ausschließen … aber wäre dem so gewesen, wäre es uns vermutlich zu Ohren gekommen. Allerdings haben Sie recht, es ist nicht bekannt, wo genau sich Frau Wunderlich in all den Jahren aufgehalten hat. Auch was sie beruflich gemacht hat, wissen wir nicht. Das gilt in vergleichbarer Weise auch für ihr Privatleben. Es scheint, als habe sie geheiratet, aber selbst das ist nicht belegt. Auf jeden Fall lebt sie, seit sie sich in Riva aufhält, allein – und ohne Mann. Auch ob sie Kinder hat, entzieht sich unserer Kenntnis.«

Ich habe bei allem den Eindruck, dass Ginsberg mehr weiß, als er Trotzki und mir verrät. Ganz ohne Zweifel mauert er gewaltig. Auch als ich ihn nach dem Tod von Professor Tolman frage, hält er sich bedeckt, gibt nur das preis, was ohnehin schon bekannt ist – dass der Professor kurze Zeit nach dem Zerfall der Sowjetunion von einer unbekannten Frau in seiner Heimatstadt ermordet und dieser Mord nie aufgeklärt worden ist.

»Könnte diese unbekannte Frau Mariann Wunderlich gewesen sein?«

Ginsberg zuckt die Schultern bedauernd. »Das wissen wir natürlich nicht. Tolman wurde zu einem Zeitpunkt ermordet, als Frau Wunderlich von unserem Radarschirm völlig verschwunden war …«

Ich werfe einen Blick auf Fayyad, der dem Gespräch stumm folgt. Von seiner Seite ist wohl keine Reaktion zu erwarten. Verschlossen wie eine Auster sitzt er da und brütet vor sich hin. Was wohl in seinem Kopf vorgeht?

Ginsberg bemerkt wohl, dass ich den Blick auf Fayyad

gerichtet habe, denn er rutscht etwas unruhig hin und her. »Sie fragen sich sicher, was zu der Attacke durch Herrn Fayyad geführt hat, bei der Sie ja unglücklicherweise auch etwas in Mitleidenschaft gezogen wurden …«

Etwas …?, denke ich. Der Mann hat Humor. »Natürlich.«

»Nun, Herr Fayyad ist in jener Nacht gewaltig über das Ziel hinausgeschossen. Keine Frage. Er ist Ihnen tags zuvor von Wien aus nach Riva gefolgt und hat mitbekommen, dass Sie sich am folgenden Tag mit Professor Farina getroffen haben. Das hat ihn gewaltig irritiert, da er glauben musste, dass Frau Farina einen Deal mit Ihnen einfädeln wollte. Als Sie sich beide dann in der Nacht auf den Weg in Richtung Sanatorium gemacht haben, schien ihm dies die beste Gelegenheit zu sein, den Deal platzen zu lassen, um an das Manuskript gelangen zu können. Das war natürlich abwegig.«

»Arbeitet er auch für Ihre Zeitung?«, frage ich.

Ginsberg zuckt mit der Schulter. »Herr Fayyad arbeitet für Israel … und wird überall dort eingesetzt, wo man ihn braucht … Ein Mann fürs Grobe.«

»Das war wohl auch in Wien der Fall?« Ich denke an Chrissy Schanderl und ihr lädiertes Gesicht.

»Natürlich. Wir beide, Sie und ich, würden sicherlich anders an die Sache herangehen, aber Herr Fayyad hat nun mal seine eigenen Methoden.«

»Was wollte er von dem Mädchen?«

»Es bestand die Möglichkeit, dass Professor Hruby das Manuskript in seinen Besitz gebracht hat und es bei der Dame gelagert hat. Wir waren uns nicht sicher, da wir ihn für eine Weile aus den Augen verloren hatten.«

»Wie kam es überhaupt dazu, dass Sie Professor Hruby nach Wien gefolgt sind?«

»Auch das ist ganz einfach. Es war kein Geheimnis, dass sich Hruby auf die Suche nach dem Manuskript begeben hat. In Deutschland war er zu diesem Zeitpunkt der einzige Kafka-Forscher, der ernsthaft infrage kam, die Rätsel um den Verbleib des Manuskripts zu lösen. Ohnehin ist neben dem Literaturarchiv Marbach seine Uni in Regensburg konservierungstechnisch der bevorzugte Ort, um ein solches Exponat zu verwalten. Also haben wir den Kontakt zu seinem näheren wissenschaftlichen Umfeld gepflegt ... Sie ahnen nicht, wie redselig manche Menschen sind ... Und in der Tat wurden wir hellhörig, als wir von seiner Fahrt nach Wien erfuhren – noch dazu mit Alexandra Bischoff.«

»Aber dort haben Sie ihn aus den Augen verloren?«

»In der Tat. Erst als Sie kamen und auf seiner Spur waren, fanden wir zurück ins Spiel. Aber da war der gute Professor dann schon mausetot.«

»Und denken Sie, dass Professor Farina – Frau Wunderlich – ihn am Ende in dem alten Sanatorium ermordet hat?«

»Es steht zu vermuten. Er war ihr auf die Schliche gekommen ... und sie hat sich seiner entledigt. Wahrscheinlich hat sie ihn ins Sanatorium mit dem Versprechen gelockt, ihm das Manuskript dort zu zeigen oder gar zu verkaufen.«

»Denken Sie, sie war dabei allein?«

Ginsberg lacht, als sei meine Frage nicht sonderlich ernst zu nehmen.

»Bin ich Jesus?«, sagt er.

Die Äußerung klingt aus dem Mund eines israelischen Journalisten etwas eigenartig, doch verstehe ich, was er mir damit sagen will.

»Wir werden sie danach fragen, wenn wir sie haben ... Es kann nicht mehr lange dauern.«

Ich blicke auf Trotzki, den ich selten so schweigend erlebt habe wie bei dem Gespräch mit Ginsberg. Als er sich jetzt erhebt, schüttelt er den Kopf. »Da haben wir also zwei … nein, drei Morde, die alle begangen wurden, um in den Besitz von ein paar vergilbten Blättern Papier zu kommen. Wie absurd.«

Auch ich erhebe mich. Nur Fayyad rührt sich nicht. Noch immer sitzt er dumpf in seinem Stuhl, als ginge ihn all das nichts an. Mir dagegen geht noch eine Sache durch den Kopf.

»War es Zufall, dass ich Ihrem Kollegen am Zentralfriedhof in Wien begegnet bin?« Ich deute auf Fayyad. Ginsberg, der sich bereits von Trotzki verabschiedet hat, reicht auch mir die Hand.

»Nennen Sie es, wie Sie wollen. Vielleicht hat er ja gehört, dass Ihre Freundin eine Kutschfahrt unternehmen wollte … Dort in Ihrem Hotel. Wer weiß.«

»Und die Männer, die er dort getroffen hat?«

»Alte Juden, die gerne die Gräber der Verblichenen besuchen …«

Noch gebe ich es nicht auf, ihn aus der Reserve zu locken. »Diese Männer haben immer wieder den Namen Amschel erwähnt. Wer ist das?«

»Amschel bedeutet ›der Glückliche‹ – Kafkas hebräischer Name war Amschel … Der Name seines Großvaters.« Er lacht. »Aber ob die Männer über Kafka gesprochen haben? Wer weiß das schon?«

Ich nicke Trotzki zu. An der Tür drehe ich mich noch einmal um. Fayyad sitzt nach wie vor unbeweglich da. Wenn ich mich nicht sehr täusche, nimmt jedoch in diesem Augenblick Marlowe neben ihm Platz. Zum ersten Mal an diesem Morgen zeigt sich so etwas wie eine Regung in Fayyads Miene. Fast scheint es, als würde er sich etwas entspannen. Vielleicht kommen die beiden ja irgendwie ins Gespräch …

27 DAS GESTÄNDNIS

Der Anruf erreicht mich am folgenden Abend. Gegen 17 Uhr. Ich bin völlig überrascht, habe natürlich überhaupt nicht damit gerechnet, dass es in dieser Weise passieren würde.

Eine weibliche Stimme, dünn und wie aus weiter Ferne. Sie nennt keinen Namen und doch weiß ich sofort, mit wem ich spreche.

»Ich möchte mich stellen«, sagt sie. »Es ist nun an der Zeit.«

Das sind ihre Worte. Ich bin so verblüfft, dass ich zuerst gar nicht antworten kann, um dann eine völlig bescheuerte Frage zu stellen: »Woher haben Sie meine Nummer?«

Sie lacht ein bisschen. Es klingt traurig. »Ist das so wichtig?«

»Nein«, sage ich. »Natürlich nicht. Wo sind Sie denn?«

»Ganz in Ihrer Nähe.«

»Warum?«

»Kommen Sie einfach. Ich erkläre Ihnen alles. Das habe ich Ihnen damals in Riva versprochen.«

»Ja, aber dann waren Sie auf einmal weg.« Ich klinge etwas vorwurfsvoll, aber sie geht nicht näher darauf ein.

»Keine Sorge. Dieses Mal werde ich nicht mehr weglaufen. Ich bitte Sie nur um eine Stunde, dann können Sie die Polizei verständigen. Versprechen Sie mir das? Nur eine Stunde. Ich möchte meine Geschichte erzählen.«

Ich nicke in den Hörer. »Wo sind Sie denn?«

»In dem Park ganz in der Nähe Ihrer Wohnung. Bei der Schaukel.« Dann legt sie auf.

Ich rufe sofort Trotzki an und informiere ihn über das soeben geführte Gespräch. Er erklärt sich damit einverstanden, eine Stunde zu warten, ehe er seine Männer in Bewegung setzt, um Professor Farina zu verhaften.

»Ich schicke eine Streife, die in der Nähe Position bezieht. Wir haben ohnehin keine Eile«, sagt er. »Da ist nämlich noch etwas, was du wissen solltest. Frau Wunderlich, oder meinetwegen auch Professor Farina, hat die beiden Hrubys nicht ermordet. Wir haben gerade die DNA-Analyse aus Riva erhalten. Demnach ist nicht sie die Täterin, sondern ...«

»Wer?«, frage ich, aber ich höre nur noch das Leerzeichen.

Ich nehme sie schon von Weitem wahr. Wie festgefroren sitzt sie da in der Wärme des zur Neige gehenden Tages. Eiseshauch umgibt sie.

Wir sind nicht allein. Kinder spielen im Sand, schwingen sich auf der Schaukel vor uns in die Lüfte, schreien und weinen und lachen. Ihre Mütter besetzen die weiteren Bänke, werfen mir und der alten Frau gelegentlich fragende Blicke zu. Niemand jedoch, der sich unserer Bank zu nähern wagt.

»Es ist an der Zeit, dass die schlimmen Geschichten ans Licht gebracht werden«, sagt sie, als ich sie frage, warum sie mit einem Mal bereit ist, mit mir zu sprechen.

»Ich habe getötet«, fährt sie fort. »Habe Schuld auf mich geladen und jetzt bin ich bereit, dafür zu sühnen.«

Ich denke an Trotzkis Worte, dass ein anderer für die Morde an Hruby und seiner Frau verantwortlich ist, und will ihr schon ins Wort fallen, als sie mich mit einer energischen Geste zum Schweigen bringt.

»So viele Jahre ist es nun schon her. Damals habe ich mich für das Böse entschieden, habe geglaubt, über den Gesetzen der Menschen zu stehen … Ein fataler Irrtum.«

Was denn damals geschehen sei?, frage ich sie, und sie erzählt mir, wie sie Wind davon gekriegt hat, mit welchem Schatz sich Professor Tolman auf den Weg nach München gemacht hat.

»Er wollte seinem alten Leben entfliehen, hat gehofft, dass ihm das Manuskript den Weg in den Westen ebnen würde. Auch das eine schreckliche Dummheit.«

Auf die Frage, ob es ihr Doktorvater gewesen sei, der ihr von dem Schatz erzählt hat, nickt sie.

»Schmidt-Kneidl … Er hat nicht gewusst, was daraus folgen würde, hat nicht damit gerechnet, dass seine kleine Indiskretion solch schreckliche Folgen haben würde. Im Grunde wollte er mich damit nur beeindrucken …«

»Und Professor Tolman?«

Sie hebt die Schultern, lässt sie wieder fallen.

»Ein genialer Wissenschaftler, aber eben auch ein Mann, noch dazu mit besonderen Vorlieben.«

»Sie haben ihn erpresst?«

»Es war ganz einfach.«

Dann erzählt sie die Geschichte von damals. Zum großen Teil ist sie mir ja schon bekannt und doch überrascht es mich, mit welcher Kaltschnäuzigkeit sie ihre Falle aufgebaut hat und mit welcher Leichtgläubigkeit Tolman hineingestolpert ist.

»Was ist mit dem jungen Mann passiert, der den Film gedreht hat?«

»Ein Freund, der längst aus meinem Leben verschwunden ist. Er hat nicht einmal gewusst, worum es bei der Sache ging.« Sie lacht ein freudloses Lachen. Ich sehe auf meine Schuhe hinunter, die voll Staub sind, und warte, dass sie weiterredet, aber sie schweigt. Ihre Hände sind verknotet, nur ab und zu spielen sie mit einem dünnen, silbernen Ring an einem ihrer Finger.

»Warum haben Sie Professor Tolman dann Jahre später ermordet? ... Sie haben ihn doch ermordet, oder?«

Sie nickt. »Er wollte plötzlich das Manuskript zurück, hat mit einem Mal nicht mehr an seinen Ruf gedacht – all das war ihm egal. Das konnte ich nicht zulassen.«

»Also sind Sie nach Tartu gefahren und haben ihn getötet. Warum aber dieses bizarre Folter-Szenario?«

»Ich wollte ihn bestrafen, ihn lächerlich machen ... Ein alter Mann, der auf Fesselspiele steht ...«

Ob es denn so einfach gewesen sei, Estland unbemerkt zu betreten und wieder zu verlassen, ohne in irgendeiner Weise registriert zu werden, will ich dann noch von ihr wissen. Sie wischt meine Frage mit einer geringschätzigen Handbewegung weg.

»Damals herrschte im gesamten Osten ein unvorstellbares Chaos. Da war alles möglich. Niemand, dem eine westliche Touristin aufgefallen wäre. Eingereist bin ich mit einer Fähre aus Finnland ... zusammen mit Dutzenden alkoholisierter Finnen.«

»Hat Tolman denn gewusst, wo Sie sich damals aufhielten? Er hat Ihnen doch geschrieben?«

»Das hat er immer gewusst ... Wir haben bei allem, was vorgefallen ist, nie den Kontakt verloren. Wundert Sie das?«

Sie wirft mir trotz aller Schwermut einen Blick zu, als

würde sie sich über mich lustig machen. Es ist mir in diesem Augenblick jedoch egal.

»Wo haben Sie die Jahre davor und danach verbracht?«

»Mal hier und mal dort«, sagt sie, als sei es belanglos, wo sie ihr Leben zugebracht hat.

»In Südamerika habe ich meinen Mann kennengelernt – Professor Farina. Von ihm habe ich mir den Namen und den Titel genommen und als ich nach Riva kam, war ich schon Professor Farina. Niemand hat in all den Jahren je an meinen akademischen Weihen gezweifelt.«

Ich frage sie, ob sie Kinder hat, aber sie gibt mir darauf keine Antwort, zuckt nur mit den Schultern. Ich bohre trotzdem weiter, nehme ich doch an, dass sie über ihre Vergangenheit und die Geschehnisse sprechen will.

Warum sie denn überhaupt nach Riva gezogen ist, gerade Riva?

»Irgendwann wollte ich zurück nach Europa«, sagt sie darauf. »Südamerika ist anstrengend, das Leben dort gefährlich und außerdem hatte ich Heimweh …«

Eines Tages habe sie dann die Stellenausschreibung der Stadt Riva gelesen. Reiner Zufall sei dies gewesen. Führungen auf den Spuren Franz Kafkas zu machen, sei ihr als eine Ironie des Schicksals erschienen und so habe sie sich treiben lassen, habe sich beworben und die Stelle schließlich erhalten.

»Ein Wink des Schicksals, denn nun war ich mit einem Mal dem Ort ganz nahe, an dem Kafka das Werk verfasst hat, das mein ganzes Leben bestimmt hat. Können Sie sich vorstellen, was das für mich bedeutet hat? Zum ersten Mal war ich wieder einigermaßen glücklich.«

»Und das Manuskript?«

»Das hatte ich die ganze Zeit bei mir. Ich war wie einer von diesen Milliardären, die ihre gestohlenen Kunstschätze in mondänen Kellerräumen vor der Welt versteckt halten und sich nur an ihrem Besitz erfreuen – ohne den eigentlichen Wert des Werkes zu begreifen.«

»Hatten Sie denn nie die Möglichkeit, es zu verkaufen?«

Sie winkt ab. »Ich hätte es natürlich verkaufen können, aber das wäre nur unter strenger Geheimhaltung möglich gewesen. Ich konnte ja nicht nachweisen, dass es rechtmäßig in meinen Besitz gelangt ist … Aber ich hatte ohnehin schon ziemlich bald begriffen, dass diese wenigen Seiten allen Menschen gehören und es schlimm wäre, würden sie im Tresor eines Superreichen, eines korrupten Politikers, Oligarchen oder Waffenhändlers verschwinden … Nur zur letzten Konsequenz hat mir der Mut gefehlt. Eigentlich habe ich immer darauf gewartet, dass etwas passieren würde.«

»Und dann ist etwas passiert, nicht wahr?«

Sie nickt. Wieder dauert es eine halbe Ewigkeit, bis sie weiterspricht.

»Ja, irgendwann hat dieser Professor aus Regensburg Wind von der Sache bekommen … Meine neue Identität ist aufgeflogen.«

Wie das geschehen konnte?, frage ich sie, aber auch darauf geht sie nicht näher ein.

»Ein kleiner Fehler, eine Unachtsamkeit …«

»Hat er Sie erpresst? Wollte er Ihnen das Manuskript wegnehmen?«

»Er hat gesagt, er will es sehen und lesen, wollte eine Abhandlung darüber schreiben, aber mir war klar, irgendwann wäre dann alles ans Licht gekommen. Deshalb musste er sterben.«

»Und Frau Hruby?«

»Die hatte von ihrem Mann erfahren, dass er mich aufsuchen wollte, und hat mich wenige Tage nach seinem Tod angerufen … Das war ihr Todesurteil.«

»Warum aber die Grausamkeiten? Warum wurde Antonin Hruby auf so schreckliche Weise abgeschlachtet, geblendet? Und die Schrift auf seinem Rücken …«

Ich sehe sie fragend an, aber sie verweigert jede Antwort, schweigt. Warum, frage ich mich, hat sie mich sprechen wollen, wenn sie jetzt nicht bereit ist, reinen Tisch zu machen? Da muss es etwas geben, was ihr schwerer fällt als das Geständnis, eine Mörderin zu sein … Ich habe eine Ahnung und doch bin ich mir nicht sicher.

»Sie waren es, die die Carabinieri angerufen und ihnen mitgeteilt hat, wo sie Hrubys Leiche finden würden. Das stimmt doch?«

Sie nickt.

»Warum haben Sie das gemacht?«

»Weil ich ihn dort auf seinem Stuhl gesehen habe, weil ich gesehen habe, was mit ihm passiert ist – und ich das nicht wollte.«

»Dann haben nicht Sie ihn ermordet, sondern ein anderer?« Zum ersten Mal während unseres Gesprächs blickt sie mich direkt an und ich sehe die Qual in ihren Augen.

»Ja, das stimmt schon … Ich habe weder Antonin Hruby noch seine Frau ermordet und doch bin ich schuld an ihrem Tod … Ich, nur ich.«

»Wer aber hat die beiden dann getötet?«

Wieder schweigt sie und blickt mit leeren Augen in die Ferne. Dabei ist nicht zu erkennen, ob sie die zwei Polizisten wahrnimmt, die sich langsam und verhalten auf uns zubewegen.

»Auch das werde ich Ihnen erzählen«, sagt sie schließlich. Sie beginnt zu schluchzen wie in jener Nacht im Sanatorium, als ich sie in den Armen hielt und zu trösten versucht habe. Eine eigenartige Scheu hält mich aber in diesem Augenblick davon ab, den Arm um sie zu legen. Ich ahne, dass es für sie keinen Trost gibt.

28 RAIN MAN

Der nächste Morgen ist kühl und lässt den nahenden Herbst erahnen. Weiße Schwaden steigen aus den Gullys der engen Straßen in der Altstadt, lösen sich aber schnell wieder auf, sodass es den Anschein hat, als habe es sie nie gegeben. Die JVA Regensburg in der Friedrich-Niedermayer-Straße wirkt bedrohlich und düster, und ich muss mich überwinden einzutreten. Trotzki und der leitende Staatsanwalt warten bereits in dem kargen Verhörzimmer im ersten Stockwerk und nicken mir nur kurz zu. Wenig später wird Mariann Wunderlich hereingeführt. Sie ist hohlwangig und übernächtig, hat – so zumindest der Anschein – die ganze Nacht kein Auge zugetan und setzt sich unsicher. Der Staatsanwalt, ein relativ junger Mann, eröffnet die Befragung und fordert sie auf, zur Anklage Stellung zu beziehen.

»Ich möchte von Leon, meinem Sohn, erzählen«, sagt sie, ohne direkt auf seine Aufforderung einzugehen.

Ich richte den Blick auf Trotzki, der genauso überrascht zu sein scheint wie ich. Auch ihm ist die Existenz eines Sohnes nicht bekannt gewesen. Der Staatsanwalt nickt ihr aufmunternd zu.

»Leon«, so beginnt sie schließlich ihre Erzählung, »war schon als Kind anders als seine Gleichaltrigen. Ich weiß nicht mehr, wann wir – mein Mann und ich – das bemerkt haben.

Es war für uns ein fürchterlicher Schock und von Anfang an habe ich darin eine göttliche Bestrafung für das gesehen, was ich getan habe. Dabei habe ich nie an einen Gott geglaubt … Unsere Ehe ist daran gescheitert. Mein Mann kam damit nicht klar …«

»Was war denn an Ihrem Sohn anders?«

»Die Ärzte haben bei ihm eine Form von Autismus diagnostiziert, die bereits sehr früh bei Kindern feststellbar ist. Aber das war nur der Anfang … Ich erspare Ihnen die Details, nur so viel, Menschen mit dieser Besonderheit haben Schwierigkeiten, wenn sie mit anderen kommunizieren, weil sie vieles wortwörtlich verstehen, was zu einem Leben voller Missverständnisse führen kann … So hatte Leon Probleme, Gesichtsausdrücke, Körpersprache oder den Tonfall der anderen Kinder und auch der Erwachsenen in seiner Umgebung zu interpretieren. Das hat dazu geführt, dass er im Grunde keine Freunde gefunden hat … Auch mein Mann und ich bekamen kaum Zugang zu ihm. Dabei war von Anfang an klar zu erkennen, dass er hochintelligent ist … Aber selbst das hat ihn zusätzlich von den anderen Kindern isoliert … Trotzdem hat er die Schule besucht, auch wenn er wegen seiner Behinderung mit großen Schwierigkeiten zu kämpfen hatte …«

Sie spricht mit feurigem Eifer, sodass ich den Eindruck habe, sie berichtet von Dingen, die sie schon unzählige Male vor sich und anderen ausgebreitet hat. Dabei scheint es sie zu erleichtern, darüber sprechen zu können.

»Schon als er noch ganz klein war, liebte er es, wenn man ihm Geschichten vorlas. Da wurde er ganz ruhig und beide, mein Mann und ich, hatten in diesen Momenten den Eindruck, dass er sich ein wenig öffnete. Er war gerade mal acht, da habe ich ihm zum ersten Mal aus dem Manuskript, das ich mir vor Jahren auf solch schäbige Weise angeeignet hatte, vorgelesen. Damals lebte ich schon mit ihm allein in einer kleinen Wohnung in Buenos Aires. Bald wollte er, dass ich ihm immer und immer wieder daraus vorlas. Er wurde richtig süchtig danach … Irgendwann hat er dann angefangen, selbst darin zu lesen – bis er die 100 Seiten auswendig konnte. Seine Merkfähigkeit war ungeheuerlich …«

»Sie wollen sagen, dass er einen Text von 100 Seiten auswendig gelernt hat, ihn frei aufsagen konnte?«

Trotzki blickt sie ungläubig an, doch sie nickt nur, als sei dies für sie nicht sonderlich überraschend.

»Ja, Wort für Wort. Und es blieb nicht bei dem einen Text.«

Ich erinnere mich, davon gehört zu haben, dass Autisten oft sehr spezielle und leidenschaftliche Interessen haben, die sie manchmal ihr Leben lang begleiten.

»Leon hat im Lauf der Jahre eine richtige Passion für Kafkas Werk entwickelt«, fährt sie fort, »wollte alles lesen, was er in die Finger bekam. Das meiste eignete er sich innerhalb kürzester Zeit an, lernte es auswendig … bis er irgendwann in die abstruse Welt dieser Geschichten eingetaucht ist. Manchmal hatte es dann den Anschein, als könne er zwischen Realität und Fiktion nicht mehr unterscheiden … Nur sehr selten hat er mich noch mit in seine Welt genommen …«

»Ein einsames Leben …«, sagt Trotzki, und ich sehe, wie sie nickt.

»Irgendwann habe ich es nicht mehr ausgehalten und wir sind zurück nach Europa.«

»Wurde es dort besser?«

»Ein bisschen. Auch hier waren die ersten Jahre hart. Inzwischen hat Leon aber gelernt, allein zu leben, braucht mich kaum mehr.«

»Beschäftigt er sich immer noch mit Kafka?«

»Ja, das ist sein Leben. Er hat sogar angefangen, über Kafka und dessen absonderliche Welt zu schreiben … keine wissenschaftlichen Abhandlungen, sondern Gespräche, die er mit den Figuren aus einer kafkaesken Traumwelt führt.«

»Wie eigenartig«, entfährt es Trotzki, der sich damit einen tadelnden Blick des Staatsanwalts einfängt.

»Dann lebt er wohl gar nicht mehr bei Ihnen?«

»Nein. Schon einige Jahre nicht mehr. Ich sehe ihn nur noch selten und er führt sein eigenes Leben. Es ist mir gelungen, ihm mithilfe eines alten Freundes eine Stellung in einem Antiquariat zu verschaffen … Die Arbeit ist nicht schwer und auf ihn zugeschnitten und daneben kann er seinen Gedanken nachgehen und schreiben …«

»Lebt Ihr Sohn allein?«

»Natürlich … Er ist ohnehin in seine Welt eingeschlossen, in die er niemanden mitnimmt. Das gilt bis auf wenige Ausnahmen. Aber bis zu den schlimmen Ereignissen war er so zufrieden, wie das nur möglich war.«

»Und dann? Was ist dann passiert?« Wieder ist es Trotzki, der das Gespräch an sich reißt.

Mariann Wunderlich holt tief Luft, ehe sie fortfährt: »Irgendwann hat das Schicksal beschlossen, diesen Zustand vorübergehender Harmonie zu beenden … Eines Tages hat der Besitzer des Antiquariats Leons Schreibhefte zu Gesicht bekommen, war fasziniert von den Geschichten und hat sie im Eigenverlag veröffentlicht. Leon hatte nichts dagegen, es war ihm gänzlich egal. Die Textsammlung wurde daraufhin in einer ganz geringen Auflage von 300 Stück veröffentlicht … fatalerweise unter dem Namen Leon Wunderlich …«

Trotzki, der Staatsanwalt und ich blicken uns etwas ratlos an, erkennen nicht auf Anhieb die Konsequenz, die dies zur Folge hatte. Erst als der Staatsanwalt nachhakt, geht Mariann Wunderlich auf die Zusammenhänge ein. So sei Professor Hruby bei seinen Recherchen zufälligerweise über die kleine Textsammlung gestolpert. Der Name Wunderlich habe ihn dabei an etwas erinnert, worüber er erst kurze Zeit zuvor Kenntnis erlangt hatte …

»Der Brief, den Tolman an seine einstige Geliebte, an Anna Bischoff, geschrieben hat, nicht wahr?«

Mariann Wunderlich lächelt mich traurig an. »Ja, das war der Anfang vom Ende.«

Immer klarer werden mir damit die Zusammenhänge – auch, welche Zufälligkeiten letztlich zu den beiden Morden geführt haben. Eine Frage ist somit noch offen, geht es mir durch den Kopf, aber ich weiß die Antwort ohnehin. »Das Antiquariat, in dem Ihr Sohn arbeitet … wo ist es?«

»In Nussdorf, einem Wiener Vorort …«

Der Staatsanwalt blickt kurz zu mir herüber, nickt. Damit ist auch das klar. Der Handyanruf, von dem Chrissy gesprochen hat, kam – davon ist auszugehen – von Leon.

»Dann war es Leon, der mit Hruby nach Riva gefahren ist?«

Die Frau vor mir nickt. »Hruby hat Leon aufgespürt und ihn schließlich so weit gebracht, dass er ihm von mir und dem Manuskript erzählt hat. Was weiter passiert ist, weiß ich nicht. Aber eines Abends standen dann die beiden vor meiner Tür.«

»Hat Leon denn überhaupt ein Auto, einen Führerschein?«

Mariann Wunderlich nickt, lächelt ein wenig. Wahrscheinlich – denke ich – hat man ihr diese Frage schon des Öfteren gestellt.

»Leon ist hochintelligent, kann sich Texte von unglaublicher Länge und Komplexität merken und ist auch körperlich nicht beeinträchtigt … da spricht schließlich auch nichts gegen einen Führerschein.«

»Erzählen Sie uns nun bitte, was dann passiert ist!«

Der Staatsanwalt macht seine Sache gut. Er ist betont sachlich und versteht es, sich auf Mariann Wunderlich einzustellen. Dabei habe ich ohnehin den Eindruck, dass diese nur allzu froh ist, sich die Dinge von der Seele reden zu können, auch wenn das Schlimmste wohl noch bevorsteht.

»Professor Hruby war sehr fordernd und wollte das Manuskript unbedingt sehen, um es mir wegzunehmen. Als ich mich weigerte, hat er mich bedroht, wollte mich wegen des Mordes an Tolman anzeigen … Das wäre das Ende gewesen.«

»Wie verhielt sich Leon während dieser Auseinandersetzung? War er dabei?«

»Natürlich war er anwesend. Die Szene hat ihm Angst gemacht, fürchterliche Angst, das habe ich sofort erkannt.«

Der Staatsanwalt nestelt an seinen Papieren herum. Ganz offensichtlich ahnt auch er, dass nun die Schilderung der beiden Morde bevorsteht. Mariann Wunderlich lässt sich jedoch Zeit, scheint noch einmal den Ablauf von damals zu durchleben, ehe sie erneut anhebt.

Sie habe versucht, Antonin Hruby zu vertrösten, und ihn zu einem späteren Treffen im alten Sanatorium überredet. Einfach um Zeit zu gewinnen. Zu ihrer Überraschung sei dieser bereitwillig darauf eingegangen, habe ihr geglaubt, dass sie ihm dort die Schriftstücke zeigen würde …

»Und dann?«

»Ich habe Leon gebeten, ihn hinaufzuführen. Hruby kannte ja den Weg nicht … Ich wusste noch immer nicht, was ich tun sollte. Aber als sie sich aufmachten, habe ich in Leons Augen gesehen, dass er ihn dort oben töten würde.«

»Sie haben die beiden aber nicht zurückgehalten?«

»Das stimmt.«

»Obwohl Sie ahnten, was passieren würde?«

Sie nickt. »Ich wusste es. Ich habe gesehen, wie sehr sich Leon in die Enge getrieben fühlte …«

»Waren Sie dabei, als Professor Hruby getötet wurde?«

»Nein, als ich oben ankam, war schon alles vorüber … zumindest fast … Hruby war halb tot, saß gefesselt auf seinem Stuhl, wimmerte vor sich hin …«

»Und Leon?«

»Der kauerte daneben am Boden und trug dem Sterbenden aus dem Manuskript vor … Er war völlig weggetreten, hat mich gar nicht wahrgenommen.«

»Sie haben gesehen, in welcher Verfassung Hruby war. Auch dass ihm die Augen ausgestochen worden waren? Wissen Sie, warum Ihr Sohn ihn geblendet hat?«

Sie zuckt mit den Schultern. »Ich habe ihn gefragt, aber er hat mir keine Antwort gegeben, hat nur weitergeredet und geredet und geredet, bis zum Ende … Es war grauenvoll.« Sie beginnt leise zu weinen.

Trotzdem sind wir noch nicht fertig.

»War es Leon, der dem Sterbenden den Schriftzug in den Rücken geschnitten hat?«

Sie nickt, aber zum ersten Mal bin ich mir nicht sicher, ob sie die Wahrheit sagt.

»Wir haben dann noch gewartet, bis Hruby tot war. Dann erst sind wir in die Stadt zurück.«

»Sie sind dann einfach nach Hause gegangen?«

In der Tat ist es nur schwer nachvollziehbar, mit welcher

Kälte die beiden, Mutter und Sohn, auf die Bedrohung durch den Professor reagiert haben.

»Ja, dort haben wir die nächsten Tage gewartet, was passieren würde.«

»Und?«

»Als nichts geschehen ist, habe ich bei den Carabinieri angerufen … Nur dasitzen und warten, war schrecklich … Aber auch dann ist nichts passiert … Erst einige Tage später hat die Frau des Professors angerufen. Sie hat mir auf den Kopf zugesagt, dass ich für den Tod ihres Mannes verantwortlich bin.«

»Also musste auch sie sterben …«

»Ja, gleich als sie ankam, habe ich sie mit in unser altes Ferienhaus in den Bergen genommen … Auch ihr habe ich nur versprechen müssen, ihr das Manuskript zu übergeben. Zuerst wusste sie gar nichts davon … Im Gegenzug sollte sie schweigen … Sie war sofort zu allem bereit. Damit war es ganz einfach. Leon hat dort oben bereits auf uns gewartet …«

»Und Frau Hruby erstochen.«

»Bei ihr ging es ganz schnell. Sie war gleich tot.«

»Was war mit ihrem Auto? Sie ist doch mit dem Auto gekommen?«

»Wir haben es noch am selben Abend auf die andere Seite des Sees gefahren … in einem Parkhaus abgestellt.«

»Und dann haben Sie Ihre Rolle als Professor Farina weitergespielt, haben mich Tage danach zum Sanatorium geführt, als sei nichts geschehen?«

Sie hebt die Augen und blickt mich an. Es ist ein kalter Blick und ich frage mich, ob sie in der Lage ist, wirkliche Reue zu empfinden.

»Was sollte ich denn tun?«, sagt sie. »Da war doch Leon … Ich musste ihn doch beschützen.«

»Und warum sind Sie dann aus Riva verschwunden? Sie hätten nur warten müssen … Vielleicht wäre man nie auf Sie gekommen.«

Sie schüttelt den Kopf. »Als ich in jener Nacht, in der Sie mich im Sanatorium gefunden haben, nach Hause zurückkam, entdeckte ich Leon, der einen völligen Zusammenbruch erlitten hatte … Sie waren kaum weg, da habe ich ihn ins Auto gepackt und bin mit ihm nach Deutschland gefahren.«

Auf die Frage des Staatsanwalts, wo sich Leon denn jetzt aufhalte, lacht sie bitter auf.

»Wo, wollen Sie wissen? Ich werde es Ihnen sagen, auch wenn ich es selbst nicht weiß … Er hält sich in seiner eigenen Welt auf, ganz weit weg und doch ganz nahe. Völlig allein ist er und kämpft mit den Gespenstern seines traurigen Lebens … Fahren Sie hin, vielleicht treffen Sie ihn ja dort an.« Dann beginnt sie zu lachen, ein irres, hysterisches und wildes Lachen. Dem Staatsanwalt, Trotzki und mir wird bewusst, dass die Befragung zu einem Ende gekommen ist. Vieles ist klarer geworden und lediglich eine Sache ist nach wie vor unbeantwortet. Als ich aber von ihr wissen will, wo sich denn das Manuskript nunmehr befindet, lacht sie einfach nur weiter, verweigert jegliche Auskunft.

Die Klinik – irgendwo zwischen Regensburg und München – ist auf Fälle traumatisierter Menschen spezialisiert. Hier finden Opfer von Gewalterfahrungen, von Misshandlungen, von Entführungen, von Kriegsteilnahmen eine Oase der Ruhe. Es ist eine diskrete Einrichtung abseits des hektischen Geschehens der Welt.

Der Arzt, der uns am Empfang abholt, führt uns durch helle und weite labyrinthartige Korridore zu einem Zimmer ganz am Ende des Ganges.

»Treten Sie ruhig ein«, sagt er und öffnet die Tür. »Den Sie suchen, finden Sie hier. Aber ich fürchte, es wird Ihnen wenig helfen.«

Der etwa 40-jährige Mann in seinem Bett starrt zur Decke hoch. Seine Lippen bewegen sich unentwegt, ohne dass Worte hörbar werden.

»Das ist Herr Wunderlich«, sagt der Arzt. »Seine Mutter hat ihn vor wenigen Tagen zu uns gebracht. Seither beobachten wir ihn, aber wir sind sehr skeptisch, ob wir ihn je wieder aus der Welt, in der er sich jetzt befindet, zurückholen können … Einer unserer schwierigsten Fälle momentan. Aber man weiß ja zum Glück nie …«

Gelegentlich tasten die Hände des Patienten über sein Gesicht, das kurze volle Haar, die hohe Stirn und die kräftige Nase, als suchten sie nach etwas.

»Es gibt keine Spiegel in diesem Zimmer«, sagt Charlotte.

»Das ist richtig«, nickt der Arzt. »Herr Wunderlich hat sich verloren und erst, wenn er sich wiederfindet – was in weiter Ferne liegt –, wird er stark genug sein, sein Spiegelbild zu ertragen …«

»Ist es denn möglich, mit ihm zu sprechen?«

»Nein. Ich fürchte, Herr Wunderlich nimmt niemanden aus unserer Realität wahr, weder mich, noch die anderen Ärzte – selbst seine Mutter nicht …«

»Verstehen Sie, was er da vor sich hinmurmelt?«

»Gelegentlich einen Wortfetzen, aber nichts, was für uns einen Sinn ergeben würde. Manchmal glauben wir, dass er einen Namen nennt, aber wir sind uns nicht sicher.«

»Hm. Welchen Namen denn?«

»Gregor«, sagt der Arzt. »Ja, Gregor. Aber wie gesagt …«

29 DIE VERWANDLUNG

Er blickte zur Decke hoch.

An diesem Morgen war es endlich so weit. Das, wogegen er sich seit seiner Verhaftung gesträubt hatte, war eingetreten. Über Nacht hatte er sich in einen Käfer verwandelt. Er wusste, dass es kein Traum war. Ganz im Gegenteil – spürte er doch die Versteifung seines Rückens, wodurch es ihm unmöglich war, sich auf die Seite zu drehen. Sooft er es auch probierte, er schaukelte immer wieder in die Rückenlage zurück. Er versuchte es wohl hundertmal, schloss dabei die Augen, um die zappelnden Beinchen nicht sehen zu müssen.

Als es an der Tür klopfte, hörte er die sanfte Stimme seiner Mutter. »Gregor«, rief sie, »es ist dreiviertel sieben. Wolltest du nicht wegfahren?«

Er erschrak fürchterlich, als er seine antwortende Stimme hörte, in die sich ein schmerzliches Piepsen gemischt hatte. Wahrscheinlich eine nahende Erkältung, dachte er. Zum Glück hatte er die Tür versperrt, sodass niemand ins Zimmer treten konnte, der ihn in seinem absonderlichen Zustand sehen würde. Vor allem war es ihm wichtig, dass ihn seine Schwester nicht sah, deren Bild er vor Augen hatte. Erstaunlicherweise ähnelte Grete – der Name war ihm sofort präsent – der jungen Frau, die ihn auf dem Weg zum Dom aufgehalten hatte und die dann in der Rumpelkammer neben seinem Büro mit großer Hingabe gezüchtigt worden war.

Zuerst wollte er aber ruhig und ungestört aufstehen, um sich anschließend zum Frühstück zu begeben. Zum Glück dauerte es nicht lange, bis er die Bettdecke abgeworfen hatte, musste er sich doch nur ein wenig aufblasen und sie fiel von selbst. Dies lag vor allem daran, dass er über Nacht ungemein breit geworden war. Aber dann, als er so weit war, hätte er Arme und Beine gebraucht, um sich aufzurichten, stattdessen hatte er nur die vielen dünnen Beinchen, die wild und ununterbrochen in den verschiedensten Bewegungen waren.

»Nur sich nicht im Bett unnütz aufhalten«, sagte er sich dennoch und quälte seinen schmerzenden Körper, bis der halb aus dem Bett ragte. Er schaukelte weiter und weiter, fürchtete dabei aber, sich schrecklich am Kopf zu verletzen, sollte er auf den harten Boden plumpsen. Als er sich schließlich mit letzter Kraft aus dem Bett schwang, gab es, als er auf dem Teppich aufkam, einen lauten Schlag. Er stellte aber fest, dass sein Rücken elastischer war, als er gedacht hatte, sodass ihm der Aufprall kaum Schmerzen bereitete. Lediglich den Kopf hatte er sich angeschlagen, sodass er ihn vor Ärger und Schmerz an dem Teppich rieb.

»Da drin ist etwas gefallen«, hörte er eine Stimme von draußen sagen. Wie es schien, hatte sich eine Anzahl von Menschen vor seiner Tür versammelt, die nun unruhig darauf warteten, dass er öffnete. Gregor vermutete sofort, dass sich darunter der Offizier von ehedem befand, der ihn anscheinend mit großer Hartnäckigkeit verfolgte.

»Aber Herr Offizier«, rief er deshalb völlig außer sich, »ich mache ja augenblicklich auf. Ein leichtes Unwohlsein hat mich erfasst. Ich liege noch im Bett.«

Er versuchte sich halbwegs aufzurichten, was ihm unter Schmerzen gelang, sodass er zumindest in der Lage war, die Antwort des Offiziers anzuhören.

»Das war eine Tierstimme«, sagte der auffallend leise gegenüber dem Schreien der Mutter.

»Man muss augenblicklich zum Arzt mit ihm, Gregor ist krank.«

Sie macht sich Sorgen, dachte dieser ganz erfreut. Gleichzeitig wurde ihm bewusst, dass man seine Worte nicht mehr verstand, obwohl sie ihm klarer vorgekommen waren als früher. Zumindest schien man mittlerweile jedoch zu glauben, dass etwas nicht in Ordnung war mit ihm.

Langsam schob er sich zur Tür hin, hielt sich an ihr aufrecht – die Ballen seiner Beinchen hatten ein wenig Klebstoff – und ruhte sich in dieser Position ein wenig von den Anstrengungen aus. Erst nach geraumer Zeit war er in der Lage, den Schlüssel mit dem Mund umzudrehen. Wenn er auch keine Zähne im eigentlichen Sinn besaß, so waren seine Kiefer doch so stark, dass er dies, ohne sich dabei größer zu verletzen, bewerkstelligen konnte.

Er war noch mit jenen schwierigen Bewegungen beschäftigt, da hörte er den Offizier, der als Nächster vor der plötzlich aufschwingenden Tür stand, ein lautes »Oh!« ausstoßen. Es klang, wie wenn der Wind saust – und Gregor erkannte, dass sich der Offizier von Furcht getrieben aus dem Staub machen wollte. Die Mutter, die neben ihm stand, sah mit gefalteten Händen auf einen weiteren Mann, der ihm Angst bereitete und ihn aus leeren, blutigen Augen anstarrte. Sie machte einige Schritte auf Gregor zu, stürzte aber dann vor ihm nieder. Der Unheimliche ballte daraufhin die Faust, als wolle er Gregor in sein Zimmer zurückstoßen, beschattete stattdessen seine leeren Augenhöhlen und weinte, dass sich seine mächtige Brust hob und senkte.

Der Offizier bewegte sich noch immer in Richtung Treppenhaus, so als wollte er die Wohnung nun gänzlich verlassen, streckte dabei die rechte Hand weit von sich zur Treppe hin, als warte dort auf ihn eine geradezu überirdische Erlösung.

Ach, dachte Gregor, wenn nur Grete hier wäre. Sie würde ihn schon aufhalten. Gewiss würde sich der Offizier, dieser Damenfreund, von ihr lenken lassen. Aber die Schwester war eben nicht da. Er, Gregor, musste selbst handeln. Und ohne daran zu denken, in welchem Zustand er sich befand, schob er sich durch die enge Türöffnung im Versuch, den Offizier zu stellen, der sich in lächerlicher Weise am Geländer des Vorplatzes festhielt. Dabei fiel er aber sofort, nach einem Halt suchend, auf seine dünnen Beinchen nieder. Kaum war er solcherart gelandet, nahm er zum ersten Mal an diesem Morgen jedoch ein Gefühl des Wohlbehagens wahr. Die Beinchen hatten festen Boden unter sich, und er merkte, dass sie ihm gehorchten und sogar danach strebten, ihn fortzutragen, wohin er wollte.

Schon glaubte er, eine endgültige Besserung allen Leidens stünde nun bevor, da sprang mit einem Mal die Mutter, die gar nicht weit von ihm entfernt lag, in die Höhe und schrie mit angstvoll gespreizten Fingern: »Hilfe, um Gottes willen, Hilfe!« und lief sinnlos zurück, weg von ihm.

»Mutter, Mutter«, sagte Gregor leise. Einen Augenblick lang hatte er den Offizier vergessen. Er schnappte mit seinen Kiefern ins Leere, was die Mutter noch mehr ängstigte, und musste mit ansehen, wie diese sich in die Arme des Augenlosen flüchtete. Der Offizier nutzte diesen Moment der Verwirrtheit, um nun endgültig zu entkommen.

»Huh!«, schrie er noch, es klang durchs ganze Treppenhaus.

Leider schien die Flucht des Offiziers den Mann, in dessen Arme sich die Mutter geflüchtet hatte, völlig zu verwirren, denn er nahm den Spazierstock, den der Offizier bei seinem hastigen Wegrennen liegen gelassen hatte, und versuchte nun, Gregor unter Füßestampfen und Schwenken des Stockes in sein Zimmer zurückzutreiben. Sosehr Gregor auch bat und bettelte, so demütig er seinen Kopf auch drehte, der Mann trat nur umso stärker mit den Füßen auf. Dabei zischte er in nahezu unerträglicher Weise und drängte ihn unerbittlich in Richtung seines Zimmers zurück. Gregor, der keinerlei Übung im Rückwärtsgehen hatte, versuchte sich zu drehen, ängstlich darauf bedacht, den Mann durch die zeitraubenden Bewegungen nicht weiter zu verärgern. Jeden Augenblick drohte ihm doch von dem Stock in der Hand des Mannes der tödliche Schlag auf den Rücken oder auf den Kopf. Als er endlich mit dem Kopf vor dem Türrahmen war, zeigte es sich, dass er zu breit war, um ohne Weiteres durchzukommen. Doch der Mann trieb ihn, als gäbe es kein Hindernis, sodass sich Gregor – geschehe was wolle – in die Tür zwängte. Die eine Seite seines Körpers stand hoch in der Türöffnung, wund gerieben durch das raue Holz, die Beinchen ragten auf dieser Seite zitternd in die Höhe und waren auf der anderen schmerzhaft zu Boden gedrückt – da gab ihm der Mann von hinten einen wahrhaft erlösenden starken Stoß, und Gregor flog, heftig blutend, weit in sein Zimmer hinein.

Die Tür wurde hinter ihm zugeschlagen – dann war es endlich still.

EPILOG

Der Winter ist vorüber. Er war lang, wenn auch nicht sehr streng. Trotzdem bin ich froh, dass neues Leben in der Natur Einzug hält. Selbst wenn ich die Veränderungen eher aus der Distanz meines Bürozimmers beobachte, weckt das frische, junge Leben auch meine Lebensgeister.

Noch einmal nach Wien zu fahren, war Charlottes Idee, was mich nach den Ereignissen des vergangenen Jahres ziemlich wundert. Vielleicht ist ihr aber unser damaliger überhasteter Aufbruch wie eine Flucht erschienen, etwas, das sie so nicht akzeptiert. Frauen sind nun mal eigenartig und von Männern wie mir nicht zu verstehen.

Dennoch genieße ich das sanfte Dahingleiten durch eine erblühende Landschaft.

»Denkst du, wir werden dieses Mal durch einen niemals endenden Tunnel fahren, aus dem wir nicht mehr herausfinden?«, fragt sie mit einem Lachen.

Ich lache zurück. »Nein«, sage ich. »Kein Tunnel. Wir kennen doch die Strecke.« Dabei frage ich mich, ob wir uns nicht schon längst in einem Tunnel befinden und auf den Abgrund zurasen.

Wir sind wieder im Hotel Schani abgestiegen. Alles wirkt unverändert, dieselbe sterile Atmosphäre wie beim letzten Mal. Nur die Angestellte, die heute hinter der Bar bedient, ist eine andere. Ich schaue zu dem kleinen Tischchen am Ende des

Tresens in der Hoffnung, Marlowe bei einer Schachpartie zu sehen, aber da ist niemand.

Schon von Regensburg aus hat Charlotte eine Kutschenfahrt durch den Zentralfriedhof gebucht, was sie mir erst bei unserer Ankunft im Hotel gesteht. Ich bin nicht böse, freue mich sogar darauf.

»Noch einmal zum jüdischen Friedhof?«, frage ich und sie nickt.

»Dort war es schön … so friedlich.«

Der Kutscher ist derselbe wie beim letzten Mal, aber natürlich erkennt er uns nicht mehr.

Wieder steigen wir bei Arthur Schnitzlers Grabstätte aus, verharren kurz und lauschen dem Geklapper der Hufe, als sich die Kutsche mit den Pferden langsam entfernt. Schnitzler kommt uns beiden wie ein alter Bekannter vor, den wir als Vertrauten grüßen. Dann dringen wir wieder in das düstere, träumerische Reich vor uns ein.

»Denkst du, man wird das Manuskript von Kafka je finden?«, fragt Charlotte unvermittelt. Ich bin überrascht, habe ich doch ebenfalls in diesem Augenblick an die Ereignisse des letzten Jahres gedacht. Seit damals hat es Charlotte vermieden, über die verstörenden Vorfälle mit mir zu sprechen, umso mehr bin ich nun über ihre Frage erstaunt.

»Ich weiß es nicht«, antworte ich wahrheitsgemäß. »Mariann Wunderlich hat nach dem Gespräch in der JVA nichts mehr zu diesem Thema verlauten lassen … Soweit mir bekannt, hat sie seit damals kein einziges Wort mehr mit irgendjemandem gewechselt. Trotzki meint ja, dass sie sich von der Welt verabschiedet hat … genau wie ihr Sohn. Die Außenwelt hat für die beiden, sagt er, keine Bedeutung mehr …«

»Wie traurig … Warum sie dieses Manuskript so unbedingt in ihren Besitz bringen wollte, wird mir auf ewig ein Rätsel bleiben.«

»Auch das hat sie uns verschwiegen, aber ich vermute, dass sie die eigentlichen Gründe selbst nicht kennt.«

»Und deine Klientin, Alexandra Bischoff, was ist mit ihr?«

»Sie hat die Suche noch nicht aufgegeben. Sie wollte ja, dass ich ihr dabei helfe, aber ich habe abgelehnt.«

»Gut so«, lacht sie. Dann will sie ein wenig allein sein und schickt mich schon voraus.

»Dieselbe Lichtung wie letztes Mal?«, frage ich. Sie nickt.

Wenig später finde ich das steinerne Fragment, auf dem ich vor unendlich langer Zeit schon einmal Platz genommen habe, und lasse mich darauf nieder.

Wie damals scheint die Zeit stillzustehen …

Als ich ein Rascheln in den Büschen höre, schrecke ich hoch. Aber es ist nur Marlowe, der sich durch die Zweige windet.

Wo er denn die ganze Zeit gewesen ist?, frage ich ihn. Er lacht.

»Ich komme immer dann, wenn du mich brauchst … Wie mir scheint, bist du ja auch ohne mich ganz gut zurechtgekommen.«

»Und jetzt?«

»Jetzt möchte ich mich von dir verabschieden.« Dann steht er auf, lacht ganz cool auf mich herunter und ist alsbald verschwunden. Eine Weile schaue ich ihm noch hinterher und plötzlich ist mir, als sähe ich in weiter Ferne – dort, wo er gerade mit dem frischen Grün der treibenden Büsche verschmolzen ist – einen jungen Mann mit einer Gitarre und einer Mundharmonika, der voll Hingabe das Lied seines Lebens singt …

The answer my friend …

ENDE

Weitere Krimis finden Sie auf den folgenden Seiten und im Internet:

WWW.GMEINER-SPANNUNG.DE

RAIMUND A. MADER
Der König von Weiden

978-3-8392-1827-3 (Paperback)
978-3-8392-4911-6 (pdf)
978-3-8392-4910-9 (epub)

VERJÄHRT Ein nächtlicher Anruf verbunden mit einem Auftrag: »Schreiben Sie einen Roman über K.!« »K.«, das war Walter Klankermeier, der in Weiden zum ungekrönten Nachtclubkönig der späten 70er-Jahre aufgestiegen war. Sein mysteriöser Tod Anfang der 80er wurde nie geklärt. Der Empfänger dieses Auftrags ist ein erfolgreicher Autor, der sich fortan mit dem Fall Klankermeiers beschäftigt. Bei seinen Recherchen wird er in die düsteren Ereignisse jener Tage hineingezogen, bis sein Leben aus den Fugen gerät.

GMEINER SPANNUNG

WWW.GMEINER-VERLAG.DE
Wir machen's spannend

LIEBLINGSPLÄTZE AUS DER REGION

BERGHOFF / BURGERT
An Altmühl und Donau

978-3-8392-2100-6 (Buch)
978-3-8392-5443-1 (pdf)
978-3-8392-5442-4 (epub)

IM HERZEN BAYERNS Oberbayerns Norden ist geprägt von seinen Flüssen Altmühl und Donau. Wie nur noch an wenigen Stellen Deutschlands finden sich hier einzigartige Flusslandschaften. Gleichzeitig ist in der Region mit Ingolstadt eine der am schnellsten wachsenden Städte Bayerns angesiedelt. Es sind diese Gegensätze, die die Gegend so reizvoll machen. Shoppingzentren finden sich neben Wallfahrtskirchen, reizvolle Altstadtgassen neben fortschrittlichen Brauereien. Wussten Sie, dass in Ingolstadt das Reinheitsgebot erlassen wurde, nach dem bis heute Bier gebraut wird? Es gibt viel zu entdecken im Land der Flüsse!

GMEINER KULTUR

WWW.GMEINER-VERLAG.D
Mensch, Kultur, Regio